KiWi

1786

Das Buch

Mysteriöse Morde im Winterwunderland – Inspektor Bussi versinkt im Schnee

Arno Bussi langweilt sich in der Statistikabteilung des Bundeskriminalamts zu Tode. Aber weil das Leben ja trotzdem weitergeht, hat er ein neues Hobby für sich entdeckt: den Triathlon, für den er im nasskalten Wien gerade ausgiebig trainiert – als ihn seine Mutter zu ein paar gemeinsamen Urlaubstagen in Maria Schnee überredet. Dort steht das alljährliche Eisfestival vor der Tür. Bei seiner Ankunft empfängt Arno ein Alpen-Halligalli, das ihn am liebsten gleich wieder umkehren ließe.

Doch dann verschwindet die charmante Eisprinzessin Rosa. Und weil Arnos Mutter beobachtet haben will, dass sie entführt wurde, ermittelt Arno Bussi auf eigene Faust. Die Lage wird so richtig ernst, als eine Leiche auftaucht, die resolute Erna Katz vom LKA Tirol sich einschaltet – und dann auch noch der Schneesturm des Jahrhunderts über Maria Schnee hereinbricht …

Der Autor

Joe Fischler, geboren 1975 in Innsbruck, arbeitete nach einem Studium der Rechtswissenschaften einige Jahre im Bankwesen. 2007 machte er sich als Blogger und Autor selbstständig. Mit »Veilchens Winter«, dem ersten Teil seiner Reihe rund um Valerie »Veilchen« Mauser, legte Fischler 2015 ein fulminantes Debüt als Krimiautor vor. »Totentanz im Pulverschnee« ist der dritte Teil seiner Krimireihe rund um den so liebenswerten wie stets unglücklich verliebten Inspektor Bussi. Der passionierte Bergwanderer Fischler lebt in Tirol.

Joe Fischler

Totentanz im Pulverschnee

Ein Fall für Arno Bussi

Kiepenheuer & Witsch

Aus Verantwortung für die Umwelt hat sich der
Verlag Kiepenheuer & Witsch zu einer nachhaltigen Buchproduktion verpflichtet. Der bewusste Umgang mit unseren Ressourcen, der Schutz unseres Klimas und der Natur gehören zu unseren obersten Unternehmenszielen.
Gemeinsam mit unseren Partnern und Lieferanten setzen wir uns für eine klimaneutrale Buchproduktion ein, die den Erwerb von Klimazertifikaten zur Kompensation des CO_2-Ausstoßes einschließt.

Weitere Informationen finden Sie unter
www.klimaneutralerverlag.de

FSC
www.fsc.org
MIX
Papier aus verantwortungsvollen Quellen
FSC® C083411

Verlag Kiepenheuer & Witsch, FSC® N001512

1. Auflage 2021

Covergestaltung: Sabine Kwauka,
unter Verwendung von shutterstock-Motiven
Karte auf der Umschlaginnenseite: Oliver Wetterauer
Gesetzt aus der Dante MT
Satz: Buch-Werkstatt GmbH, Bad Aibling
Druck und Bindung: CPI books GmbH, Leck
ISBN 978-3-462-05511-5

Sein Name ist Bussi. Arno Bussi.

Jaja, immer dieselbe Leier. Denkt sich auch der Arno, wie er unverändert in Wien festsitzt, in der Statistikabteilung des Bundeskriminalamts, und den lieben langen Tag in seinen Computerbildschirm hineinstarrt – seit bald drei Jahren schon.

Aber wie hätte er denn auch ahnen sollen, worauf er sich da einlässt, als er sich für Wien beworben hat, um aus Tirol heraus- und in die Bundeshauptstadt hineinzukommen. Weil ihn die Sehnsucht geplagt hat nach der großen, weiten Welt. Weil ihm die Welt daheim, eingeklemmt zwischen all den hohen Bergen, viel zu klein geworden ist. Und weil er geträumt hat von heute Wien, morgen London, übermorgen Paris. Und wie er sich gefreut hat, als sie ihn tatsächlich genommen haben, im ehrwürdigen Bundeskriminalamt am Josef-Holaubek-Platz 1. Da ist's ihm ganz egal gewesen, dass er erst einmal in der Kriminalstatistik hat anfangen müssen, Hauptsache, der Fuß war in der Tür …

Aber die Geschichte ist ja inzwischen ebenso bekannt wie der Arno selbst, der mit seinen knapp dreißig Lebensjahren schon auf Auszeichnungen verweisen kann, bei denen selbst die Kollegen vom Außendienst nur neidvoll mit den Ohren wackeln. Man stelle sich einmal das Potenzial vor, das sich hätte entfalten können, hätte der Arno nicht das riesige Pech gehabt, dass ausgerechnet die Frau vom Herrn Innenminister sich in diesen jungen, aufstrebenden, gut aussehenden Polizisten aus den Bergen hat verschauen müssen. Doch ehe noch eine richtige Affäre daraus hätte werden können, war selbige schon aufgeflogen und der Arno gleich mit. Klar, dass der Herr Innenminister Qualtinger seither alles tut, um dem Arno das Leben so schwer wie möglich zu machen. Und klar, dass der Arno alles tut, um die Sache irgendwie auszusitzen. Aber die Hoffnung, der Qualtinger würde sich schon irgendwann vertschüssen und ein neuer Innenminister eine neue Chance für den Arno bedeuten – die Chance auf den aktiven Ermittlerdienst nämlich –, hat sich bisher nicht erfüllt. Im Gegenteil: Heute sitzt der Herr Innenminister fester im Sattel denn je, die Bevölkerung liebt ihn für seine harte Hand. Und genau diese Hand macht auch mit dem Arno, was sie will. Wobei's in den letzten Monaten ruhig um die sogenannten *Spezialaufträge* vom Qualtinger geworden ist. Verdächtig ruhig. So ruhig, dass man fast glauben könnt, der Herr Minister hätt den Arno ganz vergessen. Dabei weiß der schon, dass er so viel Glück nicht haben wird.

Aber der Mensch ist ja ein Wesen, das sich an die widrigsten Umstände anzupassen weiß. Wenn einen der Beruf zum Beispiel an den Rand des Wahnsinns bringt, gibt's garantiert irgendwas, das man als Ausgleich im Privatleben unternehmen kann. Sich ins Wiener Nachtleben stürzen zum Beispiel. Oder, wie der Arno: den Triathleten in sich entdecken.

Wobei, eigentlich hat der Arno ja ganz etwas anderes entdeckt, beim Joggen an der Donau. Die Franzi nämlich, vom Triathlonverein Brigittenau. Wie das Leben so spielt, mussten ausgerechnet die beiden gleichzeitig in entgegengesetzten Richtungen ums selbe Eck biegen wollen und wenig später in der Notaufnahme des Lorenz-Böhler-Unfallkrankenhauses sitzen, wo sich der Arno hingebungsvoll darum gekümmert hat, dass noch ein bissl Blut in der Franzi blieb, bis die Platzwunde an ihrem Kopf versorgt werden konnte, mit gleich sieben Stichen. Wenige Tage später hat der Triathlonverein Brigittenau ein Mitglied mehr gehabt, und zwar den Arno. Bestimmt hat's auch schon triftigere Gründe gegeben, mit dem Ausdauersport zu beginnen. Aber ganz sicher keinen so attraktiven wie die Franzi, und das trotz Turban auf dem Kopf.

Aber das ist Schnee von gestern. Die Franzi hat sich längst erholt vom Zusammenprall und der Arno die Kurve ins Privatleben gekriegt, so halbwegs jedenfalls.

Apropos Schnee von gestern: Die Geschichte, die unseren Helden gleich ein drittes Mal nach Tirol entführt und dort beinahe Kopf und Kragen kostet, ist auch nicht ohne.

Also aufgepasst …

Mittwoch

1

Bitter kalt ist's unten an der Donau, und dunkel noch dazu, als der Arno und die Franzi ihren abendlichen Zwanzig-Kilometer-Trainingslauf absolvieren, der zur Vorbereitung auf den ersten Triathlon der Saison gehört – für den Arno: den ersten Triathlon überhaupt.

Ein eisiger Hauch zieht vom Wasser aufs Land, und der Nebel ist so dicht, dass sie sich mit ihren Stirnlampen bloß selber blenden täten. Aber weil sie die Strecke mittlerweile eh schon im Schlaf kennen und sie noch dazu die einzigen sind, die sich bei so einer Witterung quälen, laufen sie im Dunkeln direkt auf den Schein der jeweils nächsten Straßenlaterne zu.

»Fünf-zwanzig«, japst die Franzi nach einem Blick auf ihre Sportuhr. Der Arno weiß, dass das ein ganz lausiger Schnitt ist, jedenfalls dann, wenn man beim Triathlonlauf nicht im Kehrwagen enden will, der die Dahinsiechenden am Ende des Felds aufliest. Er rennt schneller, die Franzi hält mühelos mit.

»Fünf-null-vier«, ruft sie einen Kilometer später und klingt schon zufriedener.

Der Arno lacht auf, ein bissl stolz auf die Durchgangszeit, aber noch viel mehr wegen der Franzi, die sich so schön über solche Kleinigkeiten freuen kann. Mit ihr ist's irgendwie ganz leicht, den inneren Schweinehund zu überwinden. Wobei das Laufen an sich dem Arno überhaupt keine Sorgen macht. Im Laufen ist er ein echtes Naturtalent, und beim Radfahren stellt er sich auch halbwegs akzeptabel an. Dafür fällt er beim Schwimmen, das ja leider ebenfalls zum Triathlon dazugehört, glatt durch. Kein Wunder: Wasser gehört nicht gerade zu den Elementen, in denen sich ein gebürtiger Tiroler heimisch fühlt. Jedenfalls nicht in flüssiger Form. Man hat zwar Schwimmunterricht in der Schule, aber den allermeisten Tirolern reicht's, sich halbwegs würdevoll vorm Ertrinken bewahren zu können, wenn's nass wird. Der Arno war eh noch einer von den Fleißigen und hat das Fahrtenschwimmer-Abzeichen gemacht – aber wie die Franzi zum ersten Mal eine Bahnlänge neben ihm gekrault ist, wäre sie ihm vor Lachen bald abgesoffen. Und auch jetzt, Dutzende Trainingsstunden und noch mehr Schwimmkilometer später, reicht's im besten Fall, um mit den Mini-Knirpsen im Triathlonklub mithalten zu können. Fazit: Das Schwimmen ist Arnos Achillesferse und wird es vermutlich immer bleiben.

Die vibrierende Sportuhr an seinem Handgelenk reißt ihn aus dem Trainingstrott. Ein Anruf von der Mama. Vorhin hat sie's schon einmal versucht, und er hat sie weggedrückt, weil er ja beim Trainieren schlecht sein Handy hervorkramen kann. Er wollte sie später zurückrufen, wie er das immer macht, und eigentlich versteht sie das auch immer, eigentlich …

Eigentlich vibriert die Uhr gleich noch ein drittes Mal, und schon wieder zeigt sie einen Anruf von der Mama an.

Wird doch wohl nix passiert sein?, denkt er mit plötzlicher Unruhe, fischt das Smartphone aus der Hosentasche und geht dran. »Hallo, Mama?«, keucht er ins Gerät, »ich bin grad beim Trainieren mit der Franzi … Mama, hörst du mich?«

Weil er eben nix hört, bleibt er stehen, genau wie die Franzi, die im Stand weitertrippelt, um nicht auszukühlen. »Ma-ma!«, ruft er – da hört er erst, wie sie schluchzt. »Mama, was ist denn? Was hast du? Ist was passiert?«, fragt er aufgeregt.

»Ach, Bub!«

»Sag schon!«

»Jetzt bist du auch noch böse auf mich!«, klagt sie.

»Nein, Mama«, bemüht er sich um einen einfühlsameren Ton, was ihm aufgrund der körperlichen Anstrengung mehr schlecht als recht gelingt. Zu Mamas Wehklagen dröhnt der eigene Puls in den Ohren, schneller und schneller. »Ist wer gestorben?«, fragt er gleich nach dem Schlimmstmöglichen.

»Ja!«

»Um Gottes willen! Wer denn? … Mama?«

Die Mama sagt nix.

»Wer ist es? Wer ist gestorben? Ma-ma!«

»Der Lorrrenzo! Für mich! Und zwar für immer!«

Der Lorenzo. Für sie, und zwar für immer. Jaja. Während sich Arnos Aufregung so schnell wieder legt, wie sie gekommen ist, rollt das R aus Mamas Mund in Arnos Ohren immer weiter. Lorenzo. Mamas neuer Freund. Der Mann mit dem Ferrari. Ferrrrrari, wie sie sagt.

»Was ist denn mit ihm?«, fragt der Arno. Das *Jetzt schon wieder* kann er sich gerade noch verkneifen.

»Versetzt hat er mich! Mit dem Urlaub!«, kommt es wie aus der Pistole geschossen.

»Pst!«, meldet sich die Franzi. Der Arno erahnt sie mehr, als dass er sie sehen könnte, wie sie immer noch ungeduldig auf einer Stelle von einem Bein aufs andere hüpft.

»Lauf nur«, sagt er schnell, »ich hol dich schon wieder ein.«

»Wetten nicht?«, gibt sie frech zurück und ist davon.

Auch der Arno beginnt zu hopsen, weil ihm die Kälte überall hineinkriecht. »Mama, das tut mir leid für dich. Können wir später telefonieren?«

»Wo ich mich doch so sehr auf Maria Schnee gefreut hab!«

»Ja, Mama, ich weiß. Echt schade.«

»Es klingt, als wär's dir egal!«

»Nein, Mama, ist's mir nicht. Hier ist's nur grad arschkalt, und ich darf mich nicht verkühlen. Mein erster Wettkampf ist bald, hab ich dir ja erzählt. Ich ruf dich später an, okay?«

»Ich weiß nicht, ob ich später noch drangehen kann.«

Der Arno rümpft die Nase. Die Mama ist unüberhörbar gekränkt. Er weiß, wie knapp bei ihr die italienische Diva unter der Oberfläche wohnt. Er weiß auch, dass die Marina – eigentlich Marianne – seit Wochen von nix anderem redet als von diesem blöden Eisfestival in Maria Schnee, mit dem sie der Lorrrenzo, Großindustrieller in dritter Generation, zu Weihnachten überrascht hat. Samt standesgemäßer Anreise in seinem Ferrari. Gott allein weiß, was die Mama so plötzlich an dem Tamtam reizt. Aber versteh einer die Mama.

»Ich probier's einfach. Und sonst reden wir morgen, gut? Du, ich muss jetzt aber echt.«

Sie sagt nix mehr. Schnieft nur. Und auch wenn's dem Arno schwerfällt, drückt er sie weg, steckt das Handy ein und läuft der Franzi nach.

Was weiter an diesem Abend geschehen ist, kann man nur als eine ganz unglückliche Fügung des Schicksals bezeichnen. Jedenfalls dann, wenn man der Arno ist. Der will nämlich alles, aber nicht nach Tirol, in jenes Land der Berge, das er ursprünglich hinter sich gelassen hat, um seine Polizeikarriere in Wien fortzusetzen. Doch seit dieser blöden Geschichte mit dem Herrn Innenminister, besser gesagt mit dessen Gattin, sitzt er nicht nur in der Statistikabteilung des Bundeskriminalamts fest, sondern wird auch noch ein ums andere Mal in seine alte Heimat zurückgeschickt, um dort Strafarbeiten verschiedenster Art zu erledigen. Und was ihn dabei erwartet, hat er die letzten beiden Male gesehen. Kein Grund, auf Tirol scharf zu sein.

Aber leider bleibt ihm wohl schon wieder nix anderes übrig, als genau dorthin aufzubrechen. Weil …

- das Zimmer im Vier-Sterne-plus-Hotel *Bergkristall* in Maria Schnee schon gebucht ist und nicht mehr storniert werden kann …
- das auch für die beiden sündhaft teuren VIP-Eintrittskarten fürs Eisfestival gilt …
- die Mama auf gar keinen Fall allein hinfährt …
- es keine Geschwister, Freundinnen oder andere Notnägel gibt, die die Mama begleiten könnten …
- die Mama todunglücklich wär, wenn sie nicht hinfahren könnt …
- sie eh schon todunglücklich ist, dass der Lorenzo immer so wenig Zeit für sie hat …
- sie ihren Buben schon so lang nicht mehr gesehen hat …
- ihr Bub schon so oft versprochen hat, endlich einmal wieder etwas mit ihr zu unternehmen …
- derselbe Bub als Statistiker im Bundeskriminalamt ja vieles ist, aber nicht unabkömmlich, und sich jederzeit so viel Urlaub nehmen darf, wie er will …
- der Herr Major, sein Chef, ihn eh schon die ganze Zeit wegen seines unverbrauchten Urlaubs anraunzt …
- die Franzi ein Riesenherz für alle Mamas dieser Welt hat, obwohl sie die vom Arno noch gar nicht kennt …
- und weil, wie die Franzi im Internet herausgefunden hat, das Schwimmbad des Hotels *Bergkristall* über eine sage und schreibe fünfundzwanzig Meter lange, professionelle Trainingsbahn verfügt.

»Schau, die wär doch perfekt für dich! Und bestimmt nix los während des Eisfestivals. Zwei Fliegen mit einer Klappe!«, sprudeln die Argumente geradezu aus der Franzi hervor, als sie gemeinsam am Esstisch in Franzis Wohnung sitzen, vor einem Riesenberg dampfender Vollkornnudeln, weil man als Triathlet ja gar nie genug langkettige Kohlenhydrate in sich hineinbringen kann.

»Jaja, ich muss schwimmen trainieren, ich weiß schon«, sagt er schuldbewusst.

»Mhm«, macht sie und steckt sich eine Riesengabel Nudeln in den Mund.

Der Arno bläst die Luft aus. Schon ein bissl viele Argumente, die für die paar Tage Urlaub in Tirol sprechen. Und tatsächlich ließe sich das Unangenehme wenigstens mit dem Nützlichen verbinden, mit einem ausgiebigen Schwimmtraining im leeren Hotelschwimmbad nämlich, wo ihn keiner kennt.

»Aber nur, wenn du mitfährst«, wird der Arno plötzlich mutig.

Die Franzi schaut auf, ein bissl verdattert und überrascht, sagt dann aber schnell: »Du weißt, dass das nicht geht.«

Ja, weiß er leider. Die Franzi ist Arzthelferin, und der Arzt, der sich von ihr helfen lässt, verteilt die Urlaubstage am liebsten schon ein Jahr im Voraus. Spontan geht bei dem gar nix. Außerdem verbraucht die Franzi mit ihren Triathlons schon so viel von ihrem Kontingent, dass sie die restliche Zeit quasi mit ihrer Wohnung in Nussdorf am nördlichen Stadtrand Wiens verheiratet ist.

»Wann geht das Festival los?«, fragt sie, als die zwei mit dem Essen fertig sind und noch schnell gemeinsam abspülen.

Eigentlich würde der Arno ja lieber über etwas anderes mit ihr reden. Wie's mit ihr und ihm jetzt weitergeht zum Beispiel. Denn gefallen würde sie ihm schon, die Franzi, und der Arno ist reif für eine Beziehung, um nicht zu sagen überreif. Aber viel weiter als bis zum gemeinsamen Trainieren und anschließenden Nudelfuttern sind sie bisher noch nicht gekommen vor lauter fix und fertig immer.

»Morgen Abend«, sagt er missmutig. »Bis Sonntag.«

»Dann sehen wir uns nächste Woche wieder!«

»Hm.« Eigentlich will er ja überhaupt nicht weg, allen Argumenten zum Trotz.

»Wird bestimmt ganz lustig«, ermuntert ihn die Franzi und stößt neckisch mit ihrer Hüfte gegen seine.

»Aua!«, klagt er und überspielt es mit einem Lachen, weil er sich nicht anmerken lassen will, dass Franzis Hüftknochen schon ziemlich knochig sind. »Also *lustig* wird das ganz bestimmt nicht«, brummt er noch.

»Soll ich dich heimfahren?«

»Nein, nein … Ich geh noch ein Stückerl zu Fuß. Muskulatur auslockern, weißt eh. Kopf freikriegen«, schiebt er noch eine Floskel hinterher.

»Dann bis kommende Woche.«

»Von mir aus.«

»Und viel Spaß!«

»Mhm.«

Donnerstag

2

Der Arno und Tirol, das ist nach wie vor keine richtige Liebesgeschichte. Ja, er ist dort aufgewachsen, hat seine Polizeiausbildung dort gemacht, sich seine ersten Sporen in einer Inspektion am Achensee verdient und anschließend den Aufbaulehrgang zum dienstführenden Beamten im Ausbildungszentrum Absam-Wiesenhof absolviert. Als Jahrgangsbester hätte er sogar zwischen mehreren Tiroler Ortschaften wählen können, in denen er die Wache zukünftig geleitet hätte. Aber was tut er? Bleibt zuerst der Liebe wegen als einfacher Polizist am Achensee – und lässt sich dann nach Wien versetzen, als aus der Liebe doch nix wird. Seit damals spielt sein Schicksal verrückt. Und irgendwie schaut's so aus, als hätte dieses Schicksal einen Spaß daran, ihn immer wieder nach Tirol zu führen.

Klar, daheim ist daheim, aber wenn man in diesem Daheim nur noch Negatives erlebt – Strafarbeiten, Mord und

Totschlag und enttäuschte Lieben obendrein –, dann kann man auch an seinem alten Zuhause die Lust verlieren. Zumal er mit der Weltstadt Wien eine gute, nein: die beste Alternative hat, jedenfalls was die Lebensqualität betrifft. Außerdem eignet sich die Umgebung von Wien viel besser fürs Triathlontraining als die zerklüfteten Alpen. Und es tut ihm ja selber leid, dass er sich so wenig bei der Mama und den anderen Verwandten und Bekannten blicken lässt – eher noch besuchen sie ihn hier in Wien als umgekehrt –, doch wenn er um Tirol einen Bogen machen kann, dann macht er den auch.

Trotzdem packt der Arno am Vormittag seine Sachen. Wie erwartet war's überhaupt kein Problem, spontan zwei Tage Urlaub zu nehmen. »Gehen S' nur, gehen S' nur, die nächste Woche gerne auch noch!«, hat der Herr Major ihn fast angebettelt und ihm damit wieder einmal vor Augen geführt, wie leicht das Bundeskriminalamt auf seine Dienste verzichten kann. Jaja.

Als er so vor seinem Kleiderschrank steht, versucht er, nicht an die Albträume aus der vergangenen Nacht zu denken. Erdlawinen, sintflutartige Regenfälle, brütende Hitze, Moskitoschwärme und andere biblische Qualen haben ihn heimgesucht und an seine ersten beiden Tirol-Einsätze erinnert: im Kitzlingtal, auf der Suche nach einem verschwundenen Bürgermeister, ein anderes Mal am idyllischen Lärchensee, wo er einen ganz und gar unidyllischen Kriminalfall zu lösen hatte. Hüben wie drüben ist er Menschen mit merkwürdigen, für Außenstehende scheinbar frei erfundenen Dialekten voller krachender Ks begegnet, und wäre nicht der eine oder andere Mensch darunter gewesen, zu dem sich der

Arno durchaus hingezogen gefühlt hat – hier die Eva, dort die Laura –, wäre das Resümee noch trister ausgefallen.

»Eisfestival … Maria Schnee«, murmelt er lustlos vor sich hin. Schon bei den Namen wird ihm zu kalt. Aber er hat ja überhaupt nicht vor, sich groß im Freien aufzuhalten, sondern will hauptsächlich im Hotelschwimmbad seine Bahnen ziehen. Okay, beim Startschuss des Festivals wird er der Mama zuliebe dabei sein müssen, samt Sekt und Häppchen und Stars und Sternchen in irgendeinem blöden VIP-Zelt, aber danach hat er hoffentlich seine Ruhe. Denn wenn die Mama erst einmal ihre persönliche Hemmschwelle überschritten hat, findet sie meistens auch schnell neue Freunde.

Aus praktischen Gründen entscheidet er sich für die kleine Reisetasche, in die er seinen Not-Anorak packt, der sich auf Trinkflaschengröße komprimieren lässt. Waschzeug, zwei Garnituren Unterwäsche, eine Ersatzjeans, die langen Laufsachen, vor allem aber seine Schwimmutensilien – Badehosen, Brillen, Hauben –, und natürlich die wasserdichte Sportuhr, mit der er seinen Trainingsfortschritt messen kann. Mit den Laufschuhen ist seine Tasche auch schon voll – für alles andere ist in diesem Vier-Sterne-plus-Hotel bestimmt gesorgt.

Bleibt noch zu klären, wie er nach Tirol kommen soll. Fliegen scheidet aus, nicht nur wegen der Umwelt, sondern auch vom Geld her gesehen. Auto hat der Arno keines mehr, seit er in Wien ist. Eine Vespa schon, und das Wetter in Tirol ließe fast an die eine oder andere frühlingshafte Motorradtour denken. Aber erstens hat er keine Zeit für eine lange Anreise, weil er ja schwimmen muss, und zweitens steht die

Vespa schon so lange unbenutzt in der Garage herum, dass die erst einmal eine neue Batterie braucht.

Fährt er eben mit der Bahn.

Am späten Vormittag steigt er am Bahnhof Meidling in den *Railjet Xpress*. Man kann über Österreich ja vieles behaupten, aber nicht, dass seine Bundesbahnen nicht erstklassig wären, selbst in der zweiten Klasse, in der der Arno sitzt. Saubere Waggons, freundliches Personal und flächendeckendes Gratisinternet – ein Wunder, was sich da aus der Asche der ehemals kaiserlich-königlichen Staatsbahnen erhoben hat. Pünktlich noch dazu.

Die ersten zwei Stunden surft der Arno im Internet herum, weil draußen dicker Nebel herrscht und ihm nix Besseres einfällt, um sich seine Zeit zu vertreiben. So kommt er unter anderem drauf, dass dieses *Maria Schnee* eine ziemliche Mogelpackung zu sein scheint, jedenfalls den Ortsnamen betreffend. Denn obwohl's dort bestimmt die eine oder andere Maria geben dürfte, sucht man den Schnee in Maria Schnee schon lange vergeblich. Der einzige Skilift im Ort ist vor ein paar Jahren abgebaut und verschrottet worden. Die Touristen, die sich noch nach Maria Schnee verirren – bestimmt vor allem des Namens wegen –, müssen per Shuttlebus in ein zwanzig Kilometer entferntes Gletscherskigebiet gekarrt werden, was sich in mancher Bewertung des Vier-Sterne-plus-Hotels *Bergkristall* niedergeschlagen hat. *Schnee? Fehlanzeige! … Alle Knospen blüh'n im Februar … Grüne Wiesen statt Pistenspaß … Tägliche Expedition ins Skigebiet* – und so weiter. Als könnte das Hotel irgendwas für das Ausbleiben des weißen Golds.

Dass Maria Schnee noch weniger Schnee abbekommt als die Gegend ohnehin schon, liegt angeblich an irgendeinem mikroklimatischen Phänomen. Der Ort bilde, so das Internet, eine meteorologisch ungünstige Insel zwischen Gebirgsstaulagen, die seit der Veränderung der globalen Windsysteme anders angeströmt werden – aber egal, aus welcher Richtung die Winde auch strömen mögen, an Maria Schnee strömen sie vorbei. Stichwort Klimawandel. Bestimmt hilft's nicht unbedingt, dass der Ort nur knapp siebenhundert Meter über dem Meeresspiegel liegt. Da braucht's dann auch kein mikroklimatisches Phänomen mehr, um demnächst die Zitronenbäume im Vorgarten pflanzen zu können.

Der Arno überlegt, ob er der Franzi was texten soll – da trifft ihn der erste Sonnenstrahl seit Tagen, irgendwo kurz nach Salzburg. Er schaut hinaus über die sanften Hügel hin zu den hohen Bergen, von denen nur die obersten Spitzen angezuckert sind. Trotz der fehlenden Winterstimmung kann er seinen Blick kaum von der Landschaft reißen. Der viele Nebel im Osten Österreichs schlägt ihm mehr aufs Gemüt, als er sich eingestehen möchte. Dort scheint im Winter das Grau in Grau kein Ende nehmen zu wollen, während im Westen die Sonne viel öfter scheint. Fast möchte man glauben, der Frühling sei schon da. Bald werden überall die Kühe und die Schafe auf den Wiesen stehen, die Laubbäume werden der Welt ihre frischen Blätter entgegenrecken, und alles wird leben und sich lieben und neues Leben hervorbringen, umringt von steilen Felsen, die …

»Einen Kaffee, der Herr?«, fragt die Zugbegleiterin und reißt ihn aus seiner ungeplanten Verzückung.

»Nein, nein, danke«, sagt er wie meistens, wenn er etwas

angeboten bekommt – und überlegt erst hinterher. Da ist die Zugbegleiterin schon längst wieder weiter.

Knapp nach Kufstein, in Wörgl nämlich, steigt der Arno aus und wartet wie einige andere auch auf den Regionalexpress. Er kann's kaum glauben, welche Kraft die Sonnenstrahlen schon haben, als er auf dem Bahnsteig steht und auf seinen Anschlusszug wartet. Wie zum Beweis schlurft ein kurzärmliger Skifahrer an ihm vorbei, die Skischuhe über die eine Schulter gehängt, Ski und Stöcke auf der anderen, die Jacke um die Hüfte gebunden. »Tach«, gibt er sich als Deutscher zu erkennen. Der Arno würde ihn am liebsten fragen, ob er auch nach Maria Schnee will, des Schnees wegen vielleicht, aber Schadenfreude gibt nur schlechtes Karma. Also nickt er dem Mann freundlich zu und schaut dann auf seine Uhr, die gerade vibriert hat.

Eine SMS von der Mama. *Bin da. Warte vorm Hotel. Hier ist's schon ganz eisig ;-) Wann kommst du? Bussi, Mama*

Der Arno rümpft die Nase. *Eisig*. Kann er sich beim besten Willen nicht vorstellen, und so weit ist's nicht mehr bis Maria Schnee, als dass irgendein meteorologisches Mikroklimaphänomen den Ort auf Eistemperatur herunterkühlen könnte.

Er holt sein Handy heraus und tippt zur Antwort: *Zug fährt gleich. Zwanzig Minuten max., geh schon vor! Bussi, Arno*

Ehe er das Gerät wieder einstecken kann, schickt ihm die Mama drei gereckte Daumen, gefolgt von *Ich wart* – und da kommt auch schon der Zug.

Als der Arno in Maria Schnee aussteigt, glaubt er fast, er sieht nicht recht. Als hätte der Zug irgendwo auf den letzten Kilometern das Tor zu einer Paralleldimension durchstoßen, ist hier tatsächlich alles eisig – genau wie's die Mama behauptet hat! Jedenfalls optisch, denn temperaturmäßig hat sich seit Wörgl kaum etwas getan.

Der Arno schreitet durch die Bahnhofstraße, über der Kristallwolken zu schweben scheinen – geschickt gemacht, wie er zugeben muss. Ein bissl wie Weihnachtsdeko, nur frostiger eben. An Laternenpfählen sind große, glitzernde Eissterne befestigt. Die einzigen Farben weit und breit sind eigentlich gar keine, weil: Grau und Weiß. Und Glitzerfunkeln. Der ganze Ort wurde auf Eiswelt getrimmt.

Trotzdem sieht man gleich, dass Maria Schnee schon bessere Tage gesehen hat. Im verstaubten Schaufenster eines längst geschlossenen Ladens hängt noch die Werbung für Agfa-Farbfilme und Vierundzwanzig-Stunden-Expressentwicklung. Die Straßenlaternen erinnern an die Siebzigerjahre, genau wie die Häuserfassaden, die damals auch zum letzten Mal gestrichen worden sein dürften.

Am Dorfplatz haben sich zahlreiche Menschen in knalligen Skianzügen und Winterjacken versammelt. Die meisten von ihnen haben ein völlig unangemessenes Grinsen im Gesicht. Schlagermusik dröhnt aus den Boxen. Ein Imbissstand ist gut besucht, davor dampfen die Menschen, genauer gesagt ihre Getränke – Glühwein vermutlich –, und das bei geschätzten plus zehn Grad im Schatten.

»Achtung!«, ruft jemand von schräg oben, da fährt dem Arno auch schon ein Ungetüm haarscharf an der Nasenspitze vorbei. Dieses Ungetüm ist eine Eismaschine, die ein paar Meter weiter auf die Eisfläche biegt, welche dem Arno bisher entgangen ist. Aber klar – ganz ohne Eis kommt ein Eisfestival nicht aus. Und obwohl der Arno eigentlich auf schnellstem Weg in sein Vier-Sterne-plus-Hotel will, bleibt er erst einmal stehen, um in Ruhe staunen zu können.

Der ganze Hauptplatz wurde in eine Eislauffläche verwandelt, die bis auf einen Saum rundum jede Biegung des Ortskerns auszufüllen scheint, begrenzt von halbhohen Absperrgittern, die hier und da unterbrochen sind, um die Eisfläche betreten zu können. In der Mitte des Platzes steht eine ebenfalls eingezäunte Baumgruppe, unter der der Arno das für Tiroler Ortskerne typische Holzkreuz und den Dorfbrunnen erkennt. Auch die Bäume wurden auf Winter dekoriert – mit Watte, wie's ausschaut –, den Jesus und sein Kreuz hat man aber zum Glück verschont.

Ein paar Kinder, die ihren Pinguin-Schlitten hinterherstolpern, werden von ihren Eltern eingesammelt, weil die Eismaschine kommt. Zwei Arbeiter stehen auf Leitern und machen sich an riesigen Scheinwerfern zu schaffen. Irgendwo dröhnt ein Kühlaggregat, woanders läuft ein Dieselgenerator. Zusammen mit der Schlagermusik ergibt sich ein ziemlich aufdringlicher Brei aus Lärm, und riechen tut's auch nicht viel besser. Wie eine Mischung aus Christkindlmarkt und Tiefgarage.

Ein lautstarkes »Prost!« lenkt Arnos Aufmerksamkeit zum Imbissstand. Die Trinkwütigen haben wie die meisten Menschen hier Eislaufschuhe an. Hinter der Gruppe sind noch weitere Verpflegungsstände mit illustren Namen zu sehen, eine *Eishölle* hier, ein *Froststadel* dort, die haben allerdings noch geschlossen. Der Arno hofft bloß, dass sein Vier-

Sterne-plus-Hotel ein bissl abseits des sich abzeichnenden Trubels liegt.

Aber umsonst gehofft. Im selben Moment, als er sich nach seiner Herberge umschaut, sieht er sie auch schon, halb verdeckt von einer großen Bühne, aber eindeutig das größte und wohl auch einzige Hotel am Platz. Das *Bergkristall*.

Direkt davor, auf einer Bank, entdeckt der Arno noch etwas.

Seine Mama.

3

Die Mamas. Die spielen ja eine ganz entscheidende Rolle im Leben. Wenn's in diesem Leben einmal richtig hart auf hart kommt, wenn alles über einem einstürzt und jeder vor einem davonläuft, dann bleibt im Zweifel ein Mensch stehen, und dieser Mensch ist die Mama. Ganz egal, ob man fünf ist und der blöde Valentin einem den Lutscher geklaut hat oder fünfzig und derselbe Valentin – Friede seiner Asche – zwanzig Jahre lang eine Affäre mit der eigenen Gattin hatte – die Mama wird's schon wieder richten. Gesegnet ist, wer seine Mama hat! Aber manchmal, ja manchmal, und das meistens im Alltag und völlig belanglos, können einen die Mamas dieser Welt schon auch an den Rand des Wahnsinns bringen. Wie den Arno zum Beispiel.

»Arrrno!«, ruft die Mama ihm entgegen, als sie ihn sieht, und springt von der Sitzbank auf. Und man kann über die Marina ja vieles sagen, aber nicht, dass sie sich nicht geschmackvoll anzuziehen wüsste, dunkel, aber nicht zu dunkel, Marke hier, Marke da, Ton in Ton mit dem Gepäck – italienische Gene eben.

»Hallo, Mama«, sagt der Arno, stellt seine Reisetasche ab und umarmt sie. Er riecht das Parfum, von dem sie ordentlich was aufgetragen hat, und freut sich mehr, als er gedacht hätte, aber nur kurz, weil …

»Mein Gott, bist du knochig geworden! Ich komm ja bald zweimal um dich herum!«, klagt sie, schiebt ihre Markensonnenbrille nach oben und mustert ihn mit ihren tiefbraunen, im Moment gerade ziemlich skeptisch blickenden Augen. »Wie viel hast du abgenommen, Bub? Zehn Kilo? Alles wegen diesem Sport!« Sie legt ihre Hand um sein Kinn und drückt die Backen zusammen. »Jetzt schau nur, wie schmal du im Gesicht geworden bist! Bist du … bist du etwa …«

Der Arno schaut zum Himmel. Wieso müssen alle immer gleich denken, dass man krank ist, nur weil man ein paar Kilo weniger auf die Waage bringt? Was bei ihm ja nicht einmal zutrifft, denn Muskeln wiegen bekanntlich mehr als Fett, und Muskeln hat er jetzt definitiv mehr, Fett definitiv weniger, macht unterm Strich unveränderte achtzig Kilo, bei eins siebenundachtzig Körpergröße überhaupt kein Grund zur Besorgnis. Okay, neue Hemden und Hosen hat er sich letztens kaufen müssen, weil die alten zu weit geworden sind, aber sonst …

»Bist aber nicht … krank, oder?«, flüstert sie fast.

Er seufzt. »Nein, Mama. Wir trainieren halt viel, die Franzi und ich, für …«

»Jaja, für diesen Triathlon. Aber wie wollts ihr denn dort überhaupt antreten, wenns vorher schon verhungert seids? Kocht die Franzi so schlecht?«

Jetzt darf man der Mama nicht böse sein. Sie ist's halt so lange gewohnt gewesen, für den Arno zu kochen, dass sie gar nicht auf die Idee kommt, der Bub könne sich auch ganz allein versorgen. Außerdem steht für sie als Pizzabäckerin a. D. das Essen so weit oben in der Bedürfnispyramide, dass man die Sticheleien nicht persönlich nehmen darf. Deshalb sagt der Arno nix, auch weil ihm nix Gescheites einfällt außer langkettigen Kohlenhydrat-Paraden, von denen die Mama ganz sicher nix hören will.

»Ich werd dich schon wieder aufpäppeln«, droht sie und lacht. Und wenn sie lacht und der Arno den Strahlenkranz um ihre Augen herum sieht, dann kann er ihr sowieso für gar nix mehr böse sein.

»Ich nehm deinen Koffer«, sagt er, hebt ihn hoch und staunt, weil: schwer. SCHWER. »Was hast du denn da drin? Deine Pizzasteine?«, scherzt er und zerrt das Ungetüm die breiten Stufen zum Hoteleingang hoch.

»Du weißt doch, dass ich nicht mehr im *Da Silvio* koche«, erinnert sie ihn daran, dass sie neuerdings hauptberuflich die Frau an Lorenzo Romanos Seite ist, an Lorrrenzo Rrromanos Seite, vorzugsweise in dessen Ferrrrrari.

»Was hast du denn mitgenommen? Sind doch nur drei Nächte!«, wundert er sich weiter.

»Ja, mein Gott, Eislaufschuhe halt und Winterzeug. Wo sind denn deine überhaupt?«

»Was, meine?«

»Eislaufschuhe!«

»Brauch ich nicht.«

Sie reißt die Augen auf. »Du kommst zum Eisfestival von Maria Schnee ohne Eislaufschuhe? Ja, sag einmal, Bub, wo willst du die denn bis zum Abend herbekommen?«

»Brauch ich nicht«, wiederholt er bloß.

»Aber es sind doch bestimmt schon alle verliehen und ausverkauft hier!«, wird sie ihm fast ein bissl zu penetrant mit ihren blöden Eislaufschuhen, aber auch das schluckt er hinunter. Und schon gleiten die Glastüren des Vier-Sterne-plus-Hotels *Bergkristall* auseinander. Die beiden Neuankömmlinge empfangen gedämpftes Licht, erfrischendes Raumparfum und ein schwerer roter Teppich, an dessen Ende die Rezeption liegt, hinter welcher eine ziemlich attraktive Rezeptionistin auf sie wartet – eine sehr attraktive sogar.

»Ist er gekommen, der Bub?«, fragt diese die Mama und zwinkert ihr zu, und der Arno realisiert, dass die Marina hier drinnen schon einmal ein bissl vorgefühlt haben muss, während er noch auf der Anreise war. Wieso sie ihren Betonkoffer dann nicht gleich hier hat stehen lassen, ist ihm ein Rätsel.

»Ja, da ist er, der Bub«, rutscht dem Arno heraus, und wie er der jungen Frau im Dirndl so in die blauen Augen schaut, verschlägt's ihm glatt die Sprache.

Kurz scheint ihr etwas Freches auf der Zunge zu liegen, aber sie schluckt es herunter, senkt ihren Blick auf den Bildschirm und legt ihre langen, dünnen Finger auf die Tastatur. »Wie war der Name noch mal?«, fragt sie die Mama.

»Rrromano«, rollt die Mama das R, dass es dem Arno bald die Zehennägel aufringelt.

»Ja ... die Kristallsuite, für drei Nächte.«

»Genau. Mein Mann ... ich meine ... mein Freund, Herr Rrromano, ist leider in Mailand unabkömmlich, also begleitet mich mein lieber Sohn«, sagt die Mama ein bissl hektisch und auch ein bissl stolz, dann zwinkert sie den Arno an und bedeutet diesem kopfnickend, auch was zu sagen.

»Bussi«, fällt ihm bloß ein, und er beeilt sich zu sagen: »Arno Bussi. Brauchen S' meinen Pass ... Rosa?«, liest er von ihrem Schild ab. Rosa. Schöner Name eigentlich.

Sie grinst schelmisch. »Das wird glaub ich nicht nötig sein. Und Ihr Vorname, bitte?«, fragt sie die Mama.

»Marrrina«, säuselt sie, dass man gleich den Refrain weitersingen möcht.

Die Rezeptionistin tippt wieder und beißt sich dann in die Unterlippe. »Ich habe zur Buchung leider weder die Namen Arno noch Marina Bussi vorliegen«, sagt sie betreten. »Herr Romano wird also gar nicht kommen? Nur zur Sicherheit, weil …«

»Marianne«, fällt ihr die Mama ins Wort, ganz ohne rollendes R und Singsang. »Marianne Bussi.« Wie um ihren Anspruch zu untermauern, zückt sie ihr Portemonnaie und zeigt der Rosa ihre goldene Kreditkarte.

»Moment … Ach ja, Marianne, jetzt habe ich Sie.«

Der Arno hört etwas aus Mamas Mund, das sich wie »dieser Schuft« anhört. »Wo ist das Schwimmbad?«, fragt er schnell.

»Das Schwimmbad?«, staunt die Rosa, als hätte der Arno sie nach dem kürzesten Weg zum Taj Mahal gefragt.

»Das Fünfundzwanzig-Meter-Becken«, konkretisiert er.

»Da müsst ich erst nachfragen, ob das heute …«

»Was willst du denn im Schwimmbad?«, empört sich die Mama.

»Ja, äh – ich mein, schwimmen halt«, stammelt der Arno herum und ärgert sich über sich selbst. Schwimmen wird er wohl noch dürfen! Also schaut er kurz böse, worauf die Mama zum Glück nix mehr sagt.

Die Rosa telefoniert derweil. »Heute ist es tatsächlich leider ungünstig«, sagt sie anschließend, »wegen des Festivals wird unser Personal draußen gebraucht. Bis auf den Wellnessbereich hat leider alles geschlossen.«

»Auch das Fitnesscenter?«

»Leider.«

»Gibt's vielleicht ein Schwimmbad im Wellnessbereich?«, fragt der Arno missmutig.

Die Rosa schüttelt ihre entzückenden hellbraunen Locken und sagt: »Nur den Whirlpool.«

»Mhm«, brummt der Arno, der sich lieber nicht vorstellt, wie er im Whirlpool zu kraulen beginnt.

»So kommst du wenigstens einmal zum Erholen und Genießen. Schadet dir überhaupt nicht, so verhungert wie du bist!«, sagt die Mama. »Wann gibt's Abendessen?«

Die Rosa nickt, als erinnere sie sich gerade an etwas Wichtiges, das sie vergessen hat. »Genau. Das ist heute früher, wegen der Festivaleröffnung. Achtzehn Uhr dreißig. Um zwanzig Uhr geht's dann los, direkt vor der Tür draußen.« Und, an den Arno gerichtet: »Nicht verpassen!«

Er runzelt die Stirn und beeilt sich, ein Lächeln nachzuschieben.

»Hier, die Zimmerkarten. Zwei reichen?«

Synchrones Kopfnicken.

»Dann angenehmen Aufenthalt!«

Ein Stündchen oder zwei später haben sie ihre Kristallsuite ausreichend bestaunt, sich auf die Zimmerverteilung geeinigt – natürlich kriegt die Mama das große –, ihr Gepäck verstaut, sich ein bissl ausgeruht und für den Arno Eislaufschuhe besorgt, ohne die die Mama keinen Seelenfrieden gefunden hätte. Praktischerweise hatte das Sportgeschäft dieses Vier-Sterne-plus-minus-ein-Schwimmbad-Saftladens Eishockeyschuhe in Arnos Größe zum Verleih. Bei der Gelegenheit hat sich die Mama auch gleich in ein Täschlein verliebt – Modell: so klein und schon so teuer – und ihre Kreditkarte gleich ein weiteres Mal gezückt.

»Geht auf den Lorrrenzo«, hat sie verschwörerisch zum Arno gesagt. Wenn man will, dann kann man die Mama und ihre plötzliche Freude am Materiellen durchaus verstehen. Dreißig Jahre lang war sie die Pizzabäckerin im *Da Silvio* in Schwaz, nicht weit von der Erdgeschosswohnung entfernt, in der der Arno groß geworden ist. In all den Jahren hat sie wohl Zigtausende Pizzateiglinge geknetet, gewalkt, belegt und gebacken, und die Menschen kamen von weit her, um Mamas legendäre Pizza zu genießen. Jahr für Jahr gingen die Geschäfte besser, aber die Lorbeeren hat immer der Silvio eingesteckt. Zwar hat er die Mama nicht schlecht bezahlt, aber eben auch nicht so gut, als dass sie als Alleinerziehende locker über die Runden gekommen wäre. Und dann kommt eines Tages nicht der reiche Onkel aus Amerika, sondern der reiche Cousin vom Silvio aus Mailand nach Tirol, auf seinem edlen Ross aus dem Hause Ferrari, sieht die Marina und verliebt sich quasi aus dem Stand, und wenn sie nicht gestorben sind, so …

Oder so ähnlich. Jedenfalls ist's logisch, dass die Marina eine helle Freude daran hat, endlich einmal nicht mehr aufs Geld schauen zu müssen.

»Auf uns!«, sagt sie beim Abendessen und hält dem Arno ihren Weinkelch entgegen.

»Und den Lorenzo«, erinnert dieser an den Sponsor der ganzen Geschichte.

»Und den Lorenzo«, echot die Mama, nippt am Wein und beugt sich über ihren Hirsch, während der Arno lieber das Vegetarische genommen hat. Penne mit Spinat.

»Wie ist das jetzt eigentlich mit der Franzi und dir?«, fragt sie ansatzlos.

Er schluckt. »Wie?«

»Ja – wie halt? In deinem Alter war ich längst …«

»In *deinem* Alter?«

Sie kapiert zum Glück selbst, dass ihre eigene Lebensgeschichte nicht unbedingt als Vorbild für den Arno dienen sollte, auch wenn sie gar nix dafür kann, dass ein gewisser Enrico Bussi sie knapp nach Arnos Geburt im Stich gelassen hat und seither wieder auf Sardinien lebt, wo er gerne bis zum Sankt-Nimmerleins-Tag bleiben kann, wenn's nach dem Arno geht. »Jedenfalls …«, druckst sie herum.

»Ich weiß es noch nicht«, kommt er ihr zu Hilfe. »Wir kennen uns ja noch nicht so lang. Momentan sind wir eher so was wie … Trainingspartner.«

»Aber gefallen tät sie dir schon.«

»Ja … schon.«

Fast klingt's jetzt, als wär die Franzi für den Arno ein Plan B, für den Fall, dass kein Plan A mehr ums Eck kommt. Dabei stimmt das überhaupt nicht, aber mit der Mama darüber zu reden, fällt dem Arno viel schwerer als früher. Wahrscheinlich hat sich die räumliche Trennung inzwischen auch auf das berühmte Mutter-Sohn-Verhältnis ausgewirkt.

Eine Weile essen sie schweigend weiter. Dann sagt die Mama, schon wieder ansatzlos: »Der Rosa von der Rezeption hast du gefallen. Hab's genau gesehen.«

»Du, glaubst du nicht, wir sollten langsam …«, sagt er schnell und schaut demonstrativ auf seine Sportuhr, »Nachtisch wird sich wohl keiner mehr ausgehen, leider.«

»Du liebes bissl!«, erschrickt die Mama nach einem Blick

auf ihre eigene Uhr. »Das wird aber knapp. Komm, schnell, wir müssen noch unsere Eislaufschuhe holen«, sagt sie und eilt ganz unelegant aus dem Restaurant hinaus.

Der Arno rennt hinterher und wirft einen Seitenblick zur Rezeption. Von der Rosa keine Spur. Dafür geht's in der anderen Richtung rund, draußen vorm Hotel nämlich, wo die Scheinwerferkegel aufgeregt tanzen und dumpfe Partymusik bis ins Foyer des Hotels *Bergkristall* hereindringt.

4

Dieses ganze Alpen-Halligalli wird ja nicht besser, nur weil man's Après-Ski oder, wie hier in Maria Schnee, Eisfestival nennt. Die gleichen Lieder wie am Ballermann, der gleiche Alkohol und wie's ausschaut auch die gleiche Kundschaft, nur dass sie im Winter in Tirol mehr Kleidung trägt als im Sommer auf den Balearen, meistens jedenfalls. Hölle, Hölle, Hölle für einen wie den Arno. Aber was tut der gute Bub nicht alles für seine Mama.

Knapp vor acht gehen die beiden aufs Eis, besser gesagt drängen sich zwischen die anderen Eisläufer hinein. Dort ist's dann gleich egal, ob man eislaufen kann oder nicht, Umfallen unmöglich, den Menschenmassen sei Dank.

»Komm, wir müssen zum VIP-Bereich!«, fordert die Mama lautstark und drängt sich den Weg frei, wofür sie unterschiedliche Reaktionen erntet. Die einen lachen, die anderen muss der Arno erst einmal böse anschauen, damit auch sie den Spaß verstehen, trotzdem kommen sie nur im Zeitlupentempo voran – als plötzlich die Lichter ausgehen und das Publikum zu johlen beginnt.

»Zehn!«, dringt's aus den Lautsprechern, zusammen mit einem Scheinwerferblitz.

»Schnell!«, wird die Mama hektisch. Sie flutscht scheinbar mühelos zwischen den Leuten hindurch, notfalls unter Schulterhöhe, während sich der Arno mit seinem Gardemaß deutlich schwerer tut. Aber Hauptsache, er hat diese blöden Eishockeyschuhe an.

»Neun!«

»Arno! Komm!«

»Jaja!« Er kann nur ihrer Stimme folgen, verliert das Gleichgewicht, sein Rücken stößt gegen den eines anderen, er wird gezogen und gestoßen und beflegelt ...

»Acht! ... Sieben! ... Sechs! ...« Alle grölen jetzt mit.

Endlich hat er die ersehnten drei Buchstaben entdeckt: VIP, direkt über einem bewachten Zugang.

»Fünf!«

»Arno! Los jetzt!«

»Ich bin ja schon da!«

»Hey!«, schimpft ein Angerempelter.

»Vier!«

»'tschuldigung!«

»Schnell, Arno!«

»Bitte«, sagt der Kontrolleur und lässt sie aufs erhöhte Podest steigen.

»Drei! ... Zwo! ... Eins!«

Und dann kracht's. Lichter blitzen, Musik dröhnt, Scheinwerferkegel streichen über den Dorfplatz, und alles tobt. Obwohl der Arno seine Umgebung um mindestens eine Kopflänge überragt, sieht er erst jetzt, welche Massen sich versammelt haben. Bis in den hintersten Winkel ist alles mit Menschen voll. Nur vorne, direkt vor der Bühne, wird ein Teil der Eisfläche mit Absperrbändern frei gehalten.

Die Gäste sind im Partymodus, sie schunkeln und springen und strecken ihre Getränke in die Höhe, ein guter Teil des Publikums trägt Glitzermasken, leuchtend rote Teufelshörner und anderes Verkleidungszeugs – kollektiver Wahnsinn.

Hier im VIP-Bereich geht's zum Glück gesitteter zu. Die Leute klatschen bloß mit, mal mehr, mal weniger angetan von dem ganzen Zirkus, während der Arno hofft, möglichst bald wieder verschwinden zu können. Er hat einen Plan, von einer abendlichen Laufrunde nämlich, wenn er schon aufs Schwimmtraining verzichten muss.

Als die Musik verstummt, betritt ein Mann mit Cowboyhut die Bühne und tritt ans Mikrofon. »Ladies and gentlemen, boys and girls … Willkommen zum diesjährigen Eisfestival von Maria Schnee!«

Jubel hier, Jubel dort, irgendwo dazwischen aber auch ein paar Buhrufe.

»Jetzt freu dich halt auch ein bissl«, faucht die Mama.

Also freut sich der Arno halt auch ein bissl.

»Das ist der Jack, dem gehört unser Hotel!«, brüllt sie ihm ins Ohr.

»Aha!«, gibt der Arno zurück und wundert sich, woher sie das jetzt schon wieder weiß.

»Einmal mehr haben wir weder Kosten noch Mühen gescheut, um unser schönes Maria Schnee in ein Wintermärchenland zu verwandeln. Heuer mit einer noch größeren Kunsteisfläche! Tag für Tag erwarten Sie zahlreiche Höhepunkte. Auftritte nationaler und internationaler Top Acts, Eisstockschießen, Eistauchen für die Mutigen, kulinarische Köstlichkeiten und Kinderunterhaltung – dazu selbstverständlich Eis, Eis und noch mal Eis! Maria Schnee *is on se rocks!*«, sagt der Jack in ziemlich verunglücktem Englisch und lüftet kurz seinen Cowboyhut, unter dem eine Elvis-Frisur zum Vorschein kommt. Das Publikum applaudiert, kann die Buhrufe damit aber nicht ganz zudecken. »Aber was wäre das Eisfestival von Maria Schnee ohne unsere Eisprinzessin? Ladies and Gentlemen, der Moment ist gekommen, Ihnen unsere diesjährige *Princess on se rocks* vorzustellen, und sie wird rocken, das kann ich euch versprechen ...«

Gejohle im Publikum, diesmal ohne Buhrufe.

»Begrüßt also nun mit mir ... Prinzessin Rosa die Erste!«

Der Arno horcht auf.

Ein Scheinwerfer wirft sein kreisrundes Licht auf die abgetrennte Eisfläche vor der Bühne, fährt suchend herum, bis er Glitzer findet, viel Glitzer, am knappen Kleid der Eisläuferin, die sich abstößt, Schwung holt, abspringt und sich anderthalbmal um die eigene Achse dreht, bevor sie bei der Landung hinfällt, aber gleich wieder aufsteht. Sie hebt ihre Arme und streckt das Kreuz durch, und, tadaa, was zu sehen ist, gefällt auch dem Arno, der auf die Entfernung aber nicht sagen könnte, ob seine Vermutung zutrifft und es sich tatsächlich um jene Rosa handelt, die ...

Der Hotelchef spricht weiter: »Manche von Ihnen haben sie ja schon kennengelernt, als Rezeptionistin meines Vier-Sterne-plus-Hauses *Bergkristall* hier am Platz ...«

Tatsächlich, denkt der Arno. Wie eine Eins steht sie da, die Rosa, eine Prinzessin wie aus dem Bilderbuch. Alles an ihr funkelt, das Prinzessinnenkrönchen, die Maske, die Arme und Beine und das Kleidchen sowieso. *Der Rosa hast du gefallen. Hab's genau gesehen,* fällt ihm die Mama beim Abendessen ein, und wie er sie so sieht, die Rosa, wird ihm ganz warm ums Herz.

»Komm zu mir, Prinzessin!«, fordert der Jack, und die Prinzessin folgt, trippelt die Treppe zur Bühne hinauf und strauchelt beinahe ein weiteres Mal. Sie fängt sich gerade noch und stellt sich zum Gastgeber, der feierlich spricht: »Nun nimm dein Zepter und sprich die Worte, auf die wir alle sehnlichst warten!«

Im Publikum ist's plötzlich totenstill.

»Das Eisfestival … in Maria Schnee … ist … eröffnet!«, stammelt die Rosa, viel schüchterner als vorhin an der Rezeption, und fuchtelt mit dem Zepter, als wär's ein Zauberstab. Bestimmt ist sie total aufgeregt, die Arme.

Aber ihr Satz entfaltet die gewünschte Wirkung, die Musik geht wieder an, zu *Atemlos durch die Nacht* kocht der kollektive Wahnsinn über, während der Cowboy der Rosa in einen dicken Umhang hilft – auch der funkelt, was das Zeug hält –, sie zu einem Thron auf der Bühne begleitet und dort Platz nehmen lässt.

Die Mama stößt dem Arno in die Rippen und strahlt übers ganze Gesicht. »Die Rosa!«, liest er mehr von ihren Lippen ab, als dass er's hören könnte.

»Schon sind wir beim ersten ganz großen Höhepunkt unseres Eisfestivals angelangt – dem alljährlichen *Chainsaw Massacre!*« Der Jack spricht den Filmtitel aus, als hätte er eine Handvoll Spax-Schrauben gegurgelt, und viel besser wird's auch nicht, als er weitermacht: »Gentlemen, schtart your Endschinns!«

Links neben der Bühne knattert ein Zweitaktmotor los, ein Scheinwerfer strahlt die Kettensäge an, und neben dem

Mann, der sie hochhält, gerät auch ein riesiger Eisblock in den Blick – bestimmt zwei, vielleicht sogar drei Meter hoch, makellos und kristallklar, von unten mit blauem Licht zum Leuchten gebracht.

Dasselbe Spiel wiederholt sich auf der anderen Seite der Bühne und dann auch an den gegenüberliegenden Ecken des Platzes, gefolgt von der Insel in der Mitte mit den Bäumen, dem Kreuz und dem Dorfbrunnen, die der Arno bei seiner Ankunft gesehen hat, den Eisblock aber nicht.

Der Jack redet weiter: »Fünf renommierte Eisskulpturenkünstler werden hier auf diesem Platz gegeneinander antreten und um unsere berühmte Kristallkugel kämpfen, von der man mit Fug und Recht behaupten kann, dass sie zur heimlichen Weltmeisterschaftstrophäe geworden ist. Und auch das Preisgeld kann sich sehen lassen: Zwanzigtausend Euro gehen an den Gewinner, über den Sie, liebes Publikum, wie jedes Jahr entscheiden werden. Nutzen Sie die kommenden Tage, um den Meistern bei ihrer Arbeit zuzusehen, und stimmen Sie für Ihren Favoriten. Genießen Sie aber auch das Fest! Besuchen Sie die zahlreichen Stationen, um sich zu verpflegen, feiern Sie mit uns und lassen Sie sich während der kommenden Tage gut unterhalten! So. Für heute ist genug gesagt. Wir sehen uns morgen Abend wieder, beim Kürlauf unserer Eisprinzessin. Jetzt aber wollen wir das Eis fliegen sehen! Der Run auf die Kristallkugel von Maria Schnee beginnt in fünf …«

»Vier!«, rufen viele, den restlichen Countdown schon alle. Und bei null heulen die Kettensägen auf und das Eis spritzt und die Stroboskope blitzen und die Musik nervt und die Bühne wird dunkel, der Hauptplatz dafür ganz hell. Sofort scharen sich Menschen um die Eisblöcke, andere versammeln sich traubenförmig vor den Getränkeständen, und bevor der Arno zur Rosa schauen könnte, ist die schon von der Bühne verschwunden und der Hotelcowboy auch.

»Was für eine Grazie!«, sagt die Mama und strahlt. »Die wär was für dich«, macht sie ihre Absichten konkreter als nötig.

Am liebsten würde der Arno »Wer denn?« fragen, nur so zum Spaß.

»Champagner?«, fragt eine Bedienstete im VIP-Bereich.

»Gerne«, trällert die Mama gleich weiter und nimmt zwei schlanke Gläser vom Tablett. Eines davon bekommt der Arno verpasst, und bevor er sich überhaupt wehren kann, von wegen Triathlet und so, sagt die Mama: »Auf die Rosa!«

»Mhm.«

»Oh, der ist aber köstlich! Und alles inklusive.«

Der Arno nickt bloß noch. Hat ja keinen Sinn, der Mama jetzt die wirtschaftliche Seite ihres Aufenthalts auseinanderzusetzen und sie damit auf den Sponsor ihres tollen *Alles inklusive* aufmerksam zu machen. Wenn's die Mama freut, ist's gut. Andererseits hat auch alles seine Grenzen, und Arnos Grenze ist für diesen Abend erreicht. Also stellt er sein Champagnerglas weg und sagt: »Du, ich werd vorm Schlafengehen noch eine Runde laufen. Mir steckt die Zugfahrt in den Knochen.«

Die Mama schaut verdutzt auf die glitzernde Uhr an ihrem Handgelenk. »Aber Arno, du kannst mich doch hier nicht allein lassen! Ich kenn ja keinen! Komm, wenigstens noch eine Runde um den Platz, den Maestros bei der Arbeit zuschauen.«

Der Arno schaut woanders hin, und zwar zum Himmel. Aber weil's ja nix hilft, folgt er der Mama, der brave Bub – eine Runde, bitte sehr.

Und schau, schau, seit sich das Publikum nicht mehr vor der Bühne drängt, kommt man tatsächlich auf den Kufen gleitend voran, langsam zwar und nur im Zickzack um andere Leute herum, aber immerhin. Mit dem Eislaufen ist's ja genau wie mit dem Fahrradfahren, man verlernt es nie, wobei's der Arno deutlich besser kann als die Mama, die sich fest bei ihrem Sohn unterhakt.

»Wohin?«, fragt er und sieht, dass die Mehrheit des Publikums in ganz normalen Straßenschuhen auf dem Eis steht. So viel zu den Eislaufschuhen.

»Einmal rundherum.«

»Mhm.«

Während die Marina vor allem mit Festhalten beschäftigt ist, mustert der Arno derweil die Fassaden des Ortskerns, die sich dunkel hinter dem ganzen Lichtspektakel abzeichnen. Typische Tiroler Architektur, das meiste davon alt und heruntergekommen. Die Holzverkleidungen wirken schwer, viel zu schwer für die heutige Zeit, in der am besten alles gar nicht mehr da wär – Stichwort ökologischer Fußabdruck, Transparenz und Entschuldigung, dass es mich gibt.

Sie fahren an einer Bankfiliale vorbei, ein Lebensmittelgeschäft gibt's auch, dann ein altes, anscheinend geschlossenes Café – und nach einem Laden für regionales Kunsthandwerk sind sie auch schon am anderen Ende des Platzes angekommen, wo sich aber eindeutig zu viele Leute drängen, als dass man den Künstlern bei der Arbeit zuschauen könnte. Die

Mama stellt sich vorne auf die Zacken ihrer Schuhe und streckt den Hals in die Höhe, aber bei ihrer Körpergröße sieht sie natürlich überhaupt nix, und auf die Schultern nehmen kann er sie auch schlecht.

»Da! In der Mitte ist's besser!«, meint die Mama nach einem Rundumblick, also fahren sie da auch noch hin, drängeln sich nach vorn und sehen endlich den Sägemeister, der gerade das Schwert seines Fichtenmopeds im riesigen Eisblock vor sich versenkt. Eine Fontäne aus Eiskristallen spritzt in hohem Bogen aus dem eingezäunten Areal in den Zuschauerbereich. Die unfreiwillig Bespritzten lachen und bücken sich nach den Sägespänen aus Eis, als wären es Diamanten. Dann kracht ein großes Stück zu Boden, begleitet von Applaus, als wäre das schon eine Meisterleistung gewesen. Was aus dem Eisblock einmal werden soll, lässt sich noch nicht einmal ansatzweise erahnen.

Der Kettensägenlärm vermengt sich mit dem Schlager-Humtata aus den Boxen, der Gestank des Zweitaktmotors mit den Düften, die von den Verpflegungsständen herüberwehen. Schlecht könnte einem werden.

»Komm, schauen wir einmal, ob's irgendwo einen Nachtisch für uns gibt!«, brüllt die Mama wie aufs Stichwort und zeigt zu den Buden, die direkt vor den Arkaden des Gemeindeamts aufgebaut wurden.

Neben dem Imbissstand, der *Eishölle* und dem *Froststadel* gibt's auch einen *Schmarrnkaiser,* den die Mama trotz ihrer Eislaufschwäche zielsicher ansteuert und den Arno hinter sich herzieht. Kein Wunder: Sie liebt Kaiserschmarrn – und tatsächlich gibt's genau den in den unterschiedlichsten Variationen. Schon stehen sie in der Schlange, und die Augen von der Mama leuchten mit den Scheinwerfern am Platz um die Wette.

»Okay, aber danach muss ich echt …«, quengelt der Arno herum, während sie warten.

Die Mama drängelt sich vor, und obwohl sie noch lang nicht an der Reihe wäre, ruft sie schon »Zweimal Zeus mit Heidelbeeren« in die Bude hinein, so resolut, wie ein Polizist »Fahrzeugkontrolle – Führerschein und Zulassung« sagen würde. Da bleibt dem Herrn an den Pfannen gar nix anderes übrig, als ihre Bestellung entgegenzunehmen.

»Für mich aber keinen!«, protestiert der Arno von hinten.

»Du bist jetzt einmal still!«, wird die Mama rabiat. Beim Kaiserschmarrn hört bei ihr der Spaß eben auf. Vielleicht hat's mit den vielen Pizzas zu tun, die sie in ihrem Leben schon hat backen müssen – all die deftigen Calzoni, Diavoli und Quattro Formaggi –, dass sie das süße Zeug geradezu abgöttisch liebt, während sich der Arno nicht unbedingt darum reißt.

»Zweimal den Zeus mit Heidelbeeren, für die ganz Verhungerten«, sagt der Schmarrnmeister, der eher einem Metzger als einem Mehlspeisenkoch gleichschaut, und reicht zwei Riesenberge Kaiserschmarrn über die Köpfe der anderen Wartenden nach hinten, begleitet von spöttischem Gelächter, aber auch von neidischen Ahs und Ohs. Irgendwer sagt etwas von helfen lassen und fertig essen, sein Kumpel lacht, die Mama nicht, schaut bloß giftig. Und weil der Stand keine Karten akzeptiert, muss der Arno zahlen: achtzehn Euro. Mit dem Geld könnt er in Wien zweimal mittagessen gehen, aber was tut man als braver Sohn nicht alles.

»Mmmh!«, frohlockt die Mama, kaut und schluckt. »Wau! Der ist ja *der* Wahnsinn!«

Ein Wahnsinn sind vor allem die Kalorien, die da drinstecken, weiß der Arno. Butter, raffinierter Zucker, Weizenmehl … Alles ungesund hoch drei und völlig ausgeschlossen für einen angehenden Triathleten wie ihn.

»Komm schon, probier, solang er noch heiß ist!«

Mehr lustlos als sonst was gabelt er sich ein Stück in den Mund und beißt halt hinein.

Jaja, krustig, flaumig und süß …

Boah.

BOAH!

Freitag

5

Das mit der Völlerei ist schon eine merkwürdige Sache. Die meisten Menschen halten sich mit ihrem Körpergewicht ja an den berühmten Jahresrhythmus. Rund um Weihnachten wird geschlemmt, dass sich die Balken biegen, und im Januar flattern dann die Werbeprospekte der Fitnesscenter und Abnehmvereine ins Haus, die einen wünschen lassen, man hätte niemals derart willenlos zugeschlagen. Anschließend rackern sich alle monatelang an ihrer Bikinifigur ab, manche von ihnen bis in den Herbst hinein, und schon heißt's wieder: Her mit den Keksen. Aber manchmal schlägt man eben auch außerplanmäßig über die Stränge. Wie der Arno gestern Abend zum Beispiel.

Dem ist jetzt nämlich schlecht. SO schlecht.

Nix ist es geworden mit seiner abendlichen Laufrunde. Ans Schwimmen will er schon gar nicht denken, nicht einmal im Whirlpool. Die Vorstellung von Flüssigkeiten jeder Art macht's bloß noch schlimmer.

Er hat den ganzen Zeus verdrückt.

Und den halben von der Mama noch dazu.

Was sich jetzt natürlich rächt. Sein Körper ist längst nicht mehr an Zumutungen dieser Art gewöhnt. Seit Monaten ernährt er sich beinahe fettfrei, absolut zuckerfrei und hauptsächlich von den berühmten langkettigen Kohlenhydraten, dazu Gemüse und Obst, und das Eiweiß darf einem Sportler natürlich auch niemals ausgehen. Die Adventszeit hat er ausgelassen, die Weihnachtsfeier im Bundeskriminalamt sowieso, und über den Jahreswechsel haben die Franzi und er dann so richtig Gas gegeben und die Trainingsstrecken fast für sich allein gehabt.

Was hat mich bloß geritten?, denkt er reuig.

Er hat einfach nicht aufhören können vor lauter gut. Wieder und wieder hat er zugestochen und sich die Schmarrnstücke in den Mund geschoben, dass die Mama ihn schon ganz glücklich angestrahlt hat, aber auch das war ihm nicht Warnung genug. An der Hotelbar haben sie sich dann noch ein Schnapsl gegönnt und ein zweites hinterher, weil's auch schon egal war.

Aber je länger er sich jetzt wach im Bett herumwälzt und Stunde um Stunde vergeht, ohne auch nur an Schlaf denken zu können, desto mehr ärgert er sich darüber. Morgen – also heute – wird er sich die ganzen Gifte wieder aus dem Körper trainieren. Keine große Sache. Anderthalb Stunden laufen, zehn, fünfzehn Kilometer vielleicht, und den Rest erledigt die Verdauung. Bestimmt wird die Sportuhr meckern, dass seine Leistungswerte lausig sind. Vielleicht wär's besser, auf sie zu verzichten, um sich nicht den Durchschnitt zu versauen …

Doch erst einmal ist und bleibt ihm schlecht.

Nach dem Hinlegen hat er noch eine Zeit lang dem Wummern der Musikanlage zugehört, auch die Motorsägen haben gelärmt, aber um Mitternacht war dann Schluss.

Und Totenstille.

Bis auf die Kirchturmglocke. Jede Viertelstunde hat sie geschlagen. In vielen ländlichen Gemeinden hat man dieses nächtliche Gebimmel ja schon abgeschafft, weil's weder einem religiösen Zweck dient noch zu sonst was gut ist. Mit der Zeit hat's den Arno richtig zu stören begonnen, und man kennt das ja, am Ende schläft man deshalb nicht, weil man erst einmal drauf wartet, dass das nächste Auto vorbeifährt, der Nachbar endlich seinen Fernseher abdreht oder eben die folgende Viertelstunde schlägt, und dann ist's plötzlich fünf Uhr neunundfünfzig und man stellt den Wecker ab, Sekunden bevor er losgeht.

Einen Wecker hat der Arno heute zwar nicht gestellt, schließlich ist er im Urlaub, aber richtigen Schlaf findet er nicht. Bis ungefähr um vier, als die Mama die senile Bettflucht plagt, weil sie aufsteht und die Suite verlässt, leise, aber nicht leise genug. *Wo will sie denn hin?*, fragt sich der Arno. Wird sie auch vom Schmarrn geplagt, obwohl sie noch nicht einmal die Hälfte von Arnos Portion gehabt hat? Geht sie eine Runde? Ans Eislaufen wird sie ja wohl nicht denken, und Schlafwandlerin ist sie hoffentlich auch keine geworden, seit der Arno nicht mehr bei ihr wohnt.

Einen Moment lang überlegt er, ihr zu folgen. Vielleicht tät's ihm auch gut, sich die Beine zu vertreten. Aber die Befehle von oben kommen nicht unten an, weil der Schmarrn alles blockiert. Also bleibt er liegen, denkt an alles, aber nicht ans Essen, und wartet, bis der Morgen kommt.

Und langsam, ganz langsam, döst er in den kümmerlichen Rest dieser Nacht davon …

»Arno! Mein Gott, Arrrno!«

Eiskalte Hände packen und schütteln ihn.

Er kennt sich nicht aus, will sich wehren und erkennt gerade noch rechtzeitig die Mama, bevor er ihr einen Schlag auf die Nase verpasst hätte.

»Arno, jetzt wach endlich auf!«

Er glaubt, er spinnt, aber nix, die Mama spinnt, weil sie das Licht anmacht. Viel zu grell ist's plötzlich in Arnos Zimmer, und so steht sie vor seinem Bett, im Bademantel vom *Bergkristall*. Sie zittert, als stünde sie auf einer Rüttelplatte.

»Mama, was ist denn?« Er setzt sich auf, gestresst vom Alarmstart, aber wenigstens ist ihm nicht mehr übel.

»Ich hab ein Verbrechen beobachtet! Du musst sofort mitkommen!«

»Was denn für ein Verbrechen?«

»Eine Entführung! Die Rosa ist entführt worden! Jemand hat sie aus dem Hotel verschleppt!«

Er horcht auf. »Die Rosa?«

»Ja! Jetzt plapper mir doch nicht alles nach wie ein Papagei, Bub! Aufstehen! Schnapp ihn dir! Hinterher!«

»Aber wem denn? Wohin?«

»*Du* bist der Polizist! Los, los, los!«

Also springt er auf, wirft sich in seine Sachen von gestern Abend, abgesehen von den Eishockeyschuhen natürlich, die er durch seine Sportschuhe ersetzt.

Die Mama wartet schon im Eingang zur Suite. »Jetzt komm endlich!«

»Du willst jetzt aber nicht im Bademantel raus, oder?«

»Ja sicher! War ich vorher auch schon. Los!«

Der Arno wetzt ihr hinterher, aus der Suite durch den langen Gang zu den Liften. Die Mama drückt den Abwärtsknopf, dann zeigt sie durch eine gegenüberliegende Glastür zur Feuertreppe in den Innenhof hinunter.

»Was ist da?«, fragt er, weil er nix als Dunkelheit sieht.

»Da unten waren sie.«

»Die Rosa und der Entführer«, sagt er und glaubt, er ist im falschen Film.

»Ja! Der Lift ist eine Zumutung!«, schimpft sie und drückt ein weiteres Mal den Knopf nach unten. Dann verliert sie die Geduld, reißt die Tür nach draußen auf und schau, schau, es hat ordentlich abgekühlt in der Nacht: Eisige Luft weht dem Arno entgegen.

»Moment einmal, Mama«, bremst er sie, weil sein Verstand langsam zusammenrinnt, womit die ersten Fragen auftauchen: »Erzähl mir erst einmal genau, was du beobachtet hast.«

»Hab ich dir doch schon gesagt! Ein Mann hat die Rosa entführt!«, ruft die Mama, die schon auf der Feuertreppe steht.

»Das hast du gesehen? Also – ich seh da unten nix! Nur schwarz!«

Sie schaut ihn an wie damals, als er das mit den Schuhen und dem Schleifenbinden nicht kapieren hat wollen. Aber weil der Bub weiterhin auf einer Antwort besteht, schnauft sie einmal durch und sagt: »Hier draußen bin ich gestanden und hab runtergeschaut. Sie haben sich im Hof gestritten, die Rosa und der Mann.«

»Das hast du gesehen? Bei *der* Dunkelheit?«

»Gehört!«

»Gehört?«, wird der Arno gleich noch skeptischer. »Und worüber haben sie gestritten?«

»Das hab ich nicht verstanden. Aber die waren gar nicht freundlich miteinander.«

»Was hast du denn da überhaupt gesucht, um die Uhrzeit?«

Die Mama antwortet nicht, sondern schaut drein, als ob sie ihn gleich stehen lässt und losrennt. Deshalb hält der Arno sie vorsorglich mit beiden Händen an den Ellenbogen fest. »Was wolltest du da, Mama?«

Sie reißt sich von ihm frei. »Lass mich!«

»Dann erklär!«

Sie schnauft.

Er schnauft.

»Ich hab die Streiterei durchs offene Schlafzimmerfenster gehört. Aber gesehen hab ich nix, weil was im Weg war. Das Vordach da, schau! Von der Suite aus sieht man nicht runter! Also hab ich einen Platz gesucht, wo es geht. Da eben«, zeigt sie nach unten.

»Du warst vorhin schon hier draußen?«

»Ja!«

»Darin?«, deutet er auf ihren schneeweißen Frotteemantel.

»Was meinst du, warum ich sonst so zittere?«

»Und dann?«

»Nicht fragen, nachrennen, Arno!«

»Mama! Was war dann?«

»Dann ist die Tür hinter mir zugefallen, und sie haben mich bemerkt.«

»Und sind verschwunden.«

»Ja.«

»Warum soll das denn eine Entführung sein?«

»Weil sich die Rosa dagegen gewehrt hat, eben!«

Der Arno versucht, sich in die Situation hineinzuversetzen. Sie streiten, merken, dass sie beobachtet werden, und verschwinden – ein Teil des Paares vielleicht nicht ganz freiwillig. Bedauerlich, aber wenn die Wogen hochgehen, kann so etwas schon passieren. Entführung ergibt das noch lange keine.

»Hat der Mann sie geschlagen?«

»Nein«, sagt die Mama ein bissl kleinlaut.

Na also. Die Mama übertreibt maßlos. Neun von zehn Polizisten würden sie schief anschauen, käme sie damit in eine Inspektion gelaufen.

»Und du?«, fragt er sie. »Was hast du dann gemacht?«

»Runter bin ich halt. Über die Treppe. Und vorn beim Hotel wieder rein.«

Der Arno will sich gar nicht vorstellen, was sich der Nachtportier gedacht haben muss, als die Mama im Bademantel daherspaziert kam. Aber möglicherweise passiert das ja öfter, als man denkt.

»Hast du die zwei wenigstens noch sehen können?«

»Nein«, sagt sie noch kleinlauter, weil sie wohl gerade selbst erkennt, dass der Arno überhaupt nix machen kann, wo er ja nicht einmal weiß, in welche Richtung sie verschwunden sein sollen, der Mann und die Rosa …

Die Rosa …

»Wie kommst du überhaupt drauf, dass es die Rosa war?«, fragt er sie weiter.

»Glaubst mir jetzt gar nix mehr? Ich werde wohl noch jemanden an seiner Stimme erkennen!«

»Wie klingt die Rosa denn, wenn sie streitet?«, bohrt er weiter.

Die Mama antwortet nicht, aber er sieht, dass auch sie langsam ins Grübeln kommt.

»Du hast also niemanden erkannt und auch nicht verstanden, worüber sie gestritten haben. Dann haben sie dich bemerkt und sind verschwunden. Mama, das ist ganz sicher keine Entführung gewesen.«

Sie bleibt weiterhin still, schüttelt nur den Kopf, zittert immer noch am ganzen Leib, dann lässt sie die Schultern hängen. Sie wirkt auf einmal viel älter, als der Arno sie in Erinnerung hat, was bei ihm gleich den Fürsorgeknopf drückt.

Er legt eine Hand auf ihren Arm. »Komm, Mama, leg dich ein bissl hin, und nach dem Frühstück schau ich …«

»Lass mich!«, keift sie, reißt sich frei und stampft ganz ungraziös in ihre Suite zurück.

Weil der Arno keine Zimmerkarte mitgenommen hat, muss er klopfen. Sie lässt ihn wortlos herein, verschwindet in ihrem Schlafzimmer und sperrt die Tür zu.

»Ts!«, sagt er und legt sich wieder hin.

6

Schlafen kann der Arno natürlich nicht mehr. Denn der Schlaf ist ein ganz spezieller Zeitgenosse. Wäre der Schlaf ein Mensch, würde man ihn wahrscheinlich nicht sehr sympathisch finden. Je mehr man ihn herbeisehnt, desto weniger kommt er, dafür übermannt er einen umso öfter, wenn man ihn überhaupt nicht brauchen kann. Besonders unleidlich wird er, wenn die Nacht schon bald vorbei ist und man weiß, dass demnächst der blöde Hahn vom Nachbarn krähen wird. Dann kann man müde sein, wie man will, der Herr Schlaf ist über alle Berge und kräht einem höchstens noch was. Genau wie dem Arno.

Dabei ist's natürlich nicht mehr der Kaiserschmarrn, der ihn vom Schlafen abhält, sondern alles andere. Zuerst die Sorge um die Mama. Wird sie langsam alt, wie man so sagt? Es heißt ja, die Eigenarten verstärken sich, je älter man wird. Und die Mama hat immer schon einen sehr ausgeprägten Gerechtigkeitssinn gehabt. Hilfsbereit ist sie sowieso. Aber dass sie jetzt im Bademantel auf Hotelfluren herumzurennen beginnt, eingebildeten Verbrechern auf der Spur, das macht ihm schon Sorgen …

Andererseits könnt ja auch was dran sein. Die Mama fabuliert sich normalerweise keine wilden Theorien zusammen.

Man kann sich eigentlich schon auf das verlassen, was sie sagt …

Eigentlich …

Eigentlich ist's ein Quatsch, über diese angebliche Entführung nachzudenken, und doch tut er's.

Der Rosa hast du gefallen. Hab's genau gesehen, hat er die Mama wieder im Kopf. Und tatsächlich fühlt er sich jetzt ein bissl verantwortlich für die hübsche Rezeptionistin, die zugleich die Eisprinzessin von Maria Schnee ist. Ein völlig unprofessionelles und an den Haaren herbeigezogenes Gefühl, für das er sich schämt, der Franzi gegenüber. Und wie er an die Franzi denkt, denkt er, dass er sie vielleicht einmal anrufen sollte. Wobei sie ihm ja auch etwas texten oder es auf seinem Handy probieren hätte können, die Franzi …

»Verflixt!«, schimpft er in die Stille des Zimmers hinein. Die Mama hustet nebenan, als sollte der Bub nur wissen, dass auch sie kein Auge mehr zumachen kann.

Und weil's eh schon egal ist, steht er wieder auf, zieht sich die Laufsachen an und verschwindet gegen halb sechs aus der Suite, auf Zehenspitzen, die Laufschuhe in der Hand.

Unten im Foyer ist alles still, vom Nachtportier keine Spur. Der Arno verlässt das Hotel durch den Haupteingang. Draußen am Platz sind die Straßenleuchten an, weshalb er auf die Stirnlampe verzichtet.

Sein Atem kondensiert in der eisigen Luft. Das Drehlicht am Dach eines Müllwagens wirft seinen orangefarbenen Schein im Kreis herum.

Ich will hier weg, denkt er, zwingt sich dann aber loszulaufen, auf dem Kopfsteinpflasterstreifen, der die Eisfläche umsäumt. Seine Augen schmerzen, und seine Gedanken fließen zäh wie Honig, Folgen des Schlafmangels, bestimmt auch des Kaiserschmarrns, und schon nach wenigen Metern klopft sein Herz wie sonst erst nach ein paar Kilometern.

Er kommt am Müllwagen vorbei. Zwei Arbeiter stehen auf der riesigen Kunsteisfläche und kratzen Zigarettenstummel und andere festgefrorene Gegenstände aus der Oberfläche, ein weiterer entleert die zum Bersten vollen öffentlichen Mülleimer. Überall liegt Kleinzeug auf dem Boden herum, Servietten und Sackerl, Knicklichter, Cocktailschirmchen und Plastikbecher, der Arno sieht sogar schwach glimmende batteriebetriebene Leuchthörner im Dreck. Unglaublich, wie viel Mist der Mensch binnen weniger Stunden produziert, aber auch, wie achtlos er mit seinem Zeug umgeht. Als hätte es mit dem ersten Benutzen seinen Wert verloren.

Seinen Wert verloren hat aber auch Arnos Urlaub. Schon die Sache mit dem Schwimmbad war ein ordentlicher Dämpfer, weil die Trainingsmöglichkeit eines seiner Hauptargumente war, nach Maria Schnee zu kommen. Und dann setzt ihm die Mama auch noch den Floh mit der verschwundenen Rosa ins Ohr …

Um diesen Floh wieder abzuschütteln, läuft der Arno schneller. Erst jetzt sieht er, dass die halb fertigen Eisskulpturen über Nacht zugedeckt worden sind, mit kastenförmigen schwarzen Isolationshauben, an denen Kühlgeräte hängen, wohl um die Kunstwerke vorm Wegschmelzen zu bewahren. Logisch bei Temperaturen wie gestern.

Er verlässt den großen Platz durch eine Seitengasse, biegt ums nächste Eck nach Westen und erreicht bald die Randzone von Maria Schnee. Die Straßenbeleuchtung wird spärlicher. Immer noch ist's völlig dunkel, also macht er seine Stirnlampe an. Er kommt an Häusern vorbei, die ausschauen, als stünden sie schon seit Jahren, wenn nicht seit Jahrzehnten leer. Kein Licht in den Fenstern, keine Autos, keine Menschen irgendwo.

Keine Rosa …

»Verflixt!«, schimpft er, als er merkt, dass sein Verstand schon wieder munter am Kriminalisieren ist. Fast scheint's, als hätte er genau das zu lange nicht machen dürfen. Schnüffeln, nachdenken, kombinieren, vernehmen, verhören, festnehmen – zu all dem kommt er in der Statistikabteilung ja nie. Wobei die Geschichte von der Mama bestimmt an den Haaren herbeigezogen ist. Also versucht er, sich wieder aufs Laufen zu besinnen.

Der Arno erreicht einen Campingplatz, der ziemlich ausgelastet zu sein scheint. Bestimmt wegen des Eisfestivals. Eine einsame Gestalt schlurft durch die Kälte zum Waschhaus und stößt gähnend eine Atemwolke aus. Irgendwo surrt eine Maschine. Dann wird's wieder still. Er kommt noch an einer alten Hotelburg vorbei, die ebenso verlassen wirkt wie alle Häuser, die sich nicht direkt im Ortszentrum befinden. Hinter der riesigen Ruine findet der Arno einen Feldweg, der leicht ansteigend auf ein Waldstück zuführt.

Na dann, denkt er und läuft hinauf.

Wälder sind super, findet der Arno. Ein bissl unheimlich, wenn man sich anschaut, was in Krimis und Thrillern alles zwischen Bäumen passiert. Da werden nicht bloß Leichen vergraben und Menschen versteckt, da wird gemeuchelt, dass die Fetzen fliegen. Und sowieso ist immer einer hinter einem anderen her, von dem dieser andere nix weiß. Was natürlich kaum etwas mit der Realität zu tun hat.

In Wahrheit sind Wälder nämlich nicht nur völlig harmlos, sondern obendrein die beste Umgebung, die man sich zum Lauftraining wünschen kann. Der Boden federt, was gut für die Gelenke ist, fürs Koordinationsvermögen sowieso, die Luft ist viel besser als auf der Straße, und irgendwie fühlt man sich zwischen all den hohen Bäumen geborgen. Aber um Wald zu haben, braucht der Arno nicht nach Tirol zu kommen, den gibt's auch in Wien, sogar einen ganzen Haufen davon, und obendrein noch die Parkanlagen. Die Gelegenheiten zum Freiluftsport sind dort mindestens genauso gut wie hier.

Ich will heim, denkt er wieder.

Die Uhr vibriert, und der Arno weiß, ohne hinzuschauen, dass er schon zwei Kilometer hinter sich gebracht hat – besser gesagt: *erst* zwei, weil er sich bereits jetzt wie nach einem Halbmarathon fühlt. Unglaublich, wie sehr die ungesunde Ernährung und der Schlafmangel gleich auf seine Leistungsfähigkeit schlagen …

Da raschelt etwas im Unterholz. Instinktiv dreht der Arno seinen Kopf hin und bleibt stehen, als er im Dickicht ein Augenpaar aufleuchten sieht. Zunächst denkt er an ein Rehkitz. Es wäre nicht seine erste Begegnung dieser Art. Besonders auf nächtlichen Waldläufen sieht man das Wild, und üblicherweise verharren die Bambis dann regungslos im Unterholz und hoffen, dass man sie nicht entdeckt.

»Ich seh dich«, murmelt er, da sieht er erst, dass es gar kein Bambi ist. Sondern ein Rotfuchs.

Zuerst erschrickt er und denkt an die Tollwut, vor der ihn

seine Mutter früher gewarnt hat. Füchse, Tollwut, Tod war die logische Ereigniskette, und notfalls erledigte der Fuchsbandwurm den Rest.

Dann wird ihm bewusst, dass er wohl noch nie einen Fuchs in freier Wildbahn gesehen hat.

»Ein Fuchs!«, spricht er in den kondensierenden Atem vor seiner Stirnlampe hinein. Als sich der Nebel wieder verzieht, ist auch das Tier verschwunden.

Früher als geplant, mit erst sechseinhalb Kilometern in den Beinen, kommt der Arno in den Ort zurück. Erstens, weil er sich nicht gut fühlt, und zweitens plagt ihn das schlechte Gewissen. Er will noch einmal mit der Mama reden, vorher aber schnell an der Hotelrezeption nach der Rosa fragen, sie notfalls von einem ihrer Kollegen anrufen lassen, um der Mama zu beweisen, dass ihre Sorgen völlig unberechtigt sind. Schließlich ist das Leben kein Krimi, in dem immer irgendwas passieren muss. Die allermeiste Zeit, das hat ihn seine Zeit als Uniformierter am Achensee gelehrt, passiert nämlich überhaupt nix.

Obwohl langsam der Tag anbrechen sollte, wird es kaum heller. Der Arno schaut in den Himmel und sieht die schweren Wolken, die sich über Nacht hereingeschoben haben. So kalt, wie's inzwischen ist, könnt man ja fast schon an Schnee denken.

Und wie der Arno fast schon an Schnee denkt …

… fängt's in Maria Schnee tatsächlich an zu schneien.

7

Wer glaubt, dass nur die Inuit viele Wörter für Schnee kennen, der irrt. Die Tiroler tun das genauso. Neuschnee, Altschnee, Kunstschnee, Pulverschnee, Sulzschnee, Firn, Harsch sowie die im Alltag noch viel gebräuchlicheren Varianten Superschnee, Scheißschnee und Hurenschnee. Aber ganz egal, um welche Form von Schnee es sich gerade handelt, eines ist fix: Der Schnee lässt hier keinen kalt.

»Echt jetzt?«, fragt der Arno in den Himmel, wie er die ersten kalten Stiche im Gesicht spürt.

Echt jetzt!, antwortet die nächste Straßenlampe, besser gesagt beweist's ihr Licht, das die Flocken anstrahlt. Es schneit nur ganz leicht, steht aber trotzdem in völligem Widerspruch zu dem, was der Arno gestern bei der Anreise über den Ort und dessen angebliches Mikroklimaproblem gelesen hat.

Er kommt wieder an der alten Hotelburg vorbei. Jetzt sieht er, dass dort etliche Fenster kaputt sind. An der Vorderseite wurde jede Öffnung mit Brettern vernagelt. Tiefe Risse ziehen sich durch die Mauern, und die Außenanlagen schauen nach Urwald aus. Auch das Schild kann der Arno jetzt entziffern, und schau, schau, gleich fünf Sterne hat das *Bellevue* einmal gehabt. Wie lang das wohl her sein mag?

Irgendetwas reizt ihn an diesem Bauwerk. Sein kindlicher Forscherdrang vielleicht oder die Horrorgeschichten, die er in seiner Jugendzeit gelesen hat, die sich nicht selten in solch alten, heruntergekommenen Bauwerken abgespielt haben. Er überlegt, einmal herumzuschleichen – aber weil sich das schlechte Gewissen wieder rührt, wegen der Mama und der Rosa, läuft er weiter und erreicht im Handumdrehen den Ortskern.

In der Gasse von vorhin kommt ihm ein alter Mann entgegen. »Guten Morgen!«, überrascht ihn dieser fröhlich.

Der Arno ist's aus Wien gar nicht mehr gewohnt, dass man sich auf der Straße grüßt. »Morgen«, gibt er schnell zurück und räuspert sich, weil er sich gerade wie ein Chorknabe im Stimmbruch angehört hat.

»Es schneit!«, ruft ihm der Mann noch hinterher, als wäre das eine Weltsensation.

Und tatsächlich scheint Schneefall in Maria Schnee zur Sensation geworden zu sein, denn wie der Arno auf den Dorfplatz kommt, sind deutlich mehr Leute draußen als vorhin, und alle haben nur Augen für eine Sache: das weiße Zeug, das da aus dem Himmel kommt, dichter und dichter.

»Es schneit!«, macht er sich einen Spaß draus, als er zwei Leute passiert, und erntet ein begeistertes »Ja!«.

Während seiner Laufrunde haben die Müllmänner ganze Arbeit geleistet. Alles wirkt jetzt wieder so sauber wie gestern bei seinem Eintreffen. Die Eismaschine zieht einsame Bahnen über die riesige Eisfläche, auf der sich der Schnee festzusetzen beginnt, weil er ja nicht wegschmelzen kann, während die Pflastersteine, auf denen der Arno läuft, noch die Wärme des vergangenen Tages in sich tragen und bloß nass geworden sind.

Wie er auf der obersten Stufe zum Hoteleingang steht, dreht er sich noch einmal um und kann's kaum glauben: Es schneit jetzt so stark, dass er nicht einmal bis zum gegenüberliegenden Ende des Hauptplatzes sieht. Das perfekte Wetter, um im Schwimmbad seine Bahnen zu ziehen, eigentlich ... Ein Gedanke, der ihn sofort wieder auf die Rosa bringt und damit zur Hotelrezeption, besser gesagt in die Warteschlange, die sich davor gebildet hat. Eine ganze Busladung von Gästen, bestimmt warten schon zehn, fünfzehn Leute vor ihm, während sich deren Partner die Nasen an den Panoramascheiben platt drücken und das Geschehen kommentieren. Als der Arno »Zie hoe het sneeuwt!« aufschnappt, ist ihm klar, woher die Gruppe kommt, aus den Niederlanden nämlich, was logisch ist, wenn man bedenkt, dass die da oben das Eislaufen ja quasi schon mit der Muttermilch aufsaugen.

Entgegen seinen Manieren beschließt der Arno, sich vorzudrängen, und sagt dabei »Ich will nur schnell was fragen«, »'tschuldigung, ganz schnell nur« und »Bitte, danke!«.

»Guten Morgen!«, grüßt er schließlich den schmächtigen Mann mit dunkler Holzbrille und ebenso dunkler Hipsterfrisur, der in der Rezeption steht und einen ziemlich überforderten Eindruck macht.

»Guten Morgen«, antwortet dieser, ohne den Arno anzusehen.

»Ist die Rosa da?«

»Schön wär's«, sagt der andere – *Max* steht auf seinem Schildchen – und händigt dem nächsten Gast ein Formular samt Kugelschreiber aus.

»Wissen Sie, wo sie sein könnte … Max?«

»Sie müssen mit mir vorliebnehmen – aber erst einmal müssen Sie sich hinten anstellen!«, wird er ein bissl zu unfreundlich für Arnos Geschmack. Andererseits verständlich.

»Nein, ich brauch gar nix von Ihnen, ich will nur wissen, wo die Rosa ist.«

»Ich hab keine Ahnung.«

»Sollte sie da sein?«

»Eigentlich schon«, klagt er.

Der Arno horcht auf und fragt gleich weiter: »Wo könnt sie denn stecken?«

»Das wüsste ich auch gern. Eigentlich sollten wir zu zweit hier sein, für den Bus, Sie sehen's ja. Die sind die ganze Nacht im Schneechaos in Bayern hängen geblieben. Jetzt muss ich das allein erledigen. Also bitte«, sagt er, hebt die Hand und tut so, als wollte er eine Fliege verscheuchen.

»Können Sie die Rosa nicht anrufen oder so?«

»Hab ich schon probiert. Geht nicht dran.«

Dem Arno wird mulmig zumute. Vielleicht ist die Rosa ja wirklich entführt worden, und jetzt steckt die Arme in irgendeinem dunklen Verließ, während er in Seelenruhe laufen gegangen ist. »Geben Sie mir ihre Nummer«, fordert er im Tonfall des Polizisten, der er ja ist.

»Das ist nicht möglich. Datenschutz.«

Der Datenschutz. Logisch. Die neue Pauschalausrede, hinter der sich's besonders gut verstecken lässt, wenn man jemandem nicht weiterhelfen will. Aber nicht mit dem Arno. »Ich bin von der Polizei«, sagt er.

Jetzt lässt der Max die Gäste Gäste sein und mustert ihn einmal sehr aufmerksam, von der Stirnlampe über die verschwitzten Trainingssachen bis runter zu den nassen Laufschuhen, bevor er sagt: »Dann hätte ich bitte gern Ihren Ausweis gesehen. Und die richterliche Anordnung für die Datenauskunft.«

Oh-oh. Offensichtlich kennt sich das Bürscherl aus. Der Arno tippt am ehesten auf einen Studenten der Rechtswissenschaften. Aber es nützt ja nix, er muss die Rosa finden und keine sinnlosen Diskussionen anzetteln, mit den ganzen übernächtigten Holländern im Genick. »Probieren Sie's bitte weiter bei ihr. Und sagen Sie mir Bescheid, sobald Sie sie erreicht haben. Das ist doch hoffentlich noch drin, im Datenschutz, oder?«

»Sobald ich dazu komme.«

»Ich bin in der Kristallsuite. Arno Bussi.«

»Von mir aus. *Sign here, please …*«, ist der Max schon mit dem nächsten Gast beschäftigt.

Nach einer schnellen Dusche wirft sich der Arno in Jeans und Hemd, nimmt zur Sicherheit seinen Not-Anorak mit und sucht die Mama. Ihr Bademantel hängt im Bad, was weitere senile Bettfluchten wohl ausschließt. Am ehesten dürfte sie beim Frühstück sein. Oder sie sucht auf eigene Faust nach Prinzessin Rosa. Ein Gedanke, den er ganz schnell wieder beiseiteschiebt.

Unten vor der Rezeption steht höchstens noch die halbe Schlange, aber der Max hat immer noch schwer an ihr zu knabbern. Von der Rosa keine Spur. Der Arno geht zum Frühstücksraum, der am Abend noch die Hotelbar war, muss am Eingang einer jungen Frau seine Zimmernummer aufsagen und späht dabei schon über sie hinweg in den Raum hinein.

Frühstücker, wohin man schaut. Das Hotel scheint ausgebucht zu sein, und in dem ganzen Gewusel hat der Arno keine Chance, die Mama auf Anhieb zu sehen.

Er geht hinein und weicht einem Kind aus, das mit höchster Konzentration sein Müsli vor sich her balanciert – randvoll mit Milch und Schokozeug natürlich. Ein Mann hat sich das halbe Buffet auf seinen Teller geladen, während ein anderer mit ein paar Karottenstäbchen und anderem Grünzeug vorliebnimmt. Aber der Arno will ja nicht auf fremde Teller, sondern nach der Mama schauen, doch er sieht sie nicht und sieht sie nicht. Dafür sieht er was anderes, einen Kaffeeautomaten nämlich, aber leider auch die Menschenschlange davor. Zum Glück trägt eine Kellnerin ein ganzes Tablett mit vollen Espressotassen von Tisch zu Tisch und bietet sie den Gästen an, und Höflichkeit hin oder her, der Arno bedient sich einfach im Vorbeigehen, schlürft die Crema herunter und …

»Arno!«, ruft die Mama von irgendwo her, viel freundlicher, als er gedacht hätte.

Prompt verschluckt er sich und muss sich erst einmal krümmen und husten, krümmen und husten, immer weiter, bis ihm jemand auf den Buckel schlägt: der Hotelchef. Ohne Cowboyhut heute, dafür mit frischer Elvis-Tolle. Am auffälligsten sind aber seine makellosen Zähne, die aus dem solariumbraunen Gesicht herausstrahlen, als wären sie batteriebetrieben.

»Danke«, sagt der Arno höflichkeitshalber, als es wieder geht.

»Jack Holzhauer«, stellt sich der Hotelchef vor, nimmt dem Arno das verschüttete Espressotässchen ab und stellt es irgendwo hin. »Signora hat mir schon einiges von Ihnen erzählt.«

»Aha?«, staunt der Arno, und neue Fragezeichen stellen sich in die Warteschlange in seinem Kopf.

»Ja – wir sitzen hier im Separee, sozusagen. Leisten Sie uns doch Gesellschaft!«

Er schaut hinüber und sieht die Mama an einem Tisch sitzen, der etwas abseits liegt. Viel zu fröhlich wirkt sie für den Aufruhr, in dem sie am Morgen gewesen ist. Dann zwinkert sie ihm auch noch zu.

»Bedienen Sie sich nur. Wir haben von allem reichlich«, sagt der Jack und deutet über das beeindruckende Buffet. »Sie müssen unser Omelette probieren. Für das sind wir weltberühmt.«

»Nein, nein, danke. Ich hab gestern viel zu viel …«

»Jetzt beleidigen Sie mich aber!«, klagt der Chef, und die Mama stimmt mit ein: »Arno, dieses Omelette *musst* du probieren, es ist grandios.«

»Evi, einmal die Männerportion vom Omelette de la maison«, befiehlt der Jack und schiebt den Arno so resolut Richtung Mama weiter, dass dem gar nix anderes übrig bleibt.

Die Marina sitzt da und strahlt, und eines muss man ihr lassen, wenn sie strahlen will, dann strahlt sie gleich so, dass alles um sie herum ein bissl dunkler wird, von Jacks Zähnen vielleicht einmal abgesehen. Sie trägt nicht mehr das schwarze Kostüm von gestern, sondern eine lachsfarbene Bluse, die arg tief blicken lässt für Arnos Geschmack, um die Uhrzeit noch dazu. Außerdem ist sie geschminkt, als wär sie auf dem Weg zum Opernball, und vom Parfum hat sie mindestens drei Pumpstöße zu viel aufgetragen.

Er würde gern wissen, wozu sie hier ihre Gucci-Tasche braucht, die sogar ihr eigenes Sitzbänklein bekommen hat. Aber eines interessiert ihn noch viel mehr. Also beugt er sich zu ihr rüber und nuschelt: »Ist die Rosa wieder …«

»Alles wieder in Ordnung, Arno.«

Wie ihm noch der berühmte Stein vom Herzen fällt, wechselt die Mama schon das Thema: »Hast du gesehen, wie es draußen schneit?« Sie sagt's und schneidet ein weiteres Ministück von ihrem Omelette ab, führt es aber nicht zum Mund, sondern rührt erst einmal ihren Cappuccino um, der schon ziemlich durchgerührt ausschaut. Die Mama zieht hier eine Show ab.

»Der Schnee ist eine Katastrophe für unser Festival«, klagt der Cowboy beim Hinsetzen und ächzt. »Wir sind ja auf vieles vorbereitet, aber wer rechnet denn ausgerechnet mit Schnee … bei uns! Wie gefällt Ihnen die Kristallsuite, Herr Romano?«

»Jaja, schön«, sagt der Arno und überspielt seinen Schreck. *Romano*. Die Mama kann's einfach nicht lassen. »Apropos vorbereitet«, redet er gleich weiter.

»Ja?«

»Wär's vielleicht möglich, die Langbahn in Ihrem Schwimmbad zu benutzen? Müsst auch kein Bademeister auf mich aufpass–«

»Jetzt hör einmal auf mit deinem blöden Schwimmbad!«, fällt ihm die Mama ins Wort. »Jack, stellen Sie sich vor, mein lieber Sohn schindet sich in Wien halb zu Tode für so einen Triathlon.«

Der Hotelchef macht die Augen groß. »Sie sind Triathlet? Respekt!«

»Na ja, ich versuch's«, wird der Arno bescheiden.

»Dann haben wir für Sie ja jetzt genau das Richtige«, sagt der Jack, und wie er's sagt, schwebt ein Omelette an Arnos Gesicht vorbei, das seinesgleichen sucht und dann vor ihm auf dem Tisch landet. »Voilà, das Omelette de la maison«, kommentiert eine Frau von seitlich oben.

»Danke, Evi«, sagt der Jack, während der Arno erst einmal die Proportionen dieses Ungetüms einzuordnen versucht. Also wenn sie dafür jetzt kein Straußenei in die Pfanne gehauen haben, dann muss mindestens ein gutes Dutzend Hühnereier draufgegangen sein. Genug, um einen Erwachsenen drei Tage lang satt zu machen.

»Das schaff ich nie«, wehrt er sich auch gleich gegen diese sinnlose Verschwendung von Nahrungsmitteln.

»Essen Sie und entscheiden Sie dann«, meint der Jack, also isst der Arno halt einen Bissen und entscheidet dann, sich hier nicht weiter einlullen zu lassen wie ein Schulbub. »Die Rosa ist also wieder aufgetaucht?«, fragt er und sucht den Blickkontakt zum Hausherrn.

Dieser scheint zu erschrecken, kommt aber nicht mehr zum Antworten, weil's im selben Moment scheppert und klirrt und der Jack aufspringt, als wäre grad der Startschuss im Hundert-Meter-Finale gefallen. Und fort ist er.

»Fällst du immer so mit der Tür ins Haus?«, zischt ihn die Mama an und schaut nicht einmal mehr halb so freundlich aus der Wäsche wie eben noch.

»Was hast du vor, Mama?«

»Gar nichts.«

»Du heckst hier doch was aus.«

»Aber wo.«

»Was ist jetzt mit der Rosa? Hast du sie gesehen oder nicht?«

»Nein … aber der Jack hat mir versichert, sie habe sich bei ihm am Telefon krankgemeldet. Migräne.«

»Wann?«

»Vor einer Stunde oder so.«

Sie greift zur Serviette und putzt sich den Mund. Dann schaut sie sich um, vermutlich nach dem Hotelchef, der aber in der anderen Ecke des Frühstücksraums steht und den Unglücksraben beflegelt, dem das Geschirr entglitten ist. Dann beugt sich die Mama zu ihrer Gucci-Tasche hinunter, kramt darin herum und bedeutet dem Arno, ihr entgegenzukommen. Schließlich zeigt sie ihm etwas.

Rosas Namensschild.

»Rate, wo ich das gefunden hab.«

Mamas Aufforderung klingt zu rechthaberisch, als dass man lang herumrätseln müsst. »Im Innenhof?«

Sie nickt. »Ich hab doch gesagt, dass ich die Rosa an ihrer Stimme erkannt hab. Aber du glaubst mir ja nix.«

»Dann war sie's halt wirklich. Und? Wenn der Jack sagt, sie sei krank …«

»Der lügt doch!«

»Woher willst du das wissen?«

»Weibliche Intuition.«

»Mit der du jetzt herumschnüffelst wie Miss Marple, oder was?«

»Einer muss ja. Wenn der Herr Polizist nix tut.«

»Was soll ich denn bitte tun?«

»Ja – eine Vermisstenanzeige entgegennehmen! Suchen! Verstärkung holen!«

»Mama, die Kollegen hier vor Ort lachen mich doch aus, wenn ich ihnen damit komm! Wo's noch dazu Hinweise gibt, dass der Rosa nix weiter fehlt als Migräne.«

»*Gefälschte* Hinweise!«

»Jetzt hör endlich auf, Mama.«

»Ich sage dir, dieser Jack hat was zu verbergen.«

»Pfff…« Dem Arno ist's schon längst zu blöd, und noch dazu fehlt ihm der Schlaf … Aber was nützt's. Einmal noch gibt er sich einen Ruck und fragt: »War der Jack der andere Streitvogel, den du gehört hast?«

»Nein«, sagt sie kleinlaut. »Der hat anders geklungen.«

Na also. »Warum sollte dir dann ausgerechnet der Jack was vormachen?«

»Ja weil sie alle unter einer Decke stecken vielleicht?«

»Du liest zu viele Krimis.«

»Und du gehst lieber laufen, als mir zu glauben. Sport, Sport, Sport, du denkst ja an gar nix anderes mehr. Diese Franzi ist nicht gut für dich.«

»So, das reicht. Ich geh.«

»Dann geh halt.«

»Tu ich auch.«

»Bitte.«

8

Also der berühmte Hausfrieden, der kann natürlich nicht nur zu Hause schief hängen, sondern auch in der Ferne. Paradebeispiel: Urlaub. Statt Erholung zu finden, fliegen die Fetzen. Was daran liegen mag, dass man im Alltag vor lauter Alltag gar keine Zeit mehr zum Streiten hat. Ganz sicher aber kann man sich in so einem Urlaub viel schlechter aus dem Weg gehen als daheim.

Im Fall vom Arno und der Mama kommt noch ganz was anderes dazu: die berühmte Abnabelung, die dafür sorgt, dass der liebe Nachwuchs irgendwann sein eigenes Leben führt, statt mit vierzig oder fünfzig immer noch am Rockzipfel zu hängen. *Ein natürlicher, gesunder Prozess,* hat der Arno unlängst irgendwo gelesen. Vernünftig wär's ja, über Kleinigkeiten großzügig hinwegzusehen. Aber wenn sich die Mama mitten in der Nacht einen seltenen Schmarrn einbildet und am Tag weiter drauf herumreitet, verbunden mit ganz grundsätzlichen Vorwürfen wie seinem Sport oder seiner Freundin, dann fällt dem Arno das Vernünftigsein einfach schwer.

Trotzdem tut ihm sein Verhalten schon leid, wie er durch den heftigen Schneefall über den Dorfplatz stapft. Die Reisetasche hat er eilig vollgestopft, mehr als Protest, als weil er ernsthaft entschlossen wäre abzuhauen. Sein toller Not-Anorak ist nach ein paar Metern klatschnass, und die Halbschuhe sind viel zu sommerlich für den Schnee, der jetzt auch auf dem Kopfsteinpflaster rund um die Eislauffläche herum liegen bleibt. Alles hat eine Schneehaube auf, die Häuser, die Stände, die Laternen, sogar der Mann auf der Eismaschine, der wie Don Quijote gegen Windmühlenflügel kämpft. Vor ihm räumt ein großer Traktor die Bahn frei, überall türmen sich künstlich aufgeschobene Schneehügel, doch der Kampf gegen Frau Holle scheint aussichtslos. Wenigstens laufen die Generatoren nicht mehr.

Der Arno fühlt sich mies. Was hat sich die Mama auf diesen Urlaub gefreut! Und jetzt droht der an einem sinnlosen Gestritt zu scheitern. Was wird sie jetzt tun? Die Koffer packen und abreisen, aus Trotz, und er steht endgültig als Buhmann da? Oder ist's ihr egal, und sie steckt ihre Nase jetzt erst recht in Angelegenheiten, die sie nix angehen?

So oder so kann ich nicht abhauen, denkt der Arno. Da fliegt ein Schneeball nur Zentimeter an seinem Gesicht vorbei, und gleich noch einer hinterher – Schneeballschlacht. Nicht etwa zwischen Kindern, sondern zwischen erwachsenen Touristen, die so ausgelassen toben, dass es schon peinlich ist. Engländer, glaubt er aus dem Gejohle herauszuhören. Er hebt die Hände und eilt davon, was die Spinner erst recht animiert. Ein Schneeball trifft ihn am linken Bein und einer in den Rücken, und ach, was finden sie's nicht alle witzig.

Ein paar Meter weiter hat er seine Ruhe, klopft sich vom Schnee frei und beobachtet die Lage. Die dumpfe Partymusik scheint die Gäste dieses Eisfestivals magisch anzuziehen. Viele stehen schon wieder auf dem Eis, schieben Schaufeln vor sich her und helfen mit, die riesige Fläche vom Schnee zu befreien. Ihren Gesichtern nach zu urteilen freut sie das Schneeschieben mindestens genauso sehr wie das Eisfestival an sich.

»Vielen Dank, liebe Gäste«, spricht jemand über die Soundanlage, den der Arno sofort an seiner Stimme erkennt. Und da sieht er den Jack auch schon auf der Bühne stehen, mit Cowboyhut, Mikro in der einen Hand und Schneeschaufel in der anderen. »Wer noch keine Schaufel hat, kann sich seitlich an der Bühne eine holen. Helfen Sie alle mit, die Eisfläche zu räumen, damit unser Festival möglichst bald weitergehen kann!« Dieses Mal bleiben die Buhrufe aus, Applaus bekommt der Jack aber auch keinen.

Auch an den Eisskulpturen wird wieder gearbeitet, besser gesagt im Luftraum darüber, wo zum Schutz der Kunstwerke große Plastikplanen gespannt werden, schief von Laternenmasten herab, damit der Neuschnee abrutschen kann. Zwei Arbeiter befreien die erste Skulptur von ihrer Abdeckung, der Künstler steht daneben, Motorsäge und Werkzeugkoffer zu seinen Füßen.

Der Arno geht weiter und kommt an den Verpflegungsständen vorbei. Einer mit Getränken hat schon offen, die anderen sind noch zu, auch der *Schmarrnkaiser,* aber ihm ist eh zu kalt, um sich weiterhin im Freien aufzuhalten, also umkreist er den Platz auf der Suche nach einem Lokal – ein bissl schmollen will er schon noch, bevor er wieder zur Mama ins Hotel zurückgeht – und findet es auf der gegenüberliegenden Seite. *Café Edlinger* steht auf dem verwitterten Schild eines sehr schmalen, dafür recht hohen Hauses, das ausschaut, als hätte es sich in den Ort hineingedrängt. Und kleines Café, großes Glück: Obwohl es geschlossen wirkt, hat es geöffnet.

9

Die österreichische Kaffeehauskultur ist ja legendär. Laut UNESCO gehört sie sogar zum immateriellen Kulturerbe der Menschheit. Die meisten Menschen denken bei dem Stichwort sofort ans *Café Hawelka* in der Dorotheergasse im ersten Wiener Gemeindebezirk, das seinen Ruhm den Besitzern, den Gästen und natürlich auch den berühmten Buchteln zu verdanken hat. Dabei gibt's die österreichischen Kaffeehäuser im ganzen Land und sogar bis weit über die Landesgrenzen hinaus. Ganze Regalmeter von Literatur wurden an den runden Tischen, auf Holzstühlen und gepolsterten Eckbänken schon erdacht und zu Papier gebracht, während der Autor stundenlang an ein und demselben Verlängerten gesessen hat, begafft von so manchem Nichtautor, der natürlich mehr und vor allem schneller zu konsumieren hatte. Legendär sind aber nicht nur die Kaffeehäuser an sich, sondern auch deren notorisch grantelndes Bedienpersonal. Wer über kein sicheres Gespür für Sarkasmus verfügt, der bleibt besser gleich ganz draußen. Worauf sich der Arno schon an der Schwelle eingestellt hat.

Aber nix.

Wie er eintritt, strömt ihm staubtrockene, warme Luft entgegen. Weil's zu dunkel ist, um das ganze Lokal einsehen zu können, bleibt er erst einmal vorne beim Fenster stehen.

»Grüß Gott«, sagt eine Frau mit reifer Stimme.

»Grüß Gott«, antwortet er ins Dunkle hinein und sucht sich einen Platz, von dem aus er auf den Dorfplatz hinausschauen kann. Wie er sich hinsetzt, merkt er, dass direkt unter seiner Bank ein Radiator läuft.

»Aaaah.«

»Kalt da draußen«, sagt die Frau, die sich nach und nach als alte weißhaarige Dame entpuppt.

»Und nass«, ergänzt der Arno, wie er sich im Sitzen aus seiner Behelfsjacke schält.

»Dass ich das noch erleben darf«, meint die betagte Dame, kommt zu ihm, stützt sich an einer Lehne ab und schaut dann ebenfalls auf den Platz hinaus. Sie muss Mitte siebzig sein, mindestens. Sie trägt eine Lesebrille mit violettem Bändchen. Davon abgesehen wirkt ihre Kleidung – Bluse, Rock, Schürze – genauso farblos wie sie selbst. Die ausgeprägten Altersflecken an ihren Händen deuten auf jemanden hin, der es nicht geschafft hat, sein Kaffeehaus rechtzeitig an einen Nachfolger zu übergeben. »Was darf's denn sein, der Herr?«

»Einen doppelten Espresso, bitte.«

»Vielleicht auch einen Kuchen dazu?«

Nein, nein, liegt ihm schon die übliche Antwort auf der Zunge, aber: »Was haben Sie denn?«

Die Frage scheint sie selber zu überraschen, weil sie sich erst einmal umblickt und angestrengt zum Kuchenrondell späht, bevor sie aufzählt: »Ribisel-Topfen … Käsesahne, Linzertorte, Zwetschkenfleck … nein, Marillenfleck.«

»Ja, genau den bitte«, sagt der Arno. Er hat nicht richtig zugehört, weil sie draußen gerade die Haube von der Skulptur in der Mitte des Platzes heben. Obwohl man bisher nur die grobe Form erkennen kann, scheint es eine Eisprinzessin in Überlebensgröße zu werden. Was den Arno natürlich prompt an die Rosa erinnert.

»Bitte verzeihen Sie – was für einen Kaffee wollten Sie noch einmal?«, fragt die Frau, die auf halbem Weg wieder kehrtgemacht hat.

»Einen doppelten Espresso, bitte.«

»Ach, genau. Wo hab ich nur meinen Kopf? Es muss am Schnee liegen«, klagt sie und schleicht davon.

Er schaut ihr nach. Sie trägt Stützstrümpfe. Dazu überspielt sie ein leichtes Hinken. Jede ihrer Bewegungen scheint mit Mühe verbunden zu sein.

»Schon arg, so viel Schnee auf einmal, oder?«, sagt er.

»Dass ich das noch erleben darf«, wiederholt die Frau und lässt den Kaffee laufen. »Wissen Sie, wie lange es her ist, dass es das letzte Mal geschneit hat?«

»Nein …?«

Sie schweigt, kneift ihre Augenbrauen zusammen – und schweigt weiter. »Mit Schlag, Ihren Marillenfleck?«, fragt sie dann.

»Nein, danke.«

»Wollen Sie sich zu mir setzen und auch was trinken? Geht auf mich«, fragt der Arno, als sie ihm die Sachen bringt, weil sie so ausschaut, als könnt sie eine kleine Rastpause vertragen.

»Wieso?«, fragt sie seltsam amüsiert.

»Nur so.«

»Sie meinen wegen meines Alters.«

»Nein, nein.«

»Sie wundern sich, was eine alte Frau wie ich in der Bedienung verloren hat.«

»Ach was … alt.«

»Die Arbeit ist mein Leben«, spricht sie weiter. »Und ist mein Café nicht wunderschön?«

Wie sich der Arno pflichtschuldig umschaut und dabei nickt, sieht er viele Fotos aus den goldenen Jahren an den Wänden hängen. Teils vergilbt, teils schwarz-weiß, Sommer wie Winter, einmal die Schützenkompanie vorm Lokal, ein anderes Mal ein hoher Landespolitiker zu Gast, dann unbekannte Personen auf einem Gruppenfoto.

»Dreiundneunzig«, sagt sie.

»Was?«

»Sie fragen sich doch schon die ganze Zeit, wie alt ich bin. Dreiundneunzig. Und? Was ist schon dabei? Alt wird man von ganz alleine, das ist keine Leistung. Von sechzig bis neunzig war ein einziger Rutsch, ich sag's Ihnen! Nur die Kraft von früher, die hab ich heute leider nicht mehr.«

»Sie arbeiten allein im Café?«

»Die meiste Zeit über, ja. Ist ja nicht mehr so viel los. Außer jetzt gerade.«

Sie deutet nach draußen. »Aber selbst jetzt verirren sich die Leute erst zu mir herein, wenn sie fast schon erfroren sind und drüben im Café vom *Bergkristall* keinen Platz mehr bekommen. Noch einen Kaffee, der Herr?«

»Nein, nein, danke.« Mittlerweile ist dem Arno wieder warm. Der Anorak ist noch feucht, aber zum Hotel käme er zur Not auch ohne ihn zurück. Außerdem dürfte Mamas Ärger inzwischen genauso verflogen sein wie seiner.

Die Frau redet derweil mit Blick auf die Wanduhr weiter. »Eigentlich sollte sie längst hier sein.«

»Hm? … Wer?«, fragt er höflichkeitshalber.

»Die Rosa.«

Schreckschreck. »Was?« Er hofft auf einen Zufall. Rosas gibt's ja schließlich viele. Allerdings sagt ihm sein Bauchgefühl ganz etwas anderes. Er traut sich fast nicht zu fragen, tut's dann aber doch: »Rosa … die Eisprinzessin?«

»Genau!«, sagt sie und klingt fast ein bissl stolz.

»Die arbeitet doch im Hotel drüben? Und außerdem hat sie Migräne.«

»Sie kennen die Rosa?«

»Nein, ich bin Gast im *Bergkristall*, da hab ich sie gestern an der Rezeption gesehen. Und später dann als Prinzessin.«

Ihre Augen zucken hin und her. »Aber wenn sie Migräne hat, warum ist sie dann nicht heimgekommen? Ich hätt sie doch sehen müssen!«

Der Schreck nimmt kein Ende. Jetzt klingt's gar so, als wären die beiden auch noch miteinander verwandt. »Ist die Rosa Ihre …«, fängt der Arno einmal ganz vorsichtig an.

»Nein. Sie ist nicht *meine* … weder Enkelin noch Urenkelin, wenn Sie das meinen. Aber sie lebt hier in meinem Haus. Als Mieterin, oben im Dachgeschoss. Statt Miete zu zahlen, hilft sie mir hin und wieder hier im Café. Wissen Sie, die Jungen, die haben ja nix mehr heutzutage, die müssen gratis schuften, Praktikum nennt sich das …«

»Sie ist nur Praktikantin im Hotel?«

»Genau. Während der Ferien, also jetzt gerade. Bis sie die

Hotelfachschule abgeschlossen hat. Wo mag sie denn bloß stecken? Ich schaffe das ja nicht mehr alleine.«

Wie aufs Stichwort geht die Tür auf, ein Schwall kalter Luft und heißer Schlagerbeats dringt herein, und mehrere Leute betreten gut gelaunt das Lokal. »Can we get something to drink here?«, fragt ein Mann viel zu laut, während die anderen sich gegenseitig den Schnee von der Kleidung klopfen. Zwei Männer, zwei Frauen, geschätzt in ihren Fünfzigern.

Die Cafébesitzerin macht sich auf den Weg, während der Arno über die Sache mit der Rosa nachdenkt. Also stimmt es nicht, dass sie zu Hause ist, um ihre Migräne auszukurieren, wie sie behauptet hat … besser gesagt, wie der Jack behauptet hat. Wer war dieser unbekannte Mann, den die Mama mit ihr streiten gehört hat? Der sie so rigoros mit sich gezerrt hat, dass dabei ihr Namensschild abgefallen ist?

Der Arno kippt den Rest des Espressos hinunter und seufzt schwer. Weil er seiner Mama Unrecht getan hat. Er hätte gleich auf sie hören sollen. Aber was hätte er schon machen können? Selbst jetzt noch würde ihn jeder Polizist auslachen, wenn er mit so einer Sache in die Inspektion gelaufen käme. Was heißt, dass er die Rosa wohl oder übel allein suchen muss. Und dafür muss er mehr über das Fräulein herausfinden. Ihren vollständigen Namen zum Beispiel. Verwandte kontaktieren, bei denen sie untergekommen sein könnte, Freundinnen und Freunde. Möglichst, ohne sich dabei als Polizist zu outen. Er will ja niemanden beunruhigen, und eine simple Erklärung ist immer noch die wahrscheinlichste.

Er steht auf und geht zur Theke, wo die alte Dame die Bestellung der neuen Gäste herrichtet. »Ich tät gern bezahlen.«

»Ja … gleich.«

»Darf ich Sie was zur Rosa fragen?«

»Warum?«

»Ich bin eigentlich Polizist«, entschließt er sich ihr gegenüber für klare Verhältnisse. »Arno Bussi. Gruppeninspektor beim Bundeskriminalamt.«

Ihre Augen werden groß. »Hat die Rosa etwas angestellt?«

»Nein, nein. Ich will mich nur vergewissern, dass es ihr gut geht.«

»Glauben Sie denn, ihr ist etwas passiert? Das arme Kind!«, klagt sie und legt sich eine Hand an die Brust.

»Überhaupt nicht. Kein Grund zur Sorge. Aber ich hätte ein paar Fragen, bei denen Sie mir sicher weiterhelfen könnten.«

Die Frau schaut erst einmal drein, als wär sie sich damit nicht so sicher, nickt dann aber.

»Wann haben Sie die Rosa zuletzt gesehen?«

Sie grübelt eine Weile. »Gestern … glaub ich. Aber bei dem Trubel …«

»Sie haben mir erzählt, die Rosa besuche noch die Hotelfachschule?«

»Ja, wieso?«

»Das heißt, sie ist eher … jung, oder?«

»Siebzehn.«

Der Arno erschrickt ein bissl, als er's hört. Siebzehn. Viel zu jung für ihn, obwohl er ja selber erst Anfang dreißig ist. Aber nicht nur er, sondern auch die Mama muss die Rosa für älter gehalten haben, sonst hätte sie sich das ganze anzügliche Gezwinkere bestimmt gespart. Um sich nix anmerken zu lassen, redet er gleich weiter. »Aber mit siebzehn wohnt man doch normalerweise noch zu Hause.«

Die Frau nickt langsam und starrt dabei ins Nichts. »Das ist keine einfache Geschichte, Herr Inspektor. Wissen Sie, die Rosa war immer schon ein Freigeist«, erzählt sie und schmunzelt, als erinnerte sie sich an eine Anekdote von damals. »Die Eltern hatten es nie leicht mit ihr und umgekehrt. Deswegen hat sich die Rosa von ihnen scheiden lassen.«

»Scheiden lassen?«

»So hat sie es ausgedrückt. Ich bin für sie so etwas wie eine großmütterliche Freundin. Ich wollte sie überreden, zu Hause zu bleiben, bis sie volljährig ist. Aber das kam nicht infrage. Wirklich nicht einfach, das Kind. Ganz und gar nicht einfach.«

»Aber man kann sich doch nicht von seinen Eltern scheiden lassen.«

»Das Gericht kann aber erlauben, dass man früher auszieht.«

»Die Rosa ist gegen ihre Eltern vor Gericht gezogen?«, staunt er.

»Ja.«

»Wann war das?«

»Schon vor gut einem Jahr.«

»Und seither wohnt sie bei Ihnen im Haus?«

»Besser als irgendwo sonst. Oder finden Sie nicht?«

»Jaja. Wo finde ich ihre Eltern? Wie heißt die Familie denn überhaupt?«

»Kufner. Die wohnen in dem kleinen renovierten Schloss, oben hinterm *Bergkristall*.«

»Glauben Sie, die Rosa könnte dort sein?«

»Bei ihren Eltern? Nie im Leben.«

»Ich werde trotzdem einmal nachsehen gehen.«

»Tun Sie, was Sie nicht lassen können, Herr Inspektor«, wird sie fast patzig.

»Sie mögen die Eltern nicht, oder?«

»Sie werden schon merken, warum.«

Einer von den Amis räuspert sich lautstark in die entstandene Stille hinein.

»So, das macht dann sechs achtzig bitte«, gibt die Cafébesitzerin zu erkennen, dass sie sich endlich um die neue Bestellung kümmern muss.

Der Arno gibt ihr zehn Euro und lässt sich zwei zurückgeben. Er hat sich schon abgewandt, als er sich doch noch einmal umdreht und fragt: »Ach so, noch was – hat die Rosa sonst irgendwen, der wissen könnte, wo sie steckt?«

»Sie meinen einen Freund.«

»Zum Beispiel.« Siebzehn ist zwar jung, aber ganz bestimmt nicht zu jung für erste Beziehungen.

Die Cafébesitzerin zuckt mit den Schultern. »Interessenten gibt es viele, genau wie bei mir damals. Können Sie sich das vorstellen, Herr Inspektor? Schlange sind sie gestanden … Gehen Sie jetzt die Rosa suchen? Sagen Sie mir bitte, sobald Sie etwas wissen.«

»Mach ich, Frau … Wie heißen Sie denn überhaupt?«

»Anni. Anni Edlinger. Wie das Café. Ganz leicht zu merken, Herr Inspektor Bussi«, sagt sie und zwinkert.

Charme hat sie selbst mit ihren dreiundneunzig Jahren noch, die Anni.

10

Es heißt ja, dem reichsten Prozent aller Menschen gehöre die Hälfte allen Vermögens. Mal abgesehen davon, wie man erstens auf so etwas kommt und es zweitens überprüfen will, bevor man es nachplappert, muss man schon eindeutig feststellen, dass es wenige viel zu reiche und viele viel zu arme Leute auf der Welt gibt.

Was sich auch in Maria Schnee beweist. Dort thront das Anwesen von Rosas Eltern nämlich derart herrschaftlich über dem Ortszentrum, dass es dem Arno ein Rätsel ist, warum ihm dieses Ding nicht schon früher aufgefallen ist.

Als er vor wenigen Minuten unten am Platz das *Café Edlinger* verlassen hat, waren die Eisskulpturenkünstler schon wieder an ihren Kunstwerken tätig. Jede Station wurde von Dutzenden Zuschauern umringt, doch es gibt mittlerweile auch andere Attraktionen. Besonders der Schneehügel, den der Traktor und die Menschenmassen mit ihren Schaufeln zu mehreren Metern Höhe aufgetürmt haben, hat es den Leuten angetan. Groß und Klein besteigen ihn mit allem, das sich zum Herunterrutschen eignet: Plastiksäcke, Hosenböden und ganz besonders die Schneeschaufeln, deren emporragende Stiele wie Ritterlanzen aussehen. Früher oder später wird sich einer damit wehtun. Dass dazu noch pausenlos Schneebälle durch die Luft fliegen, die nichts und niemanden verschonen und die alten Fassaden am Dorfplatz so aussehen lassen, als hätten sie eine ansteckende Krankheit, trägt zur überkochenden Stimmung bei. Alle lachen, alle rutschen, alle schunkeln, alle saufen, alle haben Spaß.

Also *alle* … außer dem Arno. Der hat diesen Zirkus nämlich bloß aus dem Augenwinkel mitbekommen. Und ehrlich gesagt hat ihm das auch gereicht.

Im Hotel *Bergkristall,* dessen Frontseite inzwischen ebenfalls einige Schneeballtreffer hat einstecken müssen, war der Arno auch noch kurz, um sich nach der Rosa zu erkundigen. Doch der Rezeptions-Max hat ihm wieder nix Neues sagen können. Weil Hotelchef Jack auch nicht da war, den der Arno gerne zu dessen Telefonat mit der Rosa interviewt hätte, und weil er außerdem von der Mama auch nix entdeckt hat, entschied er sich dazu, Rosas Elternhaus aufzusuchen.

Wie er hinterm Hotel hochstapft, reicht ihm der Schnee schon deutlich über die Knöchel. Binnen weniger Schritte saugen sich seine Socken mit Eiswasser voll. Er geht trotzdem weiter, rutscht beinahe aus, fängt sich wieder, steigt immer weiter bergan. Drei Schritte vor, einer unfreiwillig zurück. Fast fühlt er sich an seine Kindheit erinnert, als er keine Gelegenheit ausgelassen hat, in Winterwunderländern wie diesem herumzutollen, Purzelbäume zu schlagen und fantasievolle Sachen zu bauen, mit halb gefrorenen Socken und Handschuhen als treuen Begleitern, und fast könnt ihm dieser Schnee wie etwas vorkommen, dem er viel zu lange viel zu wenig Beachtung geschenkt hat. Im Moment ist der jedoch nur eines: unpraktisch.

Die Schlagersongs, die am Dorfplatz aus den Boxen dröhnen, klingen nur wenige Dutzend Meter weiter schon ganz dumpf. Der Schnee formt den Schall zu einem unheilvollen, rhythmischen Grollen. Abseits des Scheinwerferlichts scheint es schon wieder zu dämmern, dabei ist gerade einmal Mittag vorbei. Und der Schnee fällt immer weiter und weiter …

Der Arno erreicht das flache Plateau oberhalb des Ortskerns, das fast zur Gänze vom kufnerschen Anwesen vereinnahmt wird. Frisch eingeschneit wirkt dieses Schlösserl geradezu märchenhaft. Aus den Fenstern eines Erkers mit Türmchendach dringt warmes Licht. Alles an dem Bauwerk wirkt verspielt und im Vergleich zu einem normalen Wohnhaus vertikal verzerrt – als hätte ein Riese es aus Knetmasse geformt und ganz am Ende nochmals ordentlich am Dach gezogen. An einer Seitenwand wächst eine alte, dickstämmige Rankpflanze, ein Weinstock vielleicht, schwer zu sagen ohne Blätter. Die halbhohen Thujen, die rund um das Grundstück Spalier stehen, sollen wohl eines Tages unerwünschte Blicke fernhalten. Noch sind sie aber so klein und vollständig von Schnee bedeckt, dass sie den Arno an die Kokoshütchen erinnern, die seine Mama früher immer zur Weihnachtszeit gebacken hat. Ein Gedanke, bei dem prompt sein Magen knurrt.

»Jaja«, mault er zurück.

Das mit dem Süßen und ihm ist schon eine merkwürdige Sache. In Wien hat ihm das ganze kalorienreiche Zeug überhaupt nicht gefehlt. Nahrung war vor allem dazu da, die Franzi und ihn auf den Triathlon vorzubereiten ... *Die Franzi!*, denkt er entsetzt und schämt sich auch gleich, dass er immer noch nix von sich hat hören lassen. *Jetzt aber schnell.* Er greift nach dem Handy in seiner Hosentasche ... Da hört er jemanden rufen.

»He! Sie da! Das ist ein Privatgrundstück!«, schimpft ein Mann mit Pudelmütze und Aluschaufel, der gerade den Fahrweg zum Schlösserl freiräumt.

Der Arno stapft erst einmal weiter auf ihn zu, bevor er zu reden beginnt. »Herr Kufner?«

»Wer fragt?«

»Arno Bussi. Polizei.«

»Polizei?«, staunt der andere, steckt seine Schaufel in den aufgeschütteten Schnee und schiebt sich die Mütze aus dem Gesicht.

»Bundeskriminalamt.«

»Aha. Wissen S', hier kommen so viele herauf, die meinen, sie könnten einfach so bei der Haustür hereinspazieren.«

»Dann sind Sie Herr Kufner?«

Der andere schnieft und reibt sich mit dem dicken Handschuh die Nase, bevor er antwortet: »Nein. Richard Zauner. Ich bin nur der Gärtner.«

Der Gärtner, soso!, tät sich mancher Krimiheld jetzt gleich denken, und auch beim Arno klingelt's im Oberstübchen. Aber natürlich vollkommen nutzlos, weil erstens gibt's ja zum Glück keinen Mord, sondern höchstens eine Entführung, und zweitens wäre der Gärtner als Übeltäter viel zu abgedroschen. Der Arno wundert sich allerdings über den offensichtlichen Widerspruch – hier Tiefschnee, da Gärtner – und schaut so verdattert drein, dass der Richard von selber erklärt: »Gärtner im Sommer. Im Winter mache ich alles andere. Aber ausgerechnet Schneeräumen …«, sagt er, zischt und schüttelt den Kopf.

»Sie arbeiten also für die Kufners.«

»Sozusagen«, antwortet der andere und hustet, womit sich dessen Alkoholfahne offenbart.

»Sagen Sie, Herr Zauner … haben Sie heute die Rosa gesehen?«

»Die Rosa? Gesehen?«, plappert er nach und schaut dabei ungefähr so verdattert drein wie die Rosa gestern, als der Arno sie nach dem Hotelschwimmbad gefragt hat. »Hier?«, fragt er weiter und schüttelt dann heftig den Kopf, so heftig, dass er jetzt fast ein bissl beeinträchtigt wirkt.

»Geht's Ihnen gut?«, fragt der Arno.

»Jaja«, antwortet der Richard schnell, schnieft und hustet wieder. »Was ist denn mit der Rosa?«

»Was soll denn sein?«

Der Gärtner schaut über Arnos Schulter zum Schlösserl zurück, ein bissl verängstigt irgendwie. »Nix, nix. Jetzt muss ich aber weitermachen!«, murmelt er, wendet sich ab und zieht die Schaufel aus dem Haufen.

»Die Kufners sind im Haus?«

»Jaja.«

Der Arno geht unter das Vordach und klopft einen guten Zentimeter Schnee von seiner Kleidung. Nachdem er sich durch die nassen Haare gefahren ist, hätte er genug Material beisammen, um einen kleinen Schneeball zu formen. Er schüttelt es ab und wühlt dann den noch nicht zu Eiswasser geronnenen Schnee aus seinen Halbschuhen heraus. Aber die Socken sind längst zu durchnässt, als dass es noch einen Unterschied machen würde.

Er drückt die Klingel, worauf im Inneren ein tieftöniger Gong ertönt und erst einmal nix weiter passiert. Als er's schon ein zweites Mal probieren will, regt sich doch etwas, ein Schatten zappelt im kleinen dreieckigen Schauglas in der Tür herum und wird rasch größer – dann öffnet jemand.

»Ja … bitte?«, sagt eine Frau mit glattem brünettem Haar, das im Licht des Eingangserkers seidig glänzt. Ihre Kleidung, ihre Haltung, ihr Make-up – als wäre sie gerade frisch den *Desperate Housewives* entstiegen.

»Arno Bussi. Polizei«, sagt er und lässt's erst einmal wirken, bevor er fortfährt: »Frau Kufner?«

»Ja?«

»Ich bin mir sicher, dass es keinen Grund zur Beunruhigung gibt, aber ich wollte mit Ihnen über die Rosa sprechen, wenn das möglich ist.«

Ihre Gesichtszüge verhärten sich. Der Arno rechnet schon mit einer Abfuhr. Stattdessen wirft sie einen unsicheren Blick über ihre Schulter, so ähnlich wie der Richard vorhin. Schließlich nickt sie und lässt den Arno an sich vorbei ins Innere.

Dass die Tür hinter ihm zugeht, merkt er nur an der plötzlichen Stille. Nichts dröhnt mehr dumpf vom Ort herauf, es ist fast gespenstisch ruhig, abgesehen von leiser Klaviermusik.

»Bitte entschuldigen Sie, aber bei dem Schnee bin ich leider ganz nass geworden«, sagt er höflichkeitshalber.

»Ja, ich sehe schon«, meint sie schnippisch. Dann verschwindet sie für einen Moment und kommt mit einem Handtuch zurück, das sie ihm reicht. »Stellen Sie sich bitte auf die Gummimatte dort, damit der Boden trocken bleibt.

Der Arno nickt und bemüht sich, seine Augenbrauen unten zu lassen.

»Ich hole jetzt meinen Mann. Warten Sie hier.«

Ohne das geringste Geräusch zu machen, steigt sie die Steintreppe ins Obergeschoss hoch. Und obwohl das Innere dieses Anwesens gut beheizt zu sein scheint, muss sich der Arno erst einmal vor Kälte schütteln.

Er wartet eine Minute, dann zwei. Irgendwie fühlt er sich hier richtig und falsch zugleich. Richtig, weil ihn die Suche nach der Rosa seltsam motiviert. Als hätte ein Einsatz wie dieser viel zu lange auf sich warten lassen. Und falsch, weil er sich eindeutig nicht willkommen fühlt. Aber spätestens, wenn die Leute vom Verschwinden ihrer Tochter erfahren, wird sich das bestimmt ändern.

Er geht ein paar Schritte ins Atrium hinein und schaut sich dort genauer um. Türen, Fenster, Wände und Böden wirken, als wären sie frisch renoviert worden. Auch die Beleuchtung dürfte erst kürzlich auf LED-Technik umgestellt worden sein. Sonst ist aber alles alt. Die Möbel, die Gemälde, die Dekorationsgegenstände …

»Guten Tag«, spricht ihm jemand in den Rücken.

Der Arno fährt erschrocken herum.

»Oh – verzeihen Sie. Habe ich Sie jetzt erschreckt?«

»Nein, nein«, sagt der Arno automatisch, doch sein Herzrhythmus ist anderer Meinung. »Herr Kufner?«, fragt er ein bissl zittrig.

Der Mann nickt. Er wirkt freundlicher, als der Arno erwartet hätte. Etwas kleiner als er, Lockenfrisur – womit wohl geklärt ist, woher die Rosa ihre hat –, freundliches Gesicht, stilvolle Kleidung und gepflegter Gesamteindruck. »Harald Kufner. Bitte sehen Sie mir nach, wenn ich Ihnen einen Schreck eingejagt habe. Ingrid und ich, wir lieben die Ruhe, wissen Sie? Stille ist in der heutigen Zeit ein besonderes Geschenk«, flüstert er fast und schaut zur Eingangstür, als lauerte dahinter das Böse. »Aber wir müssen akzeptieren, dass nicht jeder diese Liebe teilt. Manchmal übertreiben wir es vielleicht ein wenig. Gefallen Ihnen die Gemälde? Verstehen Sie etwas von alter Kunst?«

»Leider nein. Ich bin wegen der Rosa gekommen. Sie ist ja Ihre Tochter.«

»Sie meinen Rosalie Justine.«

Der Arno staunt – und nickt erst einmal.

»Meine Frau sagte mir schon Bescheid, ja. Auch, dass Sie von der Polizei seien. Gibt es denn einen konkreten Anlassfall für Ihr Erscheinen?«, fragt der Hausherr ungefähr so interessiert, als ginge es um das Wetter von letzter Woche.

»Ich suche sie.«

»Da können wir Ihnen leider nicht weiterhelfen.«

»Sie wissen nicht, wo sie ist?«

»Ingrid und ich haben Rosalie Justine zuletzt vor über einem Jahr gesprochen. Vor Gericht.«

Aber Vater und Mutter ist man doch immer, wundert der Arno sich über die Teilnahmslosigkeit der beiden.

Die Frau des Hauses schleicht zum Eingangsbereich, holt einen Wischmopp aus einem schmalen Schrank und wischt Arnos nasse Spuren weg, bis knapp an seine Halbschuhe heran, als sollte er ruhig merken, was er mit dem Verlassen der Gummimatte angerichtet hat. Ihr Mann beachtet sie gar nicht, sondern starrt seinen Gast jetzt mit einem eiskalten Pokerface an. Nichts erinnert mehr an die Freundlichkeit von eben.

Oben hört das Klavierstück auf und geht einen Moment später wieder von vorne los.

»Wo könnte die Rosalie denn stecken?«, fragt der Arno fast kleinlaut. Alles hier raubt ihm Energie und Selbstsicherheit. Er spürt die Gänsehaut auf seinen Armen, dann am Rücken, möchte sich schütteln, am liebsten gehen …

»Das weiß ich nicht – und es geht mich auch nichts mehr an. Kann ich Ihnen sonst noch irgendwie weiterhelfen, Herr Bussi?«

Wahnsinn, denkt dieser und kämpft die Wut zurück, die sich meldet. Er hat's noch nie erlebt, dass er einen Angehörigen beunruhigen statt beruhigen musste, um weiterzukommen. Aber bitte. »Wir überprüfen Hinweise, nach denen ein Mann die Rosa in seine Gewalt gebracht haben soll«, sagt er's absichtlich ein bissl zu scharf.

Der Hausherr bleibt beim Pokerface. »Wer ist wir?«

»Was?«

»Sie überprüfen Hinweise. Wer sind Sie? Welcher Organisationseinheit gehören Sie an? Dem Landeskriminalamt?«

»Nein …«

»Sondern?«

»Wozu ist das jetzt wichtig?«

»Sie sind auskunftspflichtig, Herr Polizist!«, sagt der Kufner, und dem Arno läuft ein neuer Schauer über den Buckel.

»Bundeskriminalamt«, sagt er halblaut.

»Das Bundeskriminalamt interessiert sich für Rosalie Justine? Hast du das gehört, Ingrid?«

Die Frau hüstelt so gekünstelt, dass es fast nach einem Lachen klingt, und auch der Hausherr grinst unangemessen. »Welche Abteilung?«, wird er gleich noch penetranter.

»Was?«

»Suchtmittelkriminalität? Organisierte Kriminalität? Allgemeine Kriminalität?«

Der kennt sich aber aus, realisiert der Arno und spürt, wie er trotz aller Kälte zu schwitzen beginnt. Er muss hier raus. Sofort. Aber dafür muss er erst einmal die Kurve kriegen – am besten mit einem Themenwechsel. »Wissen Sie, ob Ihr Gärtner … Richard … noch Kontakt zu ihr hatte? Hat er sich gut mit ihr verstanden?«

»Bestimmt nicht.«

»Was macht Sie da so sicher?«

»Richard ist unser kleines … Sozialprojekt.« Der Kufner schaut zu seiner Frau. Beide kichern blasiert. »Wir legen für ihn unsere Hände ins Feuer.«

»Ach ja? Wo war er denn heute Morgen, zwischen vier und sechs?«, fragt der Arno – schließlich könnte der Richard ja auch der Mann gewesen sein, der die Rosa aus dem Hotel gezerrt hat.

»Hier«, übernimmt die Frau.

»Woher wissen Sie das?«

»Wir hören alles«, sagt der Hausherr. »Hätte er das Haus verlassen, hätten wir das mitbekommen.«

»Aha«, sagt der Arno, und wenn er sich so umschaut, könnt er's fast glauben. Armer Richard. Und arme Rosa sowieso. »Kennen Sie sonst irgendwelche Männer, die mehr Kontakt zu Rosalie hatten?«

Der Mann dreht den Kopf ganz leicht zur Seite und macht seine Augen schmal. »Ich werde mich nach Ihnen erkundigen, Herr Bussi. Es ist doch zu interessant, dass ausgerechnet ein Beamter des BK hier in Maria Schnee tätig wird.«

Der kennt sogar die richtige Abkürzung, begreift der Arno – BK wie Bundeskriminalamt, BKA wie Bundeskanzleramt, was die meisten durcheinanderbringen. Zugleich ist er so empört über das offensichtliche Desinteresse an ihrer Tochter, dass er bloß noch sagt: »Tun Sie, was Sie nicht lassen können. Wenn Ihnen das wichtiger ist als das Schicksal Ihrer Tochter, dann bitte.«

Oben bricht das Klavierstück ab.

Unten geht die Tür auf.

»Bitte«, sagt die Kufnerin, die inzwischen unbemerkt zum Eingang geschlichen ist.

Draußen warten Schnee, Licht und kollektiver Wahnsinn. Trotzdem kommt ihm die Haustür wie die Himmelspforte vor.

11

Ach, die Kindererziehung. Was man bei der alles richtig, halb richtig oder auch grundfalsch machen kann, wird einem ja von unzähligen sogenannten Experten weisgemacht, und würde man sämtliche Ratschläge tatsächlich befolgen, dann armes Kind. Was aber bei den Kufners falsch läuft und warum, kann sich der Arno nicht einmal ansatzweise vorstellen.

Er stapft zum Hotel hinunter und hat sofort wieder Schnee in den Schuhen. Logisch. Mittlerweile dürften schon an die fünfundzwanzig oder dreißig Zentimeter gefallen sein, und ein Ende ist nicht in Sicht, im Gegenteil: Der Himmel ist noch dunkler als vorhin schon. Irgendwo fährt ein Räumfahrzeug durch die Straßen, nur zu erkennen am orangefarbenen Schein des Drehlichts an den Häuserfassaden. Gleich darauf sieht der Arno ein weiteres Einsatzlicht, ein blaues jetzt, am Rand der Eisfläche, über die aufgeregt die Scheinwerfer zappeln und Schlagermusik dröhnt. Ein Rettungswagen. Bestimmt hat's einen von den Rutschwütigen erwischt, genau wie er's vorhin befürchtet hat. Ein Knochenbruch vielleicht, eine Platzwunde – aber weil die Party auf dem Eis trotzdem weitergeht, dürfte es nicht so schlimm sein.

Rosalie Justine, fällt ihm der vollständige Name der Verschwundenen wieder ein. Kein Wunder, dass sie ihn lieber abkürzt. Doch wichtig ist nur, wohin sie verschwunden ist. Sein Bauchgefühl ist jetzt deutlich schlechter als vor ein paar Stunden noch.

Während des Abstiegs kramt er sein Handy heraus, um endlich die Franzi in Wien anzurufen. Es klingelt einmal, zweimal, dreimal, dann der ersehnte Klick, ein Rascheln, die vertraute Stimme …

»Hi, Arno!«

»Hallo, Franzi. Geht's grad?«

»Ja – nein … Das Wartezimmer ist brechend voll. Im wahrsten Sinn des Wortes.«

»Oh.«

»Mhm. Magengrippesaison.«

»Du Arme!«

»Passt schon. Geht's dir gut? Du klingst so anders.«

»Jaja. Alles gut«, lügt er.

»Hast du dich beim Schwimmen schon verausgabt?«

»Schön wär's. Ich stapfe hier im Tiefschnee herum.«

»Tiefschnee? Echt jetzt?«

»Mhm.«

»Cool.«

Wenn die wüsste. »Und bei dir? Alles gut? Also bis auf das Wartezimmer?«

»Jaja.«

Er würde jetzt so gern etwas Herzliches sagen. Oder hören. Aber so weit sind sie nicht. Noch nicht.

»Ich freu mich auf Wien.«

»Wie geht's dir mit der Mama?«

»So lala.«

»Du klingst angespannt.«

»Ja. Weißt Franzi, da ist noch etwas.«

Sie sagt nix. Im Hintergrund hört er Patienten miteinander reden. Ein Kind weint. »Was denn?«, fragt sie dann.

»Hier ist jemand verschwunden. Und die Mama und ich scheinen die einzigen zu sein, die das kümmert.«

»Gibt's keine Polizei?«

»Vermutlich schon, aber es reicht nicht für eine Anzeige.«

»Du, Arno, ich muss jetzt echt weitermachen. Der Chef darf die Schweinerei nicht mitkriegen, sonst zuckt er wieder aus. Weißt eh, wie er ist.«

»Okay. Meldest du dich?«

»Mhm. Baba, Arno. Und fall net, im Tiefschnee.«

»Nein, nein. Ciao, Franzi.«

Und aufgelegt.

Als er das Telefon einsteckt, seufzt er schwer. Das Gespräch lief anders als erhofft. Er hatte das Bedürfnis gehabt, so etwas wie Heimat zu spüren. Vermisst zu werden. Stattdessen fragt er sich jetzt, warum's die Franzi eigentlich nicht bei ihm probiert hat, per Anruf oder Textnachricht. Hätte sie ja genauso können. Andererseits sind's ja noch nicht einmal zwei Tage, seit sie sich das letzte Mal gesehen haben. Zwei Tage, die ihm hier wie eine halbe Ewigkeit vorkommen, während für sie die Zeit im Alltag verfliegt.

Unten geht die Musik aus. Dann, unter vereinzelten Buhrufen, dröhnt Jacks Stimme wieder über den Platz. »Ladies and Gentlemen, liebes Publikum, wir kommen zum ersten Show Act des Tages. Begrüßt mit mir den neuen Schlagerstern am Firmament, ein Eigengewächs aus unserem schönen Maria Schnee ... Cara Luisa Canazei!« Worauf die Basstrommel losdröhnt, als gäbe es kein Morgen mehr.

Cara Luisa Canazei, denkt der Arno und schaut zum Himmel. Prompt landet eine Schneeflocke im Auge. Er blinzelt sie weg. Cara Luisa, Rosalie Justine ... Was haben die Leute bloß mit den Namen? Darf man nicht mehr normal heißen? Lang hat's gedauert, bis die Eltern dieser Welt kapiert haben, dass Kevin und Chantal keinen Startvorteil fürs Leben haben. Aber was tun sie stattdessen? Antworten auf die Tauffrage »Welchen Namen habt ihr eurem Kind gegeben?« ähnlich kryptisch, als wollten sie bei *Starbucks* einen Kaffee bestellen.

Der Arno will im Vorbeigehen einen Blick auf dieses *Eigengewächs* von Maria Schnee riskieren. Wer weiß, am Ende kennen sich die Leidensgenossinnen noch, die Rosalie Justine und die Cara Luisa ...

Aber dann sieht er noch etwas Interessanteres.

Die Mama nämlich.

Und auch sie sieht ihn, wie sie zwanzig Meter von ihm entfernt die Treppen des Hotels *Bergkristall* herunterkommt. Viel zu auffällig weicht sie zuerst seinem Blick und dann tatsächlich aus, verschwindet zwischen der Rückseite der Bühne und den Häuserfassaden.

Was hast du vor?, denkt er noch, da rennt er schon.

Er kommt zur Hoteltreppe, zur Bühne, dann zu einer halbhohen gitterförmigen Absperrung. Ein Mann mit Helm und Feuerwehrjacke stellt sich ihm in den Weg.

»Stopp!«, ruft er gegen die Tonanlage an. »Gesperrt!«

»Wieso?«

»Dachlawinen.«

»Ich muss da durch!«, fordert der Arno. Die Mama ist schließlich auch irgendwie vorbeigekommen und hat jetzt gut zwanzig Meter Vorsprung.

»Das geht nicht! Wir räumen das Dach gerade!« Wie zum Beweis donnert eine ordentliche Ladung herunter, direkt auf den Haufen, der schon vor dem Haus liegt. Ein dumpfer Schlag, mehr nicht, aber auf den Kopf will man's auch nicht kriegen.

»Wieso haben Sie die Frau dann durchgelassen?«, fragt er und zeigt zur Mama vor.

»Die hat sich einfach widersetzt«, schimpft der Mann.

»Dann mach ich das jetzt auch.«

»Keine Chance«, sagt der Kerl und plustert sich auf.

»Polizei!« Schon wieder muss er sich outen, was er eigentlich vermeiden wollte. Aber besser, als handgreiflich zu werden, ist's allemal.

Der Mann schaut unentschlossen, dann gafft er nach oben und greift zum Funkgerät. Was er hineinspricht und gleich darauf als Antwort zurückbekommt, geht in der Katzenmusik vom Eigengewächs unter. »Okay, aber schnell!«, sagt er und lässt den Arno vorbei, der eilig über den Haufen stapft, einmal bis übers Knie drin versinkt, sich aber wieder freikämpft und auf der anderen Seite runterrutscht, wo eine weitere Absperrung überwunden werden will und noch einer von der Feuerwehr steht. Dass die Mama all diese Hindernisse derart schnell hinter sich bringt, hätte er ihr nicht zugetraut, aber wenn die Marina etwas will, dann will sie es eben. Zurzeit will sie anscheinend vor allem eines: nicht von ihm erwischt werden.

Und wie's der Teufel haben will, sieht er sie nicht mehr.

Dabei sind hier auf dem schneebedeckten Seitenstreifen kaum Leute unterwegs. Hat die Mama vielleicht eine der Seitengassen genommen? Oder ist sie in ein Haus verschwunden?

Der Arno stapft zum Kunstladen am Ende der Häuserzeile, schaut durchs Schaufenster mit den vielen Holzskulpturen und Schnitzereien ins Innere – und entdeckt sie, die Mama, wie sie mit einer Verkäuferin um die ausgestellten Objekte herumstreicht und beim Reden so angeregt gestikuliert, als stünde sie auf der Dorfbühne.

»*Grrrande!*«, hört er sie auch gleich, wie er so leise wie möglich den Laden betritt. Trotzdem wird sein Hereinkommen bemerkt.

»Ich komme gleich!«, ruft die Verkäuferin, während die Mama ihm den Rücken zukehrt. Bestimmt ahnt sie schon, wer's ist.

»Jaja. Ich schau nur ein bissl«, antwortet er und geht ins Eck mit den Krippenfiguren, die ziemlich modern wirken – ohne erkennbare Einzelheiten und trotzdem vielsagend. Was auch für weitere, teils wesentlich größere Skulpturen gilt, zum Beispiel ein Kreuz aus verwittertem Holz, außen glatt poliert, innen zerrissen. Der Arno ist zwar kein Kunstexperte, aber dass hier jemand sein Handwerk versteht und nicht bloß den üblichen Tourismuskitsch anbietet, erkennt er sofort.

Derweil überschlägt sich die Mama geradezu mit italienischen Begeisterungsvokabeln. *»Che bella! Merrraviglioso! Mozzafiato!«*

Das letzte Wort ist dem Arno nicht geläufig. Hätt er der Mama gar nicht zugetraut. Weil die eigentlich nur so lange als die Parade-Italienerin durchgeht, bis sie ihren Mund aufmacht. Dann offenbart sich nämlich, dass sie in Wahrheit keinen Tau davon hat, vom rollenden R und ihrem ziemlich authentischen italienischen Singsang einmal abgesehen. Warum sie es trotzdem weiter drauf anlegt, von Gott und der Welt für eine Italienerin gehalten zu werden, ist dem Arno ein Rätsel. Genau wie ihre Vorliebe für Italiener, ehrlich gesagt ...

Die Verkäuferin spricht tatsächlich italienisch mit ihr, ziemlich fließend, sodass nicht einmal der Arno mit seinen recht guten Schulkenntnissen mit dem Verstehen nachkommt. Sie erzählt von Linienführung und der positiven Wirkung von Zirbenholz, von einer Holzschnitzerschule in Gröden, die der Künstler in den Neunzigerjahren besucht habe, von Ausstellungen in Wien, Berlin und Genf, von Preisen, die der *maestro* schon erhalten habe. Die Mama sagt »*Grrrande!*«, »Aah!« und »*Incrrredibile!*« – und auf die Frage, für welches der Ausstellungsstücke sie sich denn besonders interessiere: »*Sí.*«

Der Arno grinst. Die Mama hat sich eine Grube gegraben, aus der sie nur schwer wieder rauskommt. Und was tut sie? Gräbt eifrig weiter und verfällt in ein Deutsch mit schwerem italienischem Akzent. »Sagen-Sie-äh, ist-der-*artista*-vielleicht-äh-*a-casa?*«

»*Purtroppo no, Signora*«, bedauert die Frau und rattert dann etwas heraus, das der Arno wieder nicht ganz versteht. Irgendwas mit Dach und Schnee und Einsturz und Hotel und alte Substanz. Erst als der Name *Bellevue* fällt, kann er sich zusammenreimen, dass der Herr Künstler wohl im alten Hotelkasten steckt, den der Arno beim Laufen in der Früh entdeckt hat, weil auch dort das Dach unter der Schneelast zusammenzubrechen droht.

»Aaaah!«, sagt die Mama und nickt eifrig, bevor sie als Zeichen des Nichtkapierens fragt: »Und-äh-*dove*-ist-der-*maestro*-jetzt?«

Bei aller Schadenfreude kann der Arno nicht länger zuhören. Er räuspert sich, geht auf die beiden Frauen zu und sagt: »Großartige Arbeiten, nicht wahr … Marrrina?«

Die Mama schaut ihn an wie ein frisch überfahrenes Wiesel.

»Oh, Sie kennen sich?«, fragt die Verkäuferin.

»Ja, wir kennen uns«, antwortet der Arno und tritt noch näher an die Mama heran. »Dürften wir vielleicht einen Moment alleine reden?«, bittet er die Verkäuferin.

Diese nickt und entfernt sich schnell.

»Allora?«, sagt der Arno zur Mama und grinst.

»Man wird sich wohl noch für regionale Kunst interessieren dürfen«, murmelt sie verschämt.

»Du?«

»Wieso denn nicht?«

»Mama, was ziehst du hier ab? Was willst du denn vom *maestro?*«

»Jetzt … Du bringst mich ja ganz in Verlegenheit«, zischt sie, packt den Arno am Ellenbogen und zieht ihn beim Laden hinaus.

»Arrivederci«, ruft ihnen die Verkäuferin nach.

Die Mama bleibt still, der Arno sagt *»Ciao ciao«*, und schon tauchen sie wieder in den Schnee, den Lärm und den anderen Zirkus am Platz ein.

»Ins Hotel zurück?«, schlägt er vor.

Die Mama schüttelt den Kopf. »Der Jack lügt. Außerdem haben die Wände Ohren.«

Der Arno stellt sich diese Ohren an den Wänden bildlich vor, vertreibt die Albernheit aber gleich wieder. Er könnte mit der Mama ins *Café Edlinger* gehen, aber irgendwie fühlt sich auch das nicht richtig an. Besser alles im Blick behalten. Da sieht er die Imbiss- und Getränkebuden auf der gegenüberliegenden Seite der Eisfläche, und der Pawlow ist ein Hund: Arnos Magen knurrt. »Komm«, sagt er und zieht sie hinter sich her. »Den Zeus mit Heidelbeeren?«, fragt er sie, als sie beim *Schmarrnkaiser* ankommen, und die Mama strahlt den Arno an, als hätten sie nie miteinander gestritten.

»Zweimal Zeus mit Heidelbeeren!«, bestellt er beim selben Typen wie gestern.

»Oh, die Verhungerten sind zurück!«, erkennt er sie auch gleich wieder. »Schmeckt's euch bei mir, ha?«

Der Arno nickt kurz und zahlt. Dann stellt er sich mit der Mama und den beiden Zeus unter einen schneebedeckten Partyschirm.

»Also?«, fragt er mit vollem Mund. »Was hast du im Laden wollen?«

Die Mama kaut erst einmal in Ruhe fertig und schaut dann zur Seite, als stünde die Antwort irgendwo an einer Wand geschrieben. Dann seufzt sie und sagt: »Die Rosa hat einen Freund gehabt.«

»Aha? Wer behauptet das?«

Sie zuckt mit den Schultern.

»Der Max von der Rezeption?«, tippt der Arno einfach einmal.

»Wer?«

»Na, die Hipsterbrillenschlange.«

»Ach so. Wieso sollt ich denn ausgerechnet den fragen?«

»Sag, könnt er nicht derjenige sein, den du mit der Rosa streiten gehört hast?«

»Nein, der hat ganz anders geklungen.«

»Also glaubst du, Rosas angeblicher Freund steckt dahinter.«

»Ja.«

»Und wer soll das sein?«

»Der Benni.«

»Mama!«

»Da schaust, was ich in ein paar Stunden herausfind, während du bloß zu deiner Franzi nach Wien heimwillst.«

Fast verschluckt er sich vor lauter Empörung, kann den Hustenanfall aber gerade noch zurückkämpfen.

»Entschuldige«, überrascht sie ihn, bevor er schimpfen kann, »was geht mich die Franzi an. Ich kenn sie ja nicht einmal. Aber weißt du, das ist alles nicht so leicht für mich, aus der Ferne. Ich seh halt nur, was ich seh.«

»Mir geht's gut, Mama. Mit der Franzi und dem Sport. Ich bin fitter denn je. Wer ist jetzt der Benni?«

»Der Sohn vom Alfons.«

»Mama! Mach mich nicht narrisch!«

»Also von mir aus. Alfons Baumgartner ist der Holzkünstler mit dem Geschäft. Sein Sohn ist der Benni. Rosas Freund.«

»Wer sagt das?«

Wieder zuckt sie bloß mit den Schultern, und lieber will er gar nicht wissen, woher sie ihre Informationen hat.

Er behält sich die Frage trotzdem für später auf und überlegt. Laut der Edlinger Anni, unter deren Dach die verschwundene Eisprinzessin ja wohnt, gab's wohl eher keinen Freund, dafür aber viele *Interessenten*. Wer von beiden hat jetzt recht? Die Mama oder die Anni? Und wieso macht die Mama alles so unglaublich kompliziert?

»Wieso hast du vorhin nicht einfach direkt nach dem Benni gefragt?«

»Ich kann doch nicht mit der Tür ins Haus fallen.«

»Also fragst du nach dem Vater? Du wärst eine ganz lausige Polizistin, Mama.«

Jetzt schaut sie wieder beleidigt. »Wieso?«

»Weil wir nicht beim Dorfschwank sind. Wenn du etwas wissen willst, dann frag einfach danach. Am besten in einer Sprache, die du auch sprichst.«

»Was meinst du?«, stellt sie sich blöd.

»Du hast doch keinen Tau von Italienisch.«

»Ich werde wohl noch wissen, wovon ich einen Tau hab und wovon nicht!«

Und schon wieder geht's los. Aber der Arno will nicht mehr streiten. Er will jetzt endlich die Sache mit der Rosa klären und sich dann irgendwo aufwärmen, bevor er schnellstmöglich nach Wien aufbrechen wird, wo's ganz bestimmt nicht schneit und viel normalere Menschen herumrennen als hier überall. Entschuldigend hebt er die Hände und sagt: »Von mir aus. Dann hast du also verstanden, was die Frau dir erzählt hat, mit dem Chef und dem alten Hotel und dem Schnee auf dem Dach?«

Die Mama schaut, als wollte ihr Sohn sie austesten, wenn nicht gar verhohnepipeln.

Weil der Arno weiß, dass sie natürlich gar nix verstanden hat, erklärt er: »Sie hat dir gesagt, dass der Künstler, also dieser Alfons Baumgartner, im *Bellevue* steckt, wo er das Dach sichern will. Wegen dem Schnee.«

»Was denn für ein Hotel?«, fragt sie leise.

»So ein alter, leer stehender Kasten am Ortsrand. Ich bin heute früh zufällig dran vorbei, deshalb weiß ich's. Ganz mieser Zustand.«

»Bestimmt ist die Rosa dort!«, wird die Mama gleich wieder tatendurstiger.

»Schmarrn. Da ist gar niemand, weder eingesperrt noch sonst etwas«, behauptet er. »Mama, ich geh schnell noch einmal in den Laden zurück und frag die Verkäuferin, wo dieser Benni steckt. Und dann befrag ich ihn zur Rosa. In Ordnung?«

Die Mama schaut den Arno an. Und schluckt.

Und schaut dann ganz leicht an seinem Gesicht vorbei.

Und schluckt gleich noch einmal.

»Herr Bussi? Arno Bussi?«, fragt ein Mann von hinten und klingt dabei gar nicht freundlich.

12

Ach, Österreich und sein Amtsschimmel, die zwei sind ja so untrennbar miteinander verbunden wie das *Café Hawelka* mit seinen Buchteln, und diese Beziehung reicht noch weit über Monarchie und Stempelmarken hinaus. Weshalb Amtsverstöße und Amtsanmaßungen im österreichischen Strafgesetzbuch direkt zwischen *Folter,* dem *Verschwindenlassen einer Person* und *hochverräterischen Angriffen gegen einen fremden Staat* zu finden sind. In Österreich kann man mit vielem spaßen, aber ganz sicher nicht mit Ämtern und Amtspersonen. Aber selbst mit einem Amt beamtete Beamte wie der Arno müssen höllisch aufpassen, nicht versehentlich in fremden Amtsteichen zu laichen.

»Ja bitte?«, fragt er, als er dem uniformierten Polizisten ins Gesicht starrt und die Schneeschicht auf seiner Schirmkappe zu ignorieren versucht.

»Ich habe gehört, Sie interessieren sich hier für gewisse … Angelegenheiten«, deutet der andere an. Er dürfte einige Jahre älter sein als der Arno, schaut deshalb aber nicht weniger fit aus. Sein Gesicht ist glatt rasiert wie ein Babypopo, der Blick streng, die Gesamterscheinung einschüchternd. Einer von denen, die man bei einer Verkehrskontrolle besser nicht mit Du anspricht, das sieht der Arno sofort. »Wer behauptet das?«, wird er trotzdem einmal mutig.

»Die Fragen stelle ich!«

»Was ist denn die Frage?«

»Hören S' auf mit dem Blödsinn. Kann ich Ihren Ausweis sehen?«

»Sicher«, sagt der Arno, wischt sich die rechte Hand trocken, zückt seine Geldtasche und reicht dem Polizisten sein Scheckkarterl, das bis auf Dienstnummer und Foto keine weiteren Informationen enthält.

»Vom Bundeskriminalamt?«, weiß der andere trotzdem schon. Hat ihn der Kufner also tatsächlich verpetzt.

»Ja.«

»Dann stimmt das also. Das Bundeskriminalamt in Maria Schnee. Wieso weiß ich nichts davon?«

»Wozu sollten Sie?«, fährt der Arno dem Dorfpolizisten einmal über den Mund, weil's ja wahr ist, und wird gleich noch mutiger: »Wer sind Sie denn überhaupt?«

»Forstinger. Inspektion Maria Schnee.«

»Wer hat Sie informiert?«

Der andere runzelt die Stirn. Sichtlich unzufrieden mit dem Gesprächsverlauf bestätigt er Arnos Vermutung: »Doktor Kufner hat mich angerufen. Er sagt, Sie seien auf der Suche nach Rosalie Justine Kufner. Außerdem sagt er, dass Sie alle möglichen Verdächtigungen ausgesprochen haben.«

»Hab ich das?«, fragt der Arno und versucht, sich an diese Verdächtigungen zu erinnern.

Die Mama wird gleich dazwischengehen, das merkt er genau, aber so weit kommt's noch. »Reden wir unter vier Augen weiter?«, schlägt er schnell vor.

»Wie Sie wollen.«

Die Wache ist in einem hinteren Anbau des Gemeindeamts untergebracht, den man nicht auf Anhieb findet. Gäb's das Polizei-Schild nicht, würde man glatt dran vorbeilaufen. Der Bau wirkt wie ein Provisorium, aus dem eine Dauerlösung geworden ist, aber auf Einrichtung und Erhaltungszustand scheint der Forstinger genauso penibel zu achten wie auf seinen Krawattenknoten. Es riecht hier so sauber, als wäre versehentlich ein Kanister Desinfektionsmittel umgefallen.

»Etwas zu trinken?«, fragt der Forstinger, wie sie sein Büro betreten.

»Nein danke.«

»Also«, fängt der Uniformierte an, als er sitzt, »weshalb interessiert sich das BK für eine Tochter der Familie Kufner?«

»Weil sie verschwunden ist.«

»Verschwunden?«

»Genau.«

»Das muss ein Versehen sein. Rosalie Justine Kufner stand gestern Abend noch auf dem Eis!«

»Jaja, schon ... Aber jetzt eben nicht mehr, und sonst ist sie auch nirgends.«

»Warum sucht ein Beamter des Bundeskriminalamts nach ihr?«

»Ich war schon in Maria Schnee, als sie verschwunden ist.«

»Wie kommt das?«

Der Arno seufzt und entschließt sich, mit der ganzen Wahrheit herauszurücken: »Ich bin eigentlich auf Urlaub im *Bergkristall* drüben. Die Frau draußen ist meine Mutter. In der Nacht hat sie mitbekommen, wie ein Mann diese Rosa...lie weggezerrt hat. Dabei ist ihr Namensschild abgerissen. Seither ist sie weder im Hotel noch in ihrer Wohnung im Haus der Frau Edlinger gewesen. Obwohl der Hotelchef, dieser Jack … Holzhammer?«

»Holzhauer«, korrigiert ihn der Forstinger.

»Obwohl Herr Holzhauer behauptet, die Rosa sei daheim, mit Migräne. Ihre Eltern scheint das alles übrigens nicht zu kümmern.«

Der Forstinger schaut immer noch skeptisch, also macht der Arno gleich weiter: »Ich weiß schon, das heißt nicht viel, und normalerweise warten wir, bis sich der Verdacht einer Entführung erhärtet. Ich war selbst lang genug in einer Polizeiinspektion und hab mir unnötige Sorgen anhören müssen. Aber mit der Rosa stimmt wirklich was nicht. Je länger ich suche, desto spanischer kommt mir das Ganze vor.«

Der Uniformierte atmet ein, atmet aus und schaut den Arno mit Argusaugen an, als überlegte er gerade, ob er vor einem Artgenossen oder etwas Essbarem sitzt. Dann legt er seinen perfekt gespitzten Bleistift weg, mit dem er noch kein einziges Wort auf das weiße Notizblatt vor sich geschrieben hat, und sagt ganz ruhig: »Wir warten aus gutem Grund, Herr Kollege. Also warten Sie ebenso und blockieren nicht meine wertvollen Ressourcen, indem Sie die Leute hier gegeneinander aufwiegeln.«

»Wie bitte? Aufwiegeln? Ich?«

»Herr Bussi, ich kann gerne deutlicher werden, wenn Sie darauf bestehen.«

»Bitte«, sagt er trotzig.

»Sie verschwenden hier meine kostbare Zeit und tischen mir eine Suppe auf, die so dünn ist, dass man bis zum Boden durchschauen kann. Nebenbei machen Sie den halben Ort verrückt, während wir mit dem Eisfestival bis zum Hals in Arbeit stecken. Ein Bundeskriminalbeamter im Urlaub mit seiner Mutter. Mehr hat mir nicht gefehlt.«

Der Arno spürt, wie ihm das Blut ins Gesicht steigt. Er könnt sich dafür ohrfeigen, wie vertrauensselig er dem Kollegen von Mamas Entdeckung und seiner Suche erzählt hat. Klar muss es sich für den so anhören, als wäre der Arno weit übers Ziel hinausgeschossen.

»Ein Vorschlag im Guten, Herr Bussi«, macht der Forstinger weiter, »genießen Sie Ihren Urlaub, sonst folgt eine Beschwerde auf dem Dienstweg. Und jetzt muss ich wieder richtige Polizeiarbeit machen. Haben wir uns verstanden?«

Der Arno schweigt.

»Dann Auf Wiedersehen.«

»Aber ich …«

»Wiederschaun.«

Wut fährt in den Arno, heiße Wut, auf den Forstinger, dann aber auch auf die Mama, und ganz besonders auf sich selbst. Trotzdem kann er nicht einfach so den Schwanz einziehen und sich schleichen. Also schnauzt er zurück: »Beschweren Sie sich doch über mich! Probieren S' selber, die Rosa zu finden, da wünsch ich Ihnen viel Glück. Ich lass mir nix verbieten. Außerdem werde ich Sie persönlich für jede weitere Verzögerung verantwortlich machen.«

»Wie Sie wollen. Und jetzt gehen Sie endlich«, sagt der Forstinger.

Der Arno schüttelt den Kopf und rennt hinaus.

»Und?«, fragt die Mama, als der Arno zum *Schmarrnkaiser* zurückkommt, um einen gefühlten Kopf kleiner.

»Nix«, sagt er.

»Hat der Kollege die Vermisstenmeldung gemacht?«

»Pfff …«

»Erzähl schon!«

»Mama, da kann die Polizei gar nix machen. Genau wie ich's dir von Anfang an gesagt hab.«

»Aber wir haben Beweise.«

»Einen Schmarrn haben wir«, sagt er und stochert in seinem kalten Kaiserschmarrn herum. »Er meint, wir sollen den Urlaub genießen. Außerdem will er sich über mich beschweren.«

»Über dich? Wenn, dann über mich!«

»Du bist ja nicht bei der Polizei. Ich schon.«

»Der hat doch einen Vogel!«

»Mama, jetzt hör auf, bitte. Es ist schon peinlich genug.«

»Ich bin dir peinlich?«

»Nein, Mama. Nicht du. Das. Beruhig dich bitte.«

»Ich soll mich beruhigen? Ein armes, unschuldiges Kind verschwindet, taucht einen ganzen Tag nicht wieder auf, und die Polizei tut nix!«

Sie schaut ihn an wie das Rumpelstilzchen, das gleich aus der Haut fährt, aber er kann ihr nicht helfen. Rational betrachtet ist es genau so, wie er's von Anfang an selber gesagt hat: Die Polizei hat wichtigere Aufgaben, als nach frisch verschwundenen Teenagern zu suchen. Dass er trotzdem drauf eingestiegen ist, hat bloß mit seiner Langeweile und der Tatsache zu tun, dass er schon zu lange nicht mehr beruflich hat herumschnüffeln dürfen. Wahrscheinlich hätt er sich selbst in Forstingers Lage genauso zusammengeschissen. Wär er bloß nie nach Maria Schnee gekommen. Hätt die Mama bloß nie den nächtlichen Streit mit angehört. Hätt er nur rechtzeitig auf seine innere Stimme gehört. Aber was kann schon die innere Stimme gegen die Mama ausrichten.

»Danke, Cara Luisa Canazei!«, schreit der Jack via Mikrofon über den ganzen Platz. »Maria Schnee kann wahrlich stolz sein auf sein Goldkehlchen, finden Sie nicht, verehrte Gäste?«

Finden nicht alle. Jedenfalls mischen sich schon wieder einige Buhrufe ins Geklatsche. Wobei der Arno langsam glaubt, der Unmut gilt weniger der Sängerin als dem Jack.

»Und nun, als weiterer Höhepunkt unseres Showprogramms, folgt der Kunstlauf unserer bezaubernden Eisprinzessin Rosa!«

Die Menge jubelt.

Die Mama schaut drein wie der Uhu.

Der Arno auch.

Vorne geht ein Scheinwerfer an.

Die Rosa mittendrin.

Und Bocelli und Brightman singen *Time to say goodbye*.

Samstag

13

Also die Peinlichkeit, die schleicht sich ja auf unterschiedlichsten Wegen in den Alltag hinein. Da zieht man zum Beispiel zu Hause im Halbdunkel der Garderobe zwei verschiedenfarbige Schuhe an, rennt vor lauter Smartphone-Schauen grußlos an einem lieben alten Freund vorbei und lästert in der S-Bahn wild über jemanden ab, der direkt hinter einem sitzt. Und Simsalabim – bevor man noch den Arbeitsplatz erreicht, lebt sich's schon ganz ungeniert.

Aber manchmal ist etwas auch so peinlich, dass man schon wieder drüber lachen muss. Genau wie der Arno und die Mama gestern. Eigentlich war's zuerst nur die Mama. Als die nämlich die Rosa gesehen hat, adrett wie eh und je in ihrem Prinzessinnen-Glitzerkostüm, hat sie sich regelrecht gekringelt, während der Arno immer noch saurer geworden ist, wegen der Riesenblamage, die er ihr zu verdanken hat. Aber dann hat sie ihn gestoßen und geneckt und weitergelacht, und irgendwann hat er sich von ihr anstecken lassen und mitgelacht, der gute Bub.

Und komisch war's ja wirklich. Was hat sich die Mama nicht Sorgen gemacht und den Arno damit angesteckt! Und dann tanzt ihnen die Rosa auf dem Eis etwas vor, dass es eine wahre Freude ist, dreht Pirouetten und springt Figuren, aus denen sie so bombensicher landet, als hätte sie ihr Leben lang nix anderes gemacht. Spätestens als sie anschließend auf der Bühne war und vor dem Publikum einen Knicks gemacht hat, mit diesem bezaubernden Lächeln, ist endgültig klar gewesen, dass der Rosa wirklich überhaupt nix fehlt.

Aber weil's ja trotzdem peinlich war, wie sich der Arno und die Mama die Stunden zuvor in Maria Schnee aufgeführt haben, sind sie danach ins Hotel *Bergkristall* zurück und haben es für den restlichen Abend nicht mehr verlassen.

So kam's dann auch, dass der Arno endlich das Fünfundzwanzig-Meter-Becken des Hotelschwimmbads benutzen konnte, das der Jack extra für ihn aufgesperrt hat. Herrlich, in Ruhe seine Bahnen ziehen zu können, bei all dem Schneefall draußen vor dem Panoramafenster! Fast schade, dass man beim Kraulen den Kopf die meiste Zeit unter Wasser hat, die blauen Kacheln anschaut und versucht, den richtigen Zeitpunkt für die Wenden zu erwischen, die ja beim Triathlon kein echtes Kriterium sind, zum Glück. Trotzdem waren Arnos Durchgangszeiten zum Schämen. Das Leistungsschwimmen und er werden keine Freunde mehr, ob mit oder ohne Trainer, ob in Wien, Tirol oder sonst wo auf der Welt. Wenn er sich beim anstehenden Wettbewerb nicht völlig blamieren will, dann muss er beim Radfahren und

Laufen noch viel schneller werden, was allerdings rein physikalisch irgendwann unmöglich wird. Duathlon, das wär der richtige Sport für ihn – laufen, Rad fahren, laufen –, da wär er bei den Besten dabei. Aber damit braucht er der Franzi gar nicht kommen, weil die eine echte Wasserratte ist, also eigentlich eine süße Wassermaus, eine Speedy Gonzales Aquariensis … Ach, sie fehlt ihm einfach, die Franzi. Und genau deshalb hat der Arno noch im Fünfundzwanzig-Meter-Becken vom *Bergkristall* beschlossen, am nächsten Tag nach Wien zurückzufahren. Beim Abendessen hat er's der Mama gesagt, und sie hat bloß genickt. Und dann ist noch etwas Bemerkenswertes passiert: Sie hat sich entschuldigt.

»Du hast von Anfang an recht gehabt. Ich hab mich da unnötig in was hineingesteigert und dich in Schwierigkeiten gebracht.«

»Ach was.«

»Doch, Arno. Es tut mir leid.«

Gleich weint sie noch, hat er gedacht und schnell gesagt: »Jetzt … Mama. Du hast einfach ein großes Herz für die Menschen.«

Worauf sie dann erst recht geweint hat.

Von der Rosa haben sie den Rest des Tages nichts mehr gesehen, klar, als Eisprinzessin hat sie andere Aufgaben als Hotelgäste zu betreuen, und dem Getöse draußen am Platz nach zu urteilen ist es beim Eisfestival noch ordentlich zur Sache gegangen, bis knapp vor Mitternacht die letzten Takte einer Schlager-Coverband im Nachthimmel über Maria Schnee verklangen und der Arno in einen tiefen, erholsamen Schlaf gesunken ist.

Jetzt, ein gutes Sektfrühstück und eine Umarmung von der Mama später, verlässt der Arno das Vier-Sterne-plus-Hotel – mit seiner Tasche und in seiner neuen Winterjacke, die ihm die Mama mit Lorenzos Kreditkarte quasi aufgezwungen hat, weil der Arno gestern Abend so erfroren war und ein richtiger Tiroler eine ordentliche Winterjacke braucht und nicht bloß eine *Wiener Regenhaut*. Der Arno hat sich's ohne viel Gegenwehr gefallen lassen. Schließlich hat ihm der Lorenzo die Sache ja auch irgendwie eingebrockt, als er die Mama versetzt hat, also kann er ihrem Sohn ruhig etwas Gutes tun.

Als der Arno ins Freie tritt, muss er erst einmal innehalten. Weil: Bilderbuch. Alles liegt unter einer Schneedecke begraben. Die Häuser, die Bäume, die Bühne, der Platz. Ein paar Leute stehen um die Insel in der Mitte herum, auch ein Kleintransporter befindet sich auf dem Eis, etwas weiter werden die Dächer der Essensstände gerade abgekehrt.

Stellenweise dürfte der Schnee jetzt bald einen Meter hoch liegen, und trotz der Tausenden Füße, die das Weiß am vergangenen Abend flach getrampelt haben, trotz des ganzen Halligallis in der Nacht und der Räumkommandos, die schon seit Stunden wieder im Einsatz sind, spürt der Arno ganz deutlich den Frieden, der sich mit der weißen Pracht über alles gelegt hat. Bestimmt haben die Kufners in ihrem Schlösserl oben ihre helle Freude daran.

Sollen sie doch. Ihrer Ex-Tochter, der Rosa, geht's bei der Edlinger Anni unterm Dach definitiv besser. Ob sie ahnt, dass der Arno nach ihr gesucht hat, mehr noch, sogar bei ihren Eltern war? Ihm haben schon ein paar Minuten mit den Kufners gereicht, um sie unmöglich zu finden. Wie schrecklich muss es gewesen sein, dort aufzuwachsen? Wenn das größte Geschenk für die eigenen Eltern ist, ihre heilige Ruhe zu haben? Umso schöner ist es zu sehen, dass die Rosa trotzdem ihren Weg ins Leben gefunden hat. Früher oder später wird sie die Hotelfachschule abschließen und sich dann vielleicht in die große, weite Welt aufmachen, auf ein Kreuzfahrtschiff oder in eine Metropole wie New York, Melbourne oder Wien, wo sie allerlei Erfahrungen sammelt, bevor sie nach Jahren auf Wanderschaft wieder hierher zurückkommt und womöglich Annis Café übernimmt; sie wird sich verlieben und das Leben genießen, und alles wird ganz wunderbar sein. Jedenfalls hofft's der Arno für sie.

Er steigt die Treppen zum Platz hinunter. Immer noch schneit's, als würde Frau Holle gar nicht mehr wissen wohin mit ihrer Kraft.

Etwas drängt ihn, noch einmal bei der Anni vorbeizuschauen, bevor er sich auf den Weg zum Bahnhof macht. Vielleicht die Wärme, mit der sie ihn gestern empfangen hat, vielleicht das Mitleid, das er für die betagte Besitzerin des *Café Edlinger* empfindet, vielleicht auch die Gelegenheit, die Rosa noch einmal zu sehen. Jedenfalls bleibt bis zur Abfahrt des Zuges noch genügend Zeit.

Also schleicht er hinter der Bühne vorbei, passiert die Schneeberge vor den Häusern so unauffällig es geht, um nur ja nicht diesem Dorfsheriff Forstinger oder sonst wem über den Weg zu laufen, bei dem er sich gestern bis über beide Ohren blamiert hat.

Ein merkwürdiges Gefühl macht sich in seinem Bauch

breit. War vielleicht der Lachs vom Frühstücksbuffet verdorben? Oder ist ihm der Sekt nicht bekommen, den ihm die Mama ungefragt hingestellt hat, um mit ihrem Sohn auf ein baldiges Wiedersehen anzustoßen?

Blödsinn, denkt er und geht weiter, und schau, schau, das Gefühl verfliegt so schnell, wie es gekommen ist.

Schon ist er beim *Café Edlinger* angekommen. Genau wie gestern dringt kein Licht aus dem Lokal nach draußen, doch der Arno ahnt inzwischen, dass es kaum jemals geschlossen ist. Er zieht wie selbstverständlich die Tür auf, geht hinein und findet alles exakt so vor wie gestern. Keine Gäste, nur die Anni steht wieder einsam hinterm Tresen.

»Guten Morgen!«, grüßt er ins Dunkel und geht zu ihr.

»Oh, der Herr Inspektor beehrt mich wieder. Hatten Sie etwa Sehnsucht?«, macht sie genauso keck weiter, wie sie gestern aufgehört hat.

»Ja … Ich wollt nur schnell Auf Wiedersehen sagen.«

»Sie fahren schon ab?«

»Ja. Die Rosa ist ja wieder aufgetaucht, also hab ich auch keinen Grund mehr, zu bleiben.«

»Aha«, sagt die Anni und schaut wieder seltsam verloren drein.

»Was ist?«

»Nichts. Aber einen Abschiedslikör trinken S' schon noch mit mir, Herr Inspektor?«

Der Arno schaut entschuldigend auf seine Sportuhr, die aber nix von Zeitdruck wissen will – eine halbe Stunde noch, da schafft er's ja zehnmal zum Bahnhof und wieder zurück. *Ach, was soll's,* denkt er und sagt: »Aber nur, wenn ich Sie einladen darf.«

»Das kommt überhaupt nicht infrage«, sagt die Anni und stellt zwei Cognacgläser auf die Theke, in die sie mit tausendfach geübten Handgriffen zwei ordentliche Schlucke *Rémy Martin* einschenkt.

»Prost, Herr Inspektor!«

»Prost.«

Sekt und Cognac am Vormittag, denkt der Arno beim Runterschlucken. Aber er muss ja heute bloß noch nach Wien kommen. Außerdem wärmt das Zeug sein Innerstes, und das hat die Wärme bitter nötig. »Sind Sie schon wieder ganz alleine?«, fragt er, weil die Anni still bleibt und komisch in die Ferne schaut, irgendwie durch den Arno hindurch oder auch links und rechts an seinen Ohren vorbei, jedenfalls abwesend.

Sie nickt.

»Wer sollte Ihnen heute im Café helfen?«

Die Anni bleibt still.

»Die Rosa?«

Wieder nickt sie und sagt: »Kennen Sie das, Herr Inspektor, wenn es im Bauch so kribbelt? Wenn man ahnt, dass etwas passiert ist, aber noch nicht weiß, was?«

Ja, klar kennt er das, sogar besser, als sie glauben würde. Immer, wenn er in die Nähe eines frisch verstorbenen Menschen kommt, hat er so ein ungutes Kribbeln im Bauch. Genau wie vorhin, draußen auf …

»Etwas Schlimmes«, flüstert sie in seinen Gedanken hinein.

»Etwas Schlimmes?«, wiederholt er und runzelt die Stirn, während ihm schon ein Schauer über den Rücken läuft.

Da geht die Tür auf.

»Kann ma hier ’n Käffchen kriegen?«, fragt eine Frau, die der Arno sofort an der Stimme erkennt.

Die Katz.

14

Mein Gott, die Katz. Major Erna Katz, die junge, spröde Chefin der Innsbrucker Mordgruppe. Die Frau, die aus Raum und Zeit gefallen ist. Weil sie sich erstens anzieht wie vor hundert Jahren und sich zweitens ihre Berliner Schnauze nicht nehmen lässt, bloß weil sie als Scheidungskind schon seit ihrer Kindheit in Tirol lebt und von Mamas wegen den österreichischen Pass besitzt. Die Frau, die aber nicht nur Raum und Zeit, sondern auch die Naturgesetze des heimischen Beamtenuniversums krümmt, vor lauter Raketenkarriere, die sie hingelegt hat. Vor einigen Monaten hatte er erstmals das Vergnügen, an diesem Tiroler Bergsee, wo aus einem Cold Case plötzlich ein ganz heißer Fall geworden ist, und unter allen anderen Umständen hätte sich der Arno über das Wiedersehen mit der Katz gefreut. Aber nicht jetzt. Weil er ahnt, wieso sie hier ist und welche Konsequenzen das hat. Für ihn und für ganz Maria Schnee.

»Natürlich gibt's Kaffee in einem Kaffeehaus! Setzen Sie sich bitte«, sagt die Anni, schaut den Arno an und schüttelt unmerklich den Kopf, quasi: *Mit was für Fragen die Touristen immer kommen, geht auch auf keine Kuhhaut.*

Aber nix Touristin.

Polizistin.

Der Arno zögert, sich zur Katz hinzudrehen. Aus dem Augenwinkel erahnt er einen dicken Wintermantel. Darunter trägt sie bestimmt dasselbe Standardkostüm wie immer – das hellgraue Ensemble, von dem sie sicherlich zehn gleiche Teile im Schrank hängen hat, genau wie Adrian Monk.

Ihm ist plötzlich ganz flau im Magen. Er will hier weg. Dabei weiß er, dass er nicht kann.

»Ach, ick steh lieber«, sagt die Katz.

»Morgen, Katz«, brummt er, weil's ja keinen Sinn ergibt, Verstecken zu spielen.

»Wa? … Das ist doch nicht möglich! Bussi!«

»Mhm.«

Tatsächlich: ein Mantel aus dickem Walk und drüber ein Filzhut, der im Deutschland der Zwanzigerjahre für Entzücken gesorgt hätte. Dafür könnte das Dazwischen durchaus entzücken, die braungrünen Augen, die Sommersprossen und das süße Näschen, mehr sieht er nicht, weil's von einem dicken Schal verborgen liegt, der fast wie eine Halskrause wirkt.

»Was machen Sie denn hier?«

»Urlaub.«

»So 'n Zufall aber auch!«

»Mhm. Und Sie?«

»Keen Urlaub.«

»Dachte ich mir schon.«

»Ach? Wieso? Trauense mir vielleicht keen Urlaub zu?«

»Doch, doch«, lügt er schnell. »Und, was führt Sie hierher?«, fragt er und hofft, dass es etwas Harmloses ist.

»Ne Leiche«, sagt sie leise.

Die Vorahnung rammt sich wie ein Messer in seine Gedärme. Ein Schauer erfasst ihn, ihm wird ganz kalt, er will sich irgendwo festhalten. Er ahnt – nein, er *weiß*, was das Gefühl in seinem Bauch vorhin hervorgerufen hat, draußen auf dem Platz. Das, was es immer hervorruft.

Der Tod.

»Sie sind aber blass!«, macht's die Anni noch schlimmer und stellt der Katz ihr Käffchen hin.

»Einen über den Durst getrunken, Bussi?«, scherzt die Katz und stößt ihm in die Rippen.

»Aua! Nein, nein … Und wer?«, fragt er, wobei seine Stimme bricht, also räuspert er sich und wiederholt's: »Wer ist die Leiche?« Sein Herz schlägt bis zum Hals.

»Wissen wir noch nicht. So 'n junget Fräulein, dem Anschein nach.«

Aber das kann nicht sein. Darf nicht sein. Der Arno setzt sich halb auf den Barhocker und reibt sich das Gesicht, während die Katz ihren Kaffee hinunterstürzt und sagt: »So, ick muss dann mal wieder. Sehen wir uns später?«

»Moment. Wohin gehen Sie?«

»Na raus!«, sagt sie und deutet zurück. »Wenn der Sichtschutz steht, geht's mit der Untersuchung los.«

Der Arno dreht sich auf seinem Barhocker um. Ganz langsam. Weil er nicht sehen will, was er gleich sehen wird.

Den Transporter zum Beispiel, der rückwärts an die Eisskulptur in der Mitte des Platzes herangefahren ist. Vor lauter Schnee und Scheuklappen hat er vorhin nichts bemerkt, und auch jetzt sieht er da draußen kaum mehr als blasse Konturen. Ein paar Gestalten huschen ums Fahrzeug und die verhüllte Skulptur herum.

»Was ist denn da draußen?«, fragt die Anni, als könnte sie sich das nicht ebenso längst zusammenreimen.

»Noch nicht offiziell«, blockt die Katz gleich ab.

»Ich will mitkommen«, sagt der Arno.

»Sie? Wieso? Sie sind doch in Urlaub!«

»Nein, ich … Eigentlich nicht mehr. Ich wollte eigentlich nach Wien zurück.«

»Na denn, tschüs!«

»Nein … Katz, hören Sie zu. Ich muss wissen, was passiert ist. Hier im Ort stimmt was nicht.«

»Ach? Was denn?«

»Das will ich ja herausfinden. Ich kann Ihnen vielleicht helfen. Aber dafür muss ich wissen, wer es ist.«

»Na, denn kommsema mit.« Die Katz legt einen Fünfer auf den Tisch und huscht davon.

»Anni, darf ich meine Tasche bei Ihnen lassen?«, fragt der Arno noch und deutet auf das Ding zu seinen Füßen.

Die Anni nickt. »Das arme Kind!«, meint er sie noch wispern zu hören, als er der Katz hinterherläuft.

15

Draußen stülpt sich der Arno eilig die Kapuze über den Kopf und zieht den Reißverschluss ganz nach oben. Trotzdem fröstelt ihn bei jedem Schritt mehr. Die Katz trippelt mit ihren flachen, viel zu leichten Damenschuhen aufs Eis, er ihr nach. Vorsichtig bewegen sie sich auf die kleine Insel in der Mitte des Platzes zu. Polizeitransporter und Personen treten deutlicher aus dem Schneefall hervor. Zwei Beamte stellen gerade einen provisorischen Sichtschutz rund um die Isolationshaube der Skulptur auf. Dass darunter die Leiche sein muss, ist dem Arno längst klar.

Das aufgewühlte Gefühl kehrt zurück und wird rasch intensiver, auf den letzten Metern fast unerträglich. Genau wie er vorhin vermutet hat: Er spürt genau das, was er immer spürt, wenn er sich einem frisch verstorbenen Menschen nähert.

Er betet, dass es nicht die Rosa ist. Dass es ein Unfall war. Eine fatale besoffene Geschichte irgendwelcher verrückt gewordener Touristen. Aber warum sollte es? Das Leben mag keine Zufälle. Es mag das Naheliegende. Wenn die Rosa gestern schon für Trubel gesorgt hat, dann ist es am wahrscheinlichsten, dass es auch heute so bleibt.

Er will hier weg.

Am Schriftzug *Polizei* auf dem Rücken erkennt er einen weiteren Kollegen. Er braucht den Kerl gar nicht von vorne zu sehen, um zu wissen, dass es der Forstinger ist. Er steht etwas abseits des Geschehens und unterhält sich mit einem Mann in Zivil, während zwei Forensiker in weißen Schutzanzügen unter einem großen gelben Schirm stehen, der einen völlig deplatzierten Farbpunkt in die Kulisse setzt.

Aber all das ist jetzt unwichtig. Wichtig ist nur, was sich unter der Hülle befindet. WER sich darunter befindet. Das *junge Fräulein*, wie die Katz gesagt hat.

Gleich darauf sind sie vom Sichtschutz umgeben.

Die Katz sagt »Also los!«, worauf einer ihrer Mitarbeiter eine Seite der Haube so weit aufschiebt, dass etwas Licht ins Innere fällt. Trotzdem sieht der Arno nichts. Die Katz lässt sich eine Taschenlampe geben und späht hinein. Fünf Sekunden, zehn. Dann wendet sie sich ab. »Mist!«, sagt sie in Arnos Richtung, der sofort versteht, dass sie hier keinen Unfall haben. Sondern Arbeit.

»Ich will sehen!«

Sie antwortet ohne jede Berliner Lässigkeit. »Nein, wir ziehen uns erst mal zurück. Da müssen die Forensiker ran. Vielleicht sind auf dem Eis irgendwelche Spuren konserviert.«

»Aber hier ist doch überall schon geräumt worden«, deutet der Arno um sich. »In der Früh. Da gibt's keine Spuren mehr.«

»Vielleicht nicht hier, aber da drunter womöglich«, zeigt sie zur Kühlhaube.

»Wir dürfen keine Zeit verlieren. Ich muss wissen, wer das ist!«, besteht er darauf, endlich Klarheit zu haben.

Sie überlegt ein paar Sekunden. »Meinetwegen«, gibt sie sich geschlagen und überreicht dem Arno die Lampe.

Der steckt seinen Kopf hinein. Zuerst sieht er den Sockel. Die Füße der unfertigen Eisskulptur. Ihre bläulich schimmernden Beine.

Dann, im kleineren Maßstab, auch andere Beine. Menschliche Beine.

Und den Körper.

Den Frauenkörper, der in den Armen der überlebensgroßen Eisprinzessin hängt, im Kostüm der Eisprinzessin von Maria Schnee. Nur die Eislaufschuhe fehlen. Sie ist barfuß, Zehen und Füße sind blau. Der Glitzer auf der Haut lenkt von ihrer gespenstischen Blässe ab. Um den Hals herum zeichnet sich eine dunkle Linie ab.

Arnos kriminalistischer Verstand arbeitet längst, während der Rest von ihm es noch nicht fassen kann.

Es ist die Rosa.

Er dreht sich weg, doch der Anblick der Leiche bleibt vor seinen Augen. Die Eisflocken in den Haaren. Die offenen Augen hinter der Maske. Der knallrot geschminkte Mund. Die dunklen Strangulationsspuren um den Hals herum.

»Verdammt«, sagt er und würde am liebsten davonlaufen. Dabei muss er jetzt funktionieren. Nachdenken und handeln. Er atmet tief durch und schaut in die Runde.

Der Forstinger steht zwar wieder da wie ein Gardesoldat der Queen, weicht Arnos Blicken aber aus. Vermutlich ahnt er, dass er gestern doch etwas wegen der Rosa hätte unternehmen sollen, statt den Arno für blöd zu halten.

Der Mann, der bei ihm steht, reibt sich den dichten Bart

und schüttelt den Kopf. Dabei hat er die Augen Richtung Haube gerichtet, als wäre er unfähig, wegzuschauen.

»Na dann, Abdampf alle«, sagt die Katz zu den Umstehenden und zieht den Arno mit sich, bevor sie weitere Anweisungen erteilt. »Kollege Blau, Sie suchen den Verantwortlichen dieser Veranstaltung und machen ihm klar, dass bis auf Weiteres alles stillsteht. Außerdem nehmen Sie den Skulpturenmeister von der Station hier in die Mangel. Die Kollegen sollen das Areal weiträumig absperren. Und Sie zwei, hey, Sie meine ich! Sie fangen jetzt gleich mit der Untersuchung an. Erster Bericht an mich!« Dann nimmt sie den beiden Männern in den Ganzkörperschutzanzügen auch noch den Regenschirm weg, den sie gleich an den Arno weiterreicht, damit der ihn für sie beide halten kann.

»Sie kennen die Tote also, Bussi?«, fragt die Katz, nachdem sie Seite an Seite den kreisrunden Sichtschutz verlassen haben. Neben dem Polizeitransporter bleiben sie stehen.

Ein paar Meter weiter redet der Forstinger wieder mit dem unbekannten Mann. Es schaut aber nicht so aus, als wollte der Ortspolizist den anderen in die Mangel nehmen. Eher versucht er gerade, ihn zu beruhigen.

»Kennen ist zu viel gesagt«, antwortet der Arno. »Sie war Rezeptionistin im Hotel, in dem wir wohnen.«

»Ach.«

»Mhm.«

Der Arno fühlt sich tonnenschwer. All die Last, die gestern von ihm abgefallen ist, liegt jetzt wieder auf seinen Schultern. Die Mama wird sich's nie verzeihen, und er sich genauso wenig, dass sie die Rosa gestern Abend sich selber überlassen haben, in der Überzeugung, es ginge ihr gut. Er hätte versuchen müssen, nach ihrem Auftritt mit ihr zu reden. Sie fragen, wer mit ihr gestritten hat. Wer sie in der Nacht zuvor aus dem Hotel gezerrt hat. Wo sie untertags gewesen ist … Nein, das ist Blödsinn. Kein Polizist würde so etwas tun.

Seine Gedanken fließen viel zu zäh. Also konzentriert er sich weniger auf die Fakten als auf seine Gefühle. Er fühlt sich betrogen. Getäuscht. An der Nase herumgeführt. Alle sollten glauben, der Rosa gehe es gut. Dabei muss sie nach ihrem gestrigen Auftritt in den Fängen ihres Mörders gelandet sein. War es derselbe, den die Mama gestern früh mit ihr streiten gehört hat? Aber wieso läuft die Rosa dann in Seelenruhe ihre Kür, statt wegzurennen oder Hilfe zu holen?

Jemand spielt mit uns, blitzt ein neuer Gedanke auf, bekommt aber keinen Platz zum Entfalten, weil die Katz wieder laut wird. »Wer hat sie gefunden?«, ruft sie in die Runde.

»Ich«, sagt der Mann, der beim Forstinger steht und den Arno irgendwie an Reinhold Messner erinnert. Vor lauter Haarpracht sieht er das Veilchen ums linke Auge des Mannes herum erst jetzt.

»Und Sie sind?«, hakt sie nach und schreitet langsam auf den Kerl zu, der Arno samt Regenschirm neben ihr her.

»Baumgartner.«

Da klingelt etwas beim Arno. Irgendwo zwischen all den Informationen, die er gestern gesammelt und nach Rosas Auftauchen im mentalen Papierkorb entsorgt hat, war auch von einem Baumgartner die Rede.

»Mir gehört das Geschäft da drüben«, erklärt der Mann.

Der Arno dreht sich synchron mit der Katz hin und erkennt den Kunstladen, in dem die Mama gestern auf der Suche nach Rosas angeblichem Freund war, diesem Benni. »Baumgartner … Alfons?«, fragt er schließlich.

»Genau!«, staunt der andere.

Auch die Katz starrt den Arno jetzt von der Seite an, er merkt's genau. Nur der Forstinger ignoriert ihn weiterhin.

»Was haben Sie denn hier zu suchen?«, macht der Arno gleich weiter.

»Wie … suchen?«

»Was schauen denn ausgerechnet Sie unter die Abdeckung da?«, wird er deutlicher.

Der Baumgartner wirkt, als hätte er sich das bis eben selber nicht überlegt. Wie zum Beweis zuckt er mit den Schultern.

»Das ist doch nicht Ihre Skulptur, oder?«, drängt der Arno weiter, weil der Künstler, der an dieser Station hier mit der Motorsäge hantiert hat, ganz anders ausgesehen hat. »Oder nehmen Sie irgendwie an dem Wettbewerb teil?«

Der Mann schüttelt den Kopf und schnaubt verächtlich. »Ganz sicher nicht«, setzt er noch einen drauf.

»Also?«

»Ja … Schauen wollt ich halt.«

»Schauen?«

»Mhm.«

»Weil Sie wussten, was sich drunter befindet«, stichelt der Arno.

»Nein. Dann hätt ich ganz bestimmt nicht geschaut.«

»Warum dann?«

Keine Reaktion.

»Und das da?«, fragt er und macht mit seinem Zeigefinger Kreisbewegungen ums eigene Auge herum.

Der Baumgartner muss erst einmal nachdenken, bevor's ihn reißt, als hätt ihn der Blitz getroffen. »Ach so, das da … Ich hab mich gestoßen!«, sagt er in derselben Art, in der ein Misshandlungsopfer ihm erzählen würde, es habe den Türstock übersehen.

Der Arno schaut den Baumgartner dann auch genauso an, wie er ein solches Misshandlungsopfer anschauen würde, schief nämlich.

»Das sieht aber nicht gut für Sie aus«, sagt die Katz, und der Arno denkt dasselbe. Allerdings wär der Herr Künstler schon selten dämlich, an den Ort seiner Tat zurückzukehren und dann auch noch Alarm zu schlagen, ohne sich eine passende Erklärung zurechtgelegt zu haben, mit einem Veilchen im Gesicht obendrein …

Dämlich? Oder genial?

Der Holzkünstler starrt in den frischen Schnee zu seinen Füßen, holt Luft, will etwas sagen … schüttelt dann aber nur den Kopf und fragt: »Kann ich jetzt gehen?«

Die Katz bleibt still, nickt bloß dem Arno zu, quasi: *Ihre Entscheidung, Herr Kollege*.

Der denkt noch einmal an die Aktion von der Mama gestern im Laden zurück und fragt dann: »Wo ist eigentlich Ihr Sohn?«

Der Baumgartner erschrickt merklich.

»Benni ist doch Ihr Sohn?«

»Jaja.«

»Und? Wo ist er?«, kommt's gedämpft von der Katz, weil sie sich ihren Schal mit einer Hand vors Gesicht hält.

»Ich weiß es nicht. Kann ich jetzt endlich gehen?«

»Nein. Ich hätt zuerst gern eine Antwort auf die Frage«, antwortet der Arno.

»Ich weiß nicht, wo der Benni steckt.« Der Baumgartner schaut zu Boden. Seine Lippen, die im Bart unterzugehen scheinen, bewegen sich, genau wie seine Augen.

»Was?«, drängt der Arno. »Was denken Sie?«

»Nix. Tragisch ist's halt.«

»Ihr Sohn war mit der Toten zusammen. Mit der Rosa.«

Kopfschütteln.

»Sicher nicht?«

Kopfschütteln, die zweite, heftiger.

Der Arno seufzt, dreht sich ein bissl und schaut zum *Café Edlinger* zurück, wo er die Anni an der Scheibe stehen sieht. Sie wirkt wie ein Geist. Sie hat's längst geahnt, ist er sich sicher. Jetzt sind ihre schlimmsten Befürchtungen wahr geworden. Genau wie die von der Mama gestern. Wie wohl die Kufners auf den Tod ihrer Ex-Tochter reagieren werden? Der Arno würde ihnen fast zutrauen, dass ihnen der genauso gleichgültig ist wie ihr Verschwinden.

»Kann ich jetzt gehen?«

»Was hatten Sie hier verloren?«, macht die Katz noch einmal deutlich, dass sie eine Antwort will.

»Ich hab nix mit der Leiche zu tun!«

»Womit dann?«

»Frau Kollegin, das hat er mir bereits gesagt«, springt der Forstinger dazwischen, und schau, schau: Bei der Katz ist der Herr Dorfpolizist geradezu ein Lamm.

»Dann wird's ihm bestimmt leichtfallen, es zu wiederholen«, bleibt die Katz stur. »Also: Was haben Sie hier am Leichenfundort verloren, Herr Baumgartner?«

»Ja mei.«

»Ja mei … Bitte?«

Erst wirkt der Holzkünstler, als wollte er wegrennen, doch dann lässt er die Schultern sinken. »Ein bissl … sägen wollt ich halt«, sagt er verschämt.

»Einen Segen? Von Jesus am Kreuz dort drüben?«

»Nein, sägen«, sagt der Baumgartner mit langem Ä. Dann zieht er ein langes, schmales Metallsägeblatt aus seiner olivgrünen Winterjacke heraus.

»Oh!«

»Sie wollten den Wettbewerb sabotieren?«, staunt der Arno.

Der andere nickt, sichtlich froh, dass er nicht lang weitererklären muss.

»Aber wieso denn?«

»Ja, so halt.«

»Sie können dieses Festival nicht leiden?«, fragt die Katz.

»Pah! Wer schon?«

»Also wollten Sie hier klammheimlich eine der Skulpturen zerstören?«

Der Baumgartner nickt. »Es tut mir leid. Alles. Kann ich jetzt trotzdem gehen … bittschön?«, fleht er.

Der Arno schaut zur Katz, die Katz schaut zum Arno, dann nickt sie ihm unmerklich zu. »Von mir aus«, sagt er. »Aber halten Sie sich zu unserer Verfügung. Außerdem will ich mit Ihrem Sohn reden. Er soll sich bei mir melden. Und zwar plötzlich.«

Der Baumgartner nickt, stapft durchs Schneetreiben

davon und verschwindet in seinem Laden. Der Forstinger fasst sich kurz an die Polizeikappe und schleicht sich ebenfalls.

»Und was jetzt?«, fragt der Arno die Katz.

»Jetzt stehen wir im Schnee.«

»Mhm.«

»Woher wissen Sie denn so viel von den Leuten hier? Kennen Sie die alle schon? Urlaub jedes Jahr, von Kindesbeinen an? Goldene Fremdenverkehrsmedaille mit Band und Blasmusik?«

»Stopp, Katz.«

»Hm?«

»Ich muss nachdenken.«

Aber sie lässt ihn nicht. »Sie kannten die Tote näher«, hakt sie nach.

»Nein … ja.«

»Na wat denn nu? Nein oder ja?«

»Ja … kurz halt.« Er seufzt, bevor er weiter ausholt und der Katz von sich, der Mama und deren seniler Bettflucht erzählt, mit den bekannten Folgen.

»Dann verschwand diese Prinzessin also, tauchte wieder auf, wieder ab … und nu als Leiche wieder uff?«

»Genau.«

»Merkwürdig.«

»Denk ich auch.«

»Und was wollen Sie vom Sohn dieses Holzschnitzers?«

»Der soll mit der Toten zusammen gewesen sein. Allerdings weiß ich nicht, woher sie das wissen will.«

»Wer?«

»Die Ma– … meine Mutter.«

»Ihre … Mutter?«

Langsam kriegt er Kopfweh von der ganzen Fragerei. »Ja. Die hat das irgendwie herausgekriegt. Ich weiß aber nicht, woher. War auch nicht mehr wichtig gestern. Ich frag sie, sobald ich sie sehe.«

»Und was jetzt?«, übernimmt die Katz seine Frage von vorhin.

Er seufzt ein weiteres Mal. *Jetzt* sollte er eigentlich im Zug nach Wörgl und von dort weiter nach Wien sitzen. Aber das kann er vergessen. »Jetzt gehen wir noch einen Kaffee trinken«, beschließt er.

16

Aber natürlich gehen sie nicht wirklich Kaffee trinken, sondern bloß zur Edlinger Anni zurück, die beim Eintreten immer noch am Fenster ihres Cafés steht. »Sie ist es, nicht wahr?«, fragt sie den Arno.

»Könnten wir bitte Rosas Zimmer sehen?«, erwidert er, womit er die Frage indirekt beantwortet.

Die Anni atmet schwer. Der Arno fürchtet schon, dass sie gleich kollabiert, und will sie zum Hinsetzen auffordern, doch dann fängt sie sich wieder. »Natürlich«, sagt sie, geht hinter die Theke und kramt einen Schlüssel aus einer Schublade, den sie dem Arno reicht. »Ganz oben. Da hinten durch die Tür und die Treppen rauf.«

Er nimmt den Schlüssel an sich. »Anni, vielleicht wär's besser, wenn Sie das Café erst einmal zusperren würden.«

»Niemals«, sagt sie bloß und dreht ihren Kopf weg. Das fahlweiße Licht vom Dorfplatz, das ihr Profil ausleuchtet, lässt sie fast wie eine Statue ausschauen.

Die Treppe knarzt so laut, dass es niemandem im Haus entgehen könnte, wenn sie jemand benutzt – selbst der Anni nicht, deren Gehör mit dreiundneunzig bestimmt auch nicht mehr das beste ist. Neben dem Zugang durchs

Lokal gibt es hinten noch einen weiteren Eingang ins Haus.

Es riecht modrig. Die Glühbirnen hinter den vergilbten Kartonschirmchen schimmern eher, als dass sie leuchten, und Licht von draußen gibt's keines. Während der Arno der Katz nach oben folgt, fragt er sich, ob's nicht gescheit wäre, erst einmal die Forensiker hier hereinzulassen. Aber wenn sie nix anfassen, wird's schon gehen.

»Nichts angreifen«, sagt die Katz überflüssigerweise im selben Moment, als er es denkt und sie im Dachgeschoss vor der Tür stehen. Der Arno muss sich ducken, weil er sonst die Dachschräge streift. Er reicht ihr den Schlüssel vor. Sie kramt Untersuchungshandschuhe aus ihrer Tasche und reicht ihm welche nach hinten.

»Dann woll'n wa mal.«

»Mhm.«

Die Tür ist niedriger und schmaler als normal, und drinnen geht's kaum besser weiter, weil: Mäusehöhle. Staubpartikel tanzen im Lichtschein, der durch das einzige, kreisrunde Fenster von draußen einfällt. Es ist kalt. Ein Radiator hängt an einer Aufputzsteckdose, läuft aber nicht. Der Boden knarzt bei jedem Schritt. An manchen Stellen biegen sich die Bretter so durch, dass man fast Sorge haben muss, gleich eine oder zwei Etagen tiefer zu stehen.

Unter der gegenüberliegenden Dachschräge steht ein Bett mit Metallrahmen und nüchternem weißem Bettzeug. Die Katz nimmt sich den Schreibtisch unterm Fenster vor. Stifte und Papier, aber nichts Elektronisches. Sie zieht die Schubladen auf und schüttelt immer wieder den Kopf. Der Arno tritt an den Kleiderkasten, der genau wie der Schreibtisch nach neunzehntem Jahrhundert aussieht und so manchen Antiquitätenhändler zum Frohlocken bringen dürfte. Erstaunlicherweise gehen Schloss und Scharniere butterweich. Im Inneren sieht der Arno zuerst einmal nix vor lauter Dunkelheit, also muss er zurück zum Eingang und Licht machen. Eine kümmerliche, frei in der Fassung hängende Glühbirne erstrahlt über ihren Köpfen, macht's aber kaum besser.

Das Zimmer ist wirklich heruntergekommen. Abgesehen von einem kleinen Waschbecken neben der Eingangstür scheint's auf der Etage nichts Sanitäres zu geben. Dass die Rosa diesen Verschlag dem Leben im edlen Schloss ihrer Eltern vorgezogen hat …

»Komisch«, sagt die Katz, bevor sich der Arno wieder dem Inhalt des Kleiderkastens widmen kann.

»Was?«, fragt er, obwohl er's eh schon ahnt. *Kein Computer,* wird sie gleich sagen …

»Sexspielzeug.«

Nein, das ahnt er nicht. »Was?«

»Hier.« Sie zeigt ihm einen Gegenstand, bei dem sich jeder Zweifel erübrigt: ein pechschwarzer Dildo mit Umschnallgürtel. Sie legt ihn so behutsam auf den Schreibtisch, als könnte er jeden Moment in die Luft gehen.

»Wo war der?«

»Hier – hinter den Schubladen.«

Der Arno bückt sich und schaut in den Schubladenkasten unter der Schreibtischplatte hinein. Die Katz hat die unterste Lade herausgezogen und auf den Boden gelegt.

»Sonst nix?«

»Nö.«

Dieser Dildo rückt Arnos Bild von der Rosa jetzt doch ein bissl schief. »Und kein Computer«, wechselt er schnell das Thema.

»Sherlock Holmes, wa?«, spottet die Katz auch gleich. »Bussi, vielleicht sollten wir hier doch nicht allzu viel herumstochern und die Kollegen weiterschnüffeln lassen.«

»Mhm«, sagt der Arno mit ein bissl zu viel Vibrato in der Stimme und will gar nicht hinschauen.

»Na, dann geh'n wa mal. Der Letzte macht das Licht aus.«

Also der Arno ist ganz bestimmt nicht prüde, aber was sich manche Leute alles einfallen lassen, um ihr Sexleben aufzupeppen, geht auf keine Kuhhaut. Man muss sich nur einmal mit dem Personal einer Notaufnahme unterhalten und wird staunen, was die so alles zutage fördern, weil's die Patienten nicht mehr können, weil: schwups und weg. Aber bei dem Teil, das die Rosa da hat, ist nix mit schwups und weg, weil: Wohin soll es denn? Was schon mehr als ungewöhnlich ist für eine Siebzehnjährige. Andererseits wird ihre Generation ja quasi per Smartphone aufgeklärt, und was man da zu sehen bekommt, hat mit Dr. Sommer aus der *Bravo* nicht viel gemein. Und irgendwann denkt man sich als junger Mensch vielleicht, Bienchen und Blümchen sind ja ganz schön, aber Bienchen mit Riesenumschnalldings sind noch viel schöner.

Über all das und mehr denkt der Arno nach, während sie die Treppe runtersteigen und wieder ins Gastlokal kommen.

»Haben Sie schon etwas gefunden?«, fragt die Anni, nachdem die Katz sie angewiesen hat, auf die Spurensicherungsexperten zu warten und sonst niemanden raufzulassen.

»Gibt es denn was, das wir wissen sollten?«, antwortet die Katz mit einer Gegenfrage.

»Was denn?«, kontert die Anni.

Den Arno beschleicht das Gefühl, dass die beiden Damen gerade irgendein verwinkeltes Kommunikationsding am Laufen haben. »Wie oft hat die Rosa denn ... *Interessenten* bei sich oben gehabt?«, redet er lieber Klartext. *Interessenten gibt es viele, genau wie bei mir damals,* hat er Annis Andeutung noch im Kopf. Allerdings scheint er diese völlig falsch interpretiert zu haben.

Die Anni schaut weg. Der Arno sieht genau, wie sich ein bissl Rouge auf ihre blassen Wangen schwindelt. Sie scheint angestrengt zu grübeln, bevor sie beinahe flüstert: »Jeder hat so seine Seiten, nicht wahr?«

»Welche denn?«, will die Katz wissen, die sich gerade ihren dicken Mantel aufknöpft.

»Die Rosa war vielleicht ein bisschen ... aktiver ... als ich in ihrem Alter. Aber das hat mich nicht gestört.«

»Mit wem war sie denn so ... aktiv?«, fragt der Arno.

»Das weiß ich nicht, Herr Inspektor. Sie hat immer gut aufgepasst, dass ich keinen ihrer ... *Interessenten* ... sehe.«

Der Arno schließt die Augen und macht sie gleich wieder auf, weil seine Fantasie viel zu viele Bilder auf die Innenseiten seiner Jalousien projiziert. Der Kreis der Verdächtigen dürfte jedenfalls kaum kleiner geworden sein. Aber wer könnte so kaltblütig sein, die Rosa zu entführen, zu ermorden und ihre Leiche auch noch in die Arme ihres eisigen Ebenbilds zu hängen? Dass die Rosa zwischendurch auch noch frisch und munter ihre Kür tanzt, passt sowieso nicht. Was mag da bloß los gewesen sein, gestern?

Da merkt der Arno, dass sich die Anni die Hand vor den Mund gelegt hat. Das Entsetzen dahinter sieht er trotzdem. Sie starrt an ihm und der Katz vorbei nach draußen. Der Arno dreht sich um, schaut ebenfalls auf den Platz hinaus und erschrickt, weil er die Kufners sieht, die an einem von Forstingers uniformierten Kollegen vorbei in die Absperrung wollen, aber nicht gelassen werden, und fast schaut's so aus, als wollten sie gleich mit dem Polizisten zu raufen beginnen.

»Los!«, ruft die Katz, da rennt der Arno schon.

Im Nu sind sie aus dem Café und auf dem schneebedeckten Eis, er ruft »Hey!« und sie ruft »Stopp!«, aber nix *Hey* und schon gar nix *Stopp,* weil: Handgemenge. Die Kufnerin reißt sich los und wetzt hinter den Sichtschutz. Nur ein, zwei Sekunden später hört man ihren Schrei: hier am Platz, in ganz Maria Schnee und vermutlich bis nach Wörgl auch noch. Jaja. Da mag man sich verabscheuen wie man will, aber am Ende ist Blut halt immer noch dicker als Wasser.

»Lassen S' den Mann los«, weist der Arno den uniformierten Kollegen an, worauf es noch hektischer wird. Der Forstinger ist nämlich plötzlich auch wieder da, stellt sich schützend vor seinen Mitarbeiter und sagt: »Herr Bussi, Sie mögen sich aus allem raushalten und in Wien anrufen.«

»Was mag ich?«

Dem Forstinger scheint es selbst ein bissl peinlich zu sein, weil er leiser wiederholt: »In Wien … anrufen … und äh … raushalten. Das sollte ich Ihnen schon am Morgen ausrichten, aber angesichts der Umstände …«

»Aha! Und wer genau verlangt das von mir?«, fragt der Arno weiter und spürt, dass er endlich Oberwasser bekommt.

»Beim Herrn Oberst … äh … Feldner …«

»Wiesinger?«, verbessert er, von wegen Gedankenstütze und Gras, Feld und Wiese.

»Jawohl.«

»Sie haben mich beim Chef vom BK verpetzt?«

Der Forstinger senkt den Blick. »Ich konnte ja nicht wissen … gestern … Ich war in Aufruhr, und es ist mir ja selber …«, stammelt der Dorfpolizist herum – nicht einmal mehr halb so selbstsicher wie vor ein paar Stunden noch.

Unterdessen schluchzt sich die Kufnerin hinter der Sichtschutzbarriere die Seele aus dem Leib. Ihr Mann ist bei ihr und weint ebenfalls. Verglichen mit der Kühle, die die zwei gestern bezüglich der Rosa an den Tag gelegt haben, wirken sie wie ausgewechselt. Aber darüber kann der Arno nicht weiter nachdenken, weil jetzt auch noch die Mama kommt.

»Arrrrno, ich hab's grad gehört, das ist ja eine Katastrophe!«, ruft sie ihm entgegen.

Im Schlepptau folgt der Cowboy Jack. »Was ist denn das für ein Zirkus da? *Wer* von euch Nasen will, dass ich mein Festival absagen soll? Euch geht's ja wohl nicht mehr gut, oder was!«

Als hätt er noch gefehlt, stampft der Baumgartner aus seinem Holzladen und wie eine Lokomotive auf den Jack zu. »Du mit deinem Drecksfest bist an allem schuld!«, schreit er mit der erhobenen Faust, da krachen die zwei auch schon zusammen und landen auf dem Eis.

»Halt!«, befiehlt der Forstinger und wirft sich mit ins Getümmel.

Und als auch noch der Kufner aus dem Sichtschutz gelaufen kommt, »Ich bring euch um!« schreit und der ganzen Welt zugleich an die Gurgel will, wird's endgültig unübersichtlich.

17

Man möchte ja meinen, das Handgreifliche wäre den Menschen – ganz besonders den Männern – irgendwann einmal auszutreiben. Aber nix. Von Anbeginn der Zweibeinigkeit beschäftigte den Homo erectus nämlich die Frage, was er jetzt eigentlich den ganzen Tag mit seinen Händen anstellen soll. Feuer machen, essen, beim Reden blöd herumfuchteln oder versuchen, sie bei Fotos halbwegs würdevoll an sich herunterhängen zu lassen – anfangen lässt sich damit schon einiges. Aber offensichtlich nicht genug. Weshalb der moderne Mensch Zigaretten raucht, sich Unmengen von Popcorn und Chips in den Mund stopft – oder eben seinem Umfeld mit schlagkräftigen Argumenten beweist, was für ein Affe er unterm Strich doch geblieben ist. Wobei: nix gegen Affen.

Jedenfalls hat nicht in erster Linie der Mensch und schon gar nicht die Evolution, sondern vor allem der Schneefall dazu geführt, dass sich die Gemüter auf dem Dorfplatz von Maria Schnee schneller abgekühlt haben, als dass sich einer der Beteiligten ernsthaft hätte verletzen können.

Jetzt sitzen die Kufners mit dem Kriseninterventionsteam im Polizeitransporter. Der Baumgartner wurde heimgeschickt, und den Jack hat der Forstinger in die örtliche Polizeiwache mitgenommen, *zum Abkühlen,* während die Katz und ihre Leute vom LKA die Regie auf dem Platz übernommen haben. Und der Arno – ja, der Arno, der hat den Salat, besser gesagt: den Oberst Wiesinger, und zwar im Genick.

»Bussi, Bussi«, hat der Chef vom Bundeskriminalamt am Telefon geklagt, »was machen S' mir denn schon wieder für Schwierigkeiten?«

Worauf der Arno sein Bestes gegeben hat, die Situation zu erklären, von wegen mysteriöser Beobachtungen im Rahmen des Eisfestivals und bereits vorhandenem Hintergrundwissen, das bei der Aufklärung wichtig sein könnte. Aber leider völlig aussichtslos. Statt Verständnis hat er einen Anschiss kassiert, der sich gewaschen hat. »Ich halte schützend die Hand über Sie, und Sie beißen hinein«, hat der Wiesinger ihn getadelt: »Warum? Ich sage Ihnen warum: Weil Sie nicht wahrhaben wollen, dass das Leben kein Wunschkonzert ist. Wie oft muss ich Ihnen denn noch sagen, dass Sie Gras über die alte Sache wachsen lassen müssen, aber wie soll es denn wachsen, das Gras, wenn Sie den Boden darunter wieder und wieder umpflügen?«

Schon klar, dass der Wiesinger auf Arnos Techtelmechtel mit der Frau vom Innenminister Qualtinger angespielt hat. Aber was kann er denn dafür, dass es ihn schon wieder mitten in einen Fall hineinkatapultiert hat, der geradezu danach schreit, von ihm aufgeklärt zu werden? Und zufällig habe der Arno einen ganzen Tag Vorsprung beim Ermitteln, weswegen es doch völlig kontraproduktiv sei, ihn zurückzupfeifen!

»Was kontraproduktiv ist und was nicht, entscheide ich!«, hat der Wiesinger gekontert. »Sie werden jedenfalls Ihre

Nase aus der Angelegenheit nehmen und das Tiroler LKA seine Arbeit machen lassen. Montagfrüh, Punkt acht Uhr, kommen Sie in mein Büro. Dort werde ich entscheiden, wie es mit Ihnen weitergeht. Haben Sie mich verstanden?«

»Aber …«

»Ob Sie mich verstanden haben, Bussi?«

»Ja, verstanden schon, aber …«

»Dann Wiederschaun.«

Und weg war er, der Wiesinger.

Zur gleichen Zeit hat die Katz einen Anruf vom Tiroler Landeskriminalamt bekommen. Das bedauernde Schulterzucken, das sie dem Arno im Anschluss gezeigt hat, war eigentlich schon Auskunft genug. Trotzdem hat sie ihn informiert, dass die Leitungen zwischen Wien und Innsbruck wohl heiß gelaufen sind und es ihr ab sofort verboten sei, auch nur mit ihm zu reden, von gemeinsamen Ermittlungen ganz zu schweigen.

»Das tut mir jetzt echt leid, Bussi«, hat sie gesagt, eine Schnute gezogen und ihm dann aufmunternd zugezwinkert. »Ick muss dann ma weitermachen.«

Und fort war auch die Katz.

»Arno!«, ruft die Mama, die hinter die Absperrung am Rande des Platzes geschickt wurde. An ihrer Seite stehen viele weitere Menschen, die unverhohlen auf das Geschehen rund um den Fundort starren und mit ihren Handys Fotos und Filmchen machen, die sich bestimmt schon im ganzen Internet verbreiten.

Immer noch schneit's, was die Wolken hergeben, doch friedliche Winterstimmung schaut anders aus. Der Arno fühlt sich noch degradierter als eh schon. Das mit dem Forstinger und ihm ist wirklich dumm gelaufen. Aber was nützt's, zu lamentieren. Offiziell ermitteln darf er nicht mehr. Sich auf seine Hände zu setzen und auf den Montag zu warten, um vom Wiesinger abgekanzelt zu werden, kommt aber auch nicht infrage. Er schaut auf die Uhr. Sein Zug ist längst weg, ein anderer käme bestimmt bald. Doch was soll er schon in Wien? Der Franzi die Ohren vollheulen? Die wird ihm was pfeifen. Drauf warten, dass ihm in seiner ach so tollen Wohnung am Alsergrund die Decke auf den Kopf fällt, während er sich seine Bestrafung ausmalt? Auch keine Option.

Er muss hierbleiben. Er hat sich schon zu weit in den Fall reingekniet. Außerdem fühlt er sich mitverantwortlich für Rosas Tod, egal, wie irrational das sein mag.

»Arrrno!«, ruft die Mama wieder.

»Ich komm ja schon!«, mault er und stapft zu ihr.

»Arno, ist das wirklich wahr? Haben sie die Rosa ermordet?«, fragt die Mama viel zu laut. Um sie herum haben längst alle die Ohren gespitzt.

»Pscht!«, macht er und zieht sie von den anderen weg, in Richtung Hotel.

»Hey!«, protestiert sie, lässt sich's dann aber gefallen.

»Woher weißt du das überhaupt schon?«, zischt er sie an, als sie außer Hörweite sind.

Sie murmelt so leise, dass er kein Wort versteht.

»Was?«

»Ich habe mitbekommen, wie dieser Kripobeamte mit dem Jack gesprochen hat«, sagt sie ein bissl lauter.

Der Arno weiß, dass sie nur den Kollegen Blau meinen

kann, den die Katz vorhin ins Hotel geschickt hat. »Du hast die beiden belauscht?«

»Aber wo! Ich war zufällig in der Nähe vom … Jack.«

»Aha!«

»Nix aha! Brauchst gar nicht so zweideutig dreinschauen!«

»Tu ich nicht … Das mit dem Benni und der Rosa hast du auch vom Jack erfahren, oder?«, rät er drauflos.

Sie wirkt ein bissl verdutzt – bevor sie nickt.

Der Jack ist also ihre Auskunftsquelle, denkt der Arno. Der Herr Hotelchef dürfte die Gerüchte locker aus der Hüfte schießen, besonders, wenn er damit eine Frau wie die Mama bezirzen kann. Er scheint einer von diesen Prahlertypen zu sein, auf die sie seltsamerweise abfährt. Was den Wert seiner Informationen nicht gerade steigert.

»Und, was tust du jetzt weiter?«, fragt die Mama.

»Ich? … Nix.«

Weil sie ganz entrüstet dreinschaut, erzählt er ihr von der Sache mit der Katz, dem Forstinger und seinem Oberboss in Wien.

Während sie ihm zuhört, schüttelt sie ihren Kopf immer heftiger. »Das ist ja unglaublich!«, protestiert sie. »Das willst du dir doch nicht gefallen lassen, oder doch?«

»Werd ich wohl müssen.«

»Wien ist weit weg.«

»Für mich nicht, Mama.«

Sie grübelt, bevor sie ihren nächsten Trumpf ausspielt: »Ich könnte den Mörder anhand seiner Stimme identifizieren!«

»Du meinst den Mann, der sich mit der Rosa gestritten hat.«

»Das ist doch derselbe.«

»Wer sagt das?«

»Der Hausverstand.«

»Und zwischen Entführung und Ermordung läuft sie schnell noch ihre Kür, oder was? Sagt dir das auch der Hausverstand? Das ist doch Blödsinn.«

»Hinweis bleibt Hinweis.«

»Dann gib den der Katz!«

»Mach ich auch.«

»Fein.«

»Die wär was für dich.«

»Wer?«

»Die Katz!«

»Was?« Ihm wird gleich schwindlig vor lauter Themenwechsel. »Mama!«

»Jaja, schon recht.«

»Ich weiß selber, wer was für mich wär.«

»Ich sag ja, schon recht.«

»Fein.«

»Fein.«

Mittlerweile sind sie beim Aufgang zum Hotel angekommen. Schnell steigen sie die Treppe hoch.

»Wart, Bub!«, sagt die Mama vor der Eingangstür und streicht ihm so viel Schnee von Kopf und Schultern, dass sich schon wieder ein Schneeball davon ausginge. Dann zupft sie noch so lange an seiner feschen neuen Winterjacke herum, bis er sich freireißt. »Lass das.«

»Brauchst nicht mit mir spinnen, Bub.«

Und wie er spinnt. Drinnen kommen sie an der Rezeption vorbei und sehen den Max hinter der Theke stehen.

»Geh schon rauf«, sagt der Arno zur Mama. »Ich will nur schnell was fragen.«

»Dann wart ich.«

»Geh rauf, Mama.«

Sie schaut, sie schnaubt – sie geht.

»Hallo, Max«, grüßt der Arno den jungen Mann an der Rezeption, als die Aufzugtüren hinter der Mama geschlossen sind.

»Ja? Oh, Sie sind's. Herr Bussi.«

»Genau. Sagen Sie, wissen Sie's schon?«

Der junge Mann schaut einmal kurz hinaus auf den Platz – und nickt.

»Sie und die Rosa kannten sich näher?«, fragt der Arno und denkt an die *vielen Interessenten,* wie die Anni das ausgedrückt hat, wie auch an das Fundstück aus Rosas Zimmer.

Aber der Max schüttelt den Kopf.

»Sondern?«

»Logisch kennen wir uns aus dem Dorf. Aber sie war in der Schule zwei Klassen unter mir.«

»Sie haben hier im Hotel zusammengearbeitet.«

»Nur kurz, während der Ferien jetzt.«

Zwei Leute kommen von draußen rein und stellen sich hinterm Arno an. Sie unterhalten sich ziemlich wienerisch, vielleicht auch burgenländisch, und ihr Thema wird klar, als das Wörtchen *SpuSi* fällt.

Der Arno beeilt sich. »Ich tät Sie gern noch was zur Rosa fragen, Max.«

»Wieso?«

»Weil ich …« Er unterbricht sich selbst. *Weil ich von der Po-*

lizei bin, wollte er sagen, aber damit würde er bloß weiter an seinem Grab schaufeln. Er muss es anders probieren. »Weil ich glaube, Ihnen … helfen zu können.«

»Weil Sie tatsächlich von der Polizei sind«, überrascht ihn der Max.

Der Arno erinnert sich, dass sie ja schon so weit waren, der Kerl aber beim letzten Mal seinen Ausweis sehen wollte. »Ach, glauben Sie's mir jetzt endlich? Wie kommt's?«

»Internetrecherche.«

»Und wieso?«

»Weil Sie sich gestern schon so für die Rosa interessiert haben, hab ich eben … geschaut.«

»Oh.« Der Arno fühlt sich irgendwie ertappt. Aber das mit dem Internet ist nachvollziehbar. Natürlich muss er dem Max verdächtig vorgekommen sein mit seiner Fragerei, erst recht, nachdem jetzt Rosas Leiche aufgetaucht ist.

Die Urlauber hinter ihm räuspern sich und rücken ihm immer näher auf den Pelz. Der Arno beugt sich vor und erzählt dem Max schnell von der Mama und ihrer nächtlichen Beobachtung. »Was glauben Sie: Wer könnte der Mann gewesen sein, der die Rosa weggezerrt hat?«

»Ich weiß es nicht.«

»Ich will nur schnell fragen, ob mein Handy aufgetaucht ist!«, sagt eine der Urlauberinnen und steht plötzlich direkt neben dem Arno. »Das mit den Bärenöhrchen.«

Bärenöhrchen. Der Arno glaubt, er spinnt. »Ja Himmelherrschaft!«, platzt's aus ihm heraus, vor lauter Ärger.

Die Frau weicht erschrocken zurück, worauf der Arno entschuldigend die Hände hebt – aber langsam wird's ihm echt zu viel mit den Zumutungen. Derweil löst der Max die Situation, indem er eine Schublade aufzieht und das ersehnte Handy überreicht.

»Unhöflichkeit!«, schnappt der Arno noch auf, dann sind die zwei Störenfriede weg. Doch von draußen kommen schon die nächsten herein.

»Fällt Ihnen wirklich niemand ein?«, fragt er schnell, doch der Max zuckt bloß mit den Schultern.

Der Arno will schon in die Suite hinauf, als er drei Sachen realisiert. Sache eins: Sein Magen knurrt. Sache zwei: Seine Mama wird ihn bloß weiter nerven. Und Sache drei: seine Sachen. Die sind nämlich immer noch bei der Edlinger Anni, wo er sie vorhin gelassen hat. Also beschließt er, seine Reisetasche zu holen und dabei vielleicht einen kleinen Zwischenstopp beim *Schmarrnkaiser* einzulegen.

Er verlässt das Hotel, zieht sich die Kapuze über den Kopf und den Reißverschluss so weit nach oben, dass nur Augen und Nase frei bleiben. Er schleicht runter auf den Platz und um diesen herum, dieses Mal nicht hinten an der verwaisten Bühne vorbei, sondern auf der gegenüberliegenden Seite, wo er ganze Trauben von Schaulustigen passiert, die zwar hinter der Absperrung bleiben, dort aber ihr typisches Verhalten zeigen: Alle starren zu den Sichtschutzwänden und Polizeiwägen oder halten ihre Handys in die Richtung, alle wollen das Spektakel aus der ersten Reihe mitbekommen, alle tuscheln, und bestimmt kursieren schon die wildesten Gerüchte im Ort und im Internet sowieso. Ebenso bestimmt sind bereits die ersten Reporter in Maria Schnee, die über den Mord an der hübschen Eisprinzessin berichten werden, vermutlich sogar live in den Abendnachrichten. Nichts davon wird die Ermittlungen leichter machen. Aber damit muss sich jetzt die Katz herumschlagen, während er darauf keine Rücksicht mehr zu nehmen braucht. Immerhin.

Er achtet darauf, dass ihn keiner bemerkt, schleicht an den Hauswänden entlang und unter den Arkaden des Gemeindeamts hindurch, und so erreicht er im Nu sein erstes Ziel. Zum Glück stehen beim *Schmarrnkaiser* kaum Leute an, sodass sich der Arno quasi im Vorbeigehen eine mittelgroße Portion mitnehmen kann, diesmal nicht mit Heidelbeeren, sondern das Original, mit Zwetschkenröster und Apfelmus.

Tief über sein großes Stanitzel mit Schmarrn gebeugt geht er weiter, gabelt sich ein dampfendes Stück nach dem anderen in den Mund, und schau, wie's ihm schmeckt, weil er vor lauter Ablenkung fast in den Kollegen vom Forstinger hineinrennt, der zwischen ihm und dem *Café Edlinger* postiert ist und eh schon so misstrauisch durch die Gegend schaut, dass man lieber einen ganz großen Bogen um ihn herum macht. Der Arno zweigt schnell links in eine Gasse ab, die sich als viel länger herausstellt, als er erwartet hätte, biegt an deren Ende rechts ums Eck und …

… und sieht die Rosa.

Jedenfalls im ersten Moment. Eine junge Frau mit Rucksack und Schneeschuhen, die ihm etwas oberhalb über ein tief verschneites Feld entgegenkommt, dreißig, vielleicht vierzig Meter von ihm entfernt. Ihre Blicke treffen sich. Zugegeben, erst haben Arnos Blicke ihre Beine getroffen, die in dunklen, hautengen Jeans mit Lüftungsschlitzen stecken. Aber dann bleibt die Frau plötzlich stehen. Und nicht nur von den Beinen, sondern auch vom Gesicht her muss der Arno sofort an die Rosa denken. Wie gesagt, im ersten

Moment. Denn im zweiten ist ihm ja klar, dass die Rosa tot ist.

Ich seh schon Gespenster, denkt der Arno, nickt der jungen Frau kurz zu und geht an der Hinterseite der Häuser entlang, wo er hofft, bald die Gasse zu finden, von der aus er an der anderen Seite des *Café Edlinger* wieder auf den Dorfplatz kommt. Er sticht in ein weiteres Schmarrnstück, tunkt es ins Apfelmus, dreht sich noch einmal um – und sieht, dass die junge Frau inzwischen umgekehrt ist und ziemlich schnell ins Winterwunderland davonschreitet.

Dann, als könnte sie seinen Blick im Nacken spüren, dreht sie sich ebenfalls um. Und obwohl sie inzwischen gut hundert Meter entfernt ist und der Vorhang aus Schnee die Sicht behindert, denkt er schon wieder, er sieht die Rosa.

»Hey!«, ruft er.

Da läuft sie los.

Und er läuft los.

Und der Kaiserschmarrn landet im Schnee.

18

Tiefschnee! Wer den noch nie erlebt hat, sollte das unbedingt einmal nachholen, und zwar in genau solchen halbhohen Großstadtschuhen, wie sie der Arno gerade trägt. Weil man's sonst nämlich nicht glauben würde, wie anstrengend es ist, im Tiefschnee von der Stelle zu kommen, selbst wenn man wie der Arno gerade versucht, in den etwas kompakteren Spuren von Schneeschuhen zu bleiben. Zwei, drei Schritte schafft man's vielleicht, nicht einzusacken, bis man spätestens jeden vierten bis zum Oberschenkel hinabtaucht und seine Hände zu Hilfe nehmen muss, um sich wieder zu befreien. Aber auch die Hände sinken ein, weil man ja kein Gecko ist, und je eiliger man's hat, desto öfter wiederholt sich diese Prozedur. Im Nu ist Arnos Puls auf Maximum, während die Gestalt vor ihm dank ihrer Schneeschuhe mühelos Meter gewinnt und immer weiter im Schneefall verschwindet.

»Hey! … Rosa?«, ruft er, da ist er schon wieder eingesunken und braucht gleich zwei Versuche, um sich zu befreien. Keine Menschenseele ist hier bisher entlanggegangen, nur die junge Frau vor ihm, die in etwa dieselbe Richtung einschlägt wie der Arno gestern in der Früh beim Joggen, nur eben weiter oben am Hang, schon außerhalb des Ortskerns.

Möglicherweise führt hier sonst ein Spazierweg entlang. Es könnte aber genauso eine breite Straße sein. Im Moment ist hier nix außer Schnee, Schnee und nochmals Schnee – und schon wieder geht's für den Arno in die Tiefe, und er verliert auch noch seinen linken Schuh, den er erst einmal aus dem tiefen Loch holen und wieder anziehen muss. Denn auch das lernt man in den Bergen: Ohne Schuhe braucht man nicht lange im Schnee zu stapfen, bevor man seinen erfrorenen Zehen Auf Wiedersehen sagen kann.

Als er die Frau schließlich ganz aus den Augen verliert, hat er selbst höchstens zweihundert Meter zurückgelegt und sieht schon die Funken vor den Augen fliegen, weil er sich anstrengen muss wie beim Hundert-Meter-Finale der Olympischen Spiele. Untenrum trieft er vor Nässe, während ihm obenrum viel zu heiß ist. Ob er es überhaupt bis zum Waldrand schafft, den die Frau zuletzt angesteuert hat, ist mehr als fraglich.

Aber andererseits ist er ja Triathlet. Zumindest auf dem besten Weg dahin. Und weil er gute Beine hat und weil's ja nix nützt und weil ihm Maria Schnee mittlerweile komplett auf die Nerven geht, kämpft er sich durch den Tiefschnee wie ein Polarfuchs auf der Jagd nach der letzten Maus. Er sinkt so oft ein, dass man's kaum noch mit anschauen will, er japst und keucht und schwitzt, aber mit jedem geschafften Meter steigt auch seine Entschlossenheit. Weil's einfach nicht sein kann, dass Menschen verschwinden, wieder auftauchen, wieder verschwinden, ermordet werden und wiederauferstehen. Er will jetzt endlich wissen, was hier gespielt wird, zum Donnerwetter noch mal!

Als er sich endlich den ersten Bäumen nähert, sind die

Schneeschuhspuren der jungen Frau schon fast wieder zugeschneit. Sie führen tatsächlich in den Wald hinein, was die Situation nicht einfacher macht. Denn erstens ist das Licht unter den Bäumen viel schwächer als auf dem freien Feld, und zweitens gibt es unter den Baumkronen bestimmt viele schneefreie Passagen, wo der Arno gar nicht zu probieren braucht, irgendwelchen Spuren zu folgen.

Er erreicht die ersten Bäume, stützt sich ab, atmet tief durch und holt sein Handy heraus, weil er eine zusätzliche Lichtquelle braucht. Dabei kommt ihm der Gedanke, kurz der Katz Bescheid zu geben. Um ihr … was zu sagen? *Ihre Tote ist nicht tot, sondern im Wald, und ich renn ihr gerade hinterher?* Sie würde ihn wohl für übergeschnappt halten.

Und sonst wer?

Gibt's keinen, wie er mit ein bissl Nachdenken feststellt. Weder der Forstinger noch das Bundeskriminalamt noch sonst jemand auf der Welt würde ihm glauben, von seiner Mama vielleicht einmal abgesehen, aber die wird er jetzt ganz bestimmt nicht anrufen.

Doch wer ist die Tote vom Dorfplatz? Eine lebensechte Nachbildung der Rosa? Dafür müsste sie aus der Werkstatt von Madame Tussauds kommen …

Da hört er etwas. Holz, das bricht, entfernt, aber deutlich. Kein Zweig, eher ein Ast, genau aus der Richtung des Waldwegs, den der Arno im selben Moment entdeckt.

Und da rennt er auch schon weiter, froh um die Baumkronen über ihm, die tatsächlich nur wenig Schnee bis zum Boden durchgelassen haben.

Nach mehreren Hundert Metern, die ihn sehnsüchtig an seinen asphaltierten Laufweg entlang der Donau denken lassen, glaubt er schon, die junge Frau endgültig verloren zu haben, als er schräg unterhalb das leer stehende Hotel *Bellevue* entdeckt. Die Hinterseite der alten Hotelburg wirkt trotz frischer Schneedecke um nichts besser als das, was der Arno gestern früh von vorne gesehen hat. Ein trister, dunkler Kasten, der seine besten Tage noch vorm Krieg gehabt haben dürfte, vielleicht sogar zu Zeiten der Monarchie …

Im Laufen späht er hinunter, sieht aber weder die Frau noch Spuren, die aus dem Wald führen würden. Was nichts bedeutet. Hier wie auch weiter vorne kommt man an tausend Stellen aufs Feld hinaus, und die Abdrücke der Schneeschuhe sieht man erst, wenn man quasi schon in ihnen steht.

Also hält er an und konzentriert sich ganz auf sein Gehör, hört aber bloß sich selber keuchen. Er schnauft mehrmals tief durch, hält dann die Luft an und horcht wieder – womit er jetzt sein Herz hämmern hört, sonst nix. Das heißt, fast nix. Denn wie er mit Erstaunen feststellt, erzeugen die Abertausenden von Schneekristallen, die zugleich auf dem Boden landen, ein leises, beständiges Rauschen.

Man kann den Schnee tatsächlich fallen hören, staunt er und schüttelt den Kopf, weil: unwichtig. Wichtig ist jetzt nur die Rosa, oder halt die junge Frau, die so ausschaut wie sie. Jede Wette, dass sie sich im *Bellevue* versteckt. Wo sonst? Hier ist nix. Nur Wald, Felder, Schnee und dieser unheimliche Kasten eben.

Und ein Fuchs.

Der Arno erahnt ihn aus dem Augenwinkel, vielleicht ist's auch eine Art sechster Sinn, jedenfalls dreht er seinen Kopf just in dem Moment noch einmal in den Wald zurück, als er auftaucht, der Fuchs. Keine zehn Meter entfernt kommt er aus dem Unterholz, bleibt stehen und schaut den Arno an wie ein Uhu. Bestimmt ist's derselbe wie gestern früh beim Joggen – wie viele Rotfüchse gibt's schon, die sich gerne beobachten lassen? Und was der wohl von ihm will? Tollwütig wirkt er nicht, eher wie ein interessierter Beobachter.

Da kracht wieder etwas, unten im *Bellevue*. Der Arno reißt seinen Kopf in die Richtung, sieht aber nix. Als er sich wieder umdreht, ist der Fuchs verschwunden.

Er läuft weiter, zu jener Stelle, von der aus der Weg zum alten Hotel hinunter am kürzesten ist. Dort nimmt er Anlauf, um über die ersten Meter Tiefschnee hinwegzuspringen, was sich als Fehler erweist, weil er gleich beidbeinig bis zu den Hüften feststeckt. Also wieder freikämpfen und weiter, bei jedem Schritt sinkt er in die Tiefe, doch abwärts das Gelände runter geht's zum Glück viel schneller als bergauf.

Im Nu hat er die Hinterseite des *Bellevue* erreicht. Er stapft unter den Dachvorsprung eines Zubaus, sucht ringsum nach frischen Spuren, sieht aber keine. Er geht geduckt an der Hausmauer entlang, wo der Putz schon an unzähligen Stellen abgeplatzt ist. Uralte Liegestühle, deren Stoff so durchlöchert ist wie Schweizer Käse, stehen säuberlich aufgestapelt und mit einem Stahlseil versperrt an der Wand. Eine verschneite, ziemlich tiefe und rechteckige Grube lässt darauf schließen, dass das *Bellevue* einst auch ein Schwimmbad gehabt hat.

Der Arno geht dran vorbei und späht ums Eck, sieht niemanden und schleicht zu einer Hecke weiter, die anscheinend jahrzehntelang frei wuchern durfte. Er zwängt sich ins einzige Loch des monströsen Gewächses und durch dieses hindurch auf die andere Seite, wo verschneite Bretter und Balken auf dem Boden herumliegen. Scheint, als hätten die einmal zum Dach des *Bellevue* gehört.

Da hört er wieder etwas. Ein Quietschen, das durch ein zerbrochenes Fenster nach außen dringt, am ehesten von einer Tür. Wind oder Zugluft scheiden als Verursacher aus, denn es weht kein Lüfterl, wie man auch an den Schneeflocken sieht, die kerzengerade aus dem Himmel fallen.

Jetzt findet er auch die Schneeschuhspuren wieder, die von der Vorderseite des Hotels ums Eck führen und unter einem weiteren zerbrochenen Fenster enden.

Der Arno eilt hin, ertastet den Sims, springt ab und zieht sich hoch, hilft mit beiden Füßen nach und bringt schließlich ein Bein über die Fensterbank, gleich darauf auch das zweite, und schon steht er auf dem Parkett eines Saals, in dem vor langer, langer Zeit einmal edle Dinners stattgefunden haben dürften. Jetzt ist es hier vor allem dunkel, trotz des Lichts, das durch die kaputten Fenster hereinkommt. Es riecht, wie es nun mal in durchfeuchteten Häusern riecht: nach Moder und Erde und Schimmel. Aber auch nach etwas Chemischem, das sich als Farbe herausstellt, in Form zahlloser Graffiti an der gegenüberliegenden Wand, die meisten davon mehr gewollt als gekonnt.

Der Arno hält die Lampe seines Handys in den Saal, entdeckt am Boden Sprühdosen und diversen Müll – leere Weinflaschen, Plastiksackerl und zusammengeknülltes Jausenpapier, alles verstaubt, als läge es schon seit Jahren hier. Altes Mobiliar wurde achtlos in einer Ecke übereinandergeworfen.

Viel interessanter sind aber die Pfützen und Schneereste,

die vom Fenster durch den Saal führen. Der Arno folgt ihnen, bewegt sich dabei so leise er kann, doch das Knarzen des Parketts kann er nicht vermeiden, bis er das riesige steingepflasterte Atrium erreicht. Hier wird es nicht nur leiser, sondern auch noch dunkler, denn sämtliche Fenster sind mit Brettern und Schaltafeln vernagelt.

Im Lichtkegel seines Handys sieht er die mondäne Treppe, die sich beidseitig in die Höhe windet und fast so ausschaut wie die auf der Titanic. Wobei man jetzt auch an das Spukschloss eines Horrorfilms denken könnt. Prompt streifen Spinnweben über Arnos Gesicht. Er hat eigentlich überhaupt nix gegen Spinnen, trotzdem wird sein ganzer Körper von einem eiskalten Schauer erfasst. Er muss sich erst einmal kräftig schütteln, bevor er weiterkann.

Die nassen Spuren führen auf die Treppe zu, die wiederum aus Holz konstruiert wurde. Jede Stufe knarzt und kracht verräterisch unter seinem Gewicht.

Auf einem Zwischenabsatz klafft ein Loch im Boden, das einen ganzen Bären verschlingen könnte. Er sieht's gerade noch rechtzeitig, steigt drum herum und lauscht wieder.

Da scheppert sein Handy und bringt sein Herz fast zum Stehen. *Erna Katz* liest er auf dem Display. Der Arno weiß: Wenn ausgerechnet die ihn jetzt anruft, wo sie doch bestimmt alle Hände voll zu tun hat, muss es wirklich wichtig sein. Also geht er ran. »Ja?«, flüstert er.

»Hallo? Hallohallo?«

»Ja!«, sagt er lauter. Im Hintergrund der Katz ist Streit zu hören.

»Bussi, wo sind Sie gerade?«, brüllt sie gegen den Lärm an.

»Im *Bellevue*.«

»Wo?«

Der Arno dreht sich um und hält die Hand vors Handy. »Verdammt, Katz, ich kann nicht lauter! Im *Bel-le-vue!*«, zischt er. »In diesem alten Hotelbunker.«

»Sie sind innem Bunker?«

Fix halleluja!, flucht er in Gedanken. »Im alten Hote-hel!«

»Ick versteh Se nicht, Bussi. Zu viel Lärm hier. Aber hören Sie zu, Ihre Frau Mutter ist hier bei mir, weil sie sich Sorgen um Sie macht.«

Und wieso ruft sie mich dann nicht einfach an?, fragt er sich und gibt sich die Antwort gleich selbst. Weil sie schon wieder fleißig am Schnüffeln ist, die Mama. Genau wie er ja auch.

»Es geht mir gut.«

»Ick sach's ihr.«

Er runzelt die Stirn. »Das war's schon?«

»Nein … Hören Sie, Bussi, ick dürfte Ihnen das ja gar nicht sagen, aber wir haben uns vorhin kräftig jeirrt.«

Das miese Gefühl, das er schon hatte, wird noch stärker. »Was? Wie geirrt? Worüber? … Katz, reden Sie!«

»Wir haben gerade mit den Eltern des Opfers jesprochen, und …«

»Ja?«, drängt er.

Da knarzt etwas. Eine Treppenstufe, direkt hinter ihm.

Erschrocken windet er sich um und duckt sich, um einem Schlag auszuweichen.

Aber der andere schlägt ihn nicht.

Er schubst ihn bloß Richtung Loch.

Der Arno versucht noch einen Ausgleichsschritt zu machen, verliert dann aber unrettbar das Gleichgewicht. Er schreit »Hey!« und sieht für den Bruchteil einer Sekunde ein Gesicht aufblitzen.

Er fällt. Schlägt sich die Stirn an der Kante.

Und aus.

19

Er schwimmt. Er weiß nicht wo und auch nicht worin. Er weiß nur, dass er sich anstrengen muss wie selten zuvor, denn die Flüssigkeit, die er bei jedem Zug zwischen seinen Fingern spürt, ist zäh und droht ihn zu verschlucken.

Er zwängt seine Augen auf, doch sieht nichts außer Schlieren. Es ist, als wäre er über und über voll mit diesem klebrigen Zeug, diesem …

… diesem Teig!

Er merkt's, als er eine Ladung davon in den Mund bekommt – so mehlig süß, so luftig fluffig, dass er nur einen Moment später auch schon weiß, woher er das kennt: vom Kaiserschmarrn. Besser gesagt von damals, als er als Kind seiner Mama geholfen hat, die Zutaten zu verrühren, den Schnee zu schlagen und unterzuheben und natürlich auch heimlich den Finger hineinzustecken und zu kosten, egal, ob so die Würmer in den Magen kamen oder nicht.

Jetzt ist aber nix mit Kosten, weil er voll und ganz damit beschäftigt ist, nicht drin zu versinken. Er keucht und keucht und rudert und strampelt, ahnt schon, dass er nicht ewig wird durchhalten können – dass er schnellstmöglich einen Ausweg finden muss –, aber alles ist eins, kein Vorne und Hinten, kein Links oder Rechts, er fühlt sich wie der Hamster im Laufrad, quasi Schwimmrad. Ausgerechnet er und schwimmen, womit hat er das bloß verdient?

Er japst nach Luft, taucht unter und macht ein paar kräftige Kraulzüge, strampelt mit den ausgestreckten Füßen, spürt den Teig an sich vorbeiziehen, er holt Luft und taucht wieder ab, aber er kommt und kommt an keinen Rand und fühlt nix außer Gleichförmigem – doch, da! Da ist etwas Festes. Sofort stoppt er und schwimmt im Stand, fährt mit allen vier Gliedmaßen im Teig herum – und findet das Ding tatsächlich wieder, packt es, zieht es an sich heran, ertastet es mit seinen Händen, während er mit den Füßen umso schneller weiterstrampelt. Der Gegenstand ist ungefähr so groß wie ein Fußball, dabei aber schrumpelig wie eine Walnuss, weich und klebrig obendrein. Nein, kann nicht sein, denkt er, doch die überdimensionale Rosine, die er gerade zu erkennen glaubt, würde tatsächlich hervorragend in einen Kaiserschmarrn passen.

Und wie er das alles so zusammenpuzzelt, den Teig und die Rosinen und ihn mittendrin, merkt er plötzlich, dass es wärmer und wärmer wird, und zwar von unten. Außerdem beginnt die Masse zu stocken, womit er weniger strampeln muss, um an der Luft zu bleiben. Er wischt sich schnell die Augen frei, dreht seinen Kopf und legt ihn in den Nacken, doch ehe er etwas erkennen könnte, geht's plötzlich los wie im Fahrgeschäft im Wiener Prater, einmal vor und einmal zurück und dann halber Looping, er fliegt durch die Luft und Kopf voraus auf den blanken Pfannenboden zu – das klassische Kaiserschmarrn-Wendemanöver, jetzt aber mit garantiert fatalem Ausgang!

»Aaaah!«, schreit er noch, duckt sich, erwartet den harten Aufschlag, hat aber Glück im Unglück, weil Bruchlandung, eine Hälfte der Pfannenladung schlägt vor der anderen auf und bewahrt seinen Kopf vorm Zerschellen. Zum Freuen hat der Arno aber keine Zeit, weil er inzwischen schon weiterkombiniert hat: Nach dem Wenden des Kaiserschmarrns folgt nämlich dessen Zerstückelung!

Und da sieht er auch schon, wie Teigkellen in Baggerschaufelgröße in die Masse stechen und sie zerreißen, näher und näher und er mittendrin.

Er muss von hier weg, doch er kann nicht. Bis zur Brust ist er eingebacken, und als er nach oben schaut, sieht er ein riesiges Gesicht, das höhnisch auf ihn herabstarrt, und er erkennt diese Fratze sofort. Das Doppelkinn, das feiste Dauergrinsen, die spärlichen Goldlöckchen im Nacken …

Der Qualtinger.

Friedolin Qualtinger, Innenminister von Österreich und Arnos Intimfeind, jetzt schon seit Jahren.

»Was wollen Sie?«, schreit der Arno seinen Oberboss an. »Wollen Sie, dass ich mich raushalte?«

»Na-ha-hein!«, meckert der. Dann wird er plötzlich ernst, kommt ganz nah und sagt: »Ich will Sie fressen, Bussi!«

20

»Niiicht!«, schreit der Arno und fährt auf. Sein Kopf fühlt sich an, als würde er gleich explodieren. Doch ebenso schnell, wie das Entsetzen in ihn gefahren ist, verschwindet es auch wieder, weil: Es war nur ein Traum. Ein schlimmer zwar, aber doch. Er fährt über die dicke Beule an seiner Stirn und legt sich auf die Matratze zurück.

Matratze, denkt er.

Matratze?

Das Letzte, woran er sich erinnert, sind der Tiefschnee, die Hotelruine, die Stiege, die Katz am Telefon, das Loch im Boden, der Schubs … und jetzt plötzlich eine Matratze. Und Kissen. Und Decke auch. Alles ziemlich muffig, feucht und kalt, aber doch eindeutig bequemer, als irgendwo zwischen Balken und Brettern herumzuliegen, mit seltsam verdrehten Gliedmaßen, was logischer gewesen wäre.

»Hm!«, staunt er, reibt sich die Augen und schaut herum, doch er sieht nix. Höchstens einen Hauch von Licht, das durch irgendeine Ritze dringt, vielleicht zwei, vielleicht aber auch zwanzig Meter von ihm entfernt.

Wind heult und pfeift. Irgendwo klappert Holz.

Da blitzt eine Erinnerung auf. Das Gesicht des Kerls, der ihn gestoßen hat. Der Arno hat es nur für einen Sekundenbruchteil gesehen, doch er weiß, dass er es nicht kennt. Und es hat auch keinerlei Ähnlichkeit mit dem von der Rosa, hinter der er ja eigentlich her gewesen ist.

Die Rosa mit den Schneeschuhen …

Er winkelt seine Beine an und setzt sich vorsichtig auf. Sein Kopf pocht. Er sieht Sterne und atmet ein paarmal durch. Dann tastet er um sich herum, zuerst auf der Matratze, dann daneben, und erfühlt ein Kästchen, auf dem etwas liegt: ein paar Blätter Papier, sonst nix. Sein Handy könnte er jetzt brauchen, aber es ist nirgends zu finden.

Das Handy …

Was hat die Katz noch mal gesagt? Dass sie sich *ordentlich geirrt* haben? Worüber, kann er sich schon denken. Und so sehr er sich auch freut, dass die Rosa noch am Leben sein dürfte, so sehr verwirrt es ihn auch. Was ist jetzt richtig und was falsch? Und wer ist dann die Tote auf dem Dorfplatz?

Er muss so schnell wie möglich zur Katz. Und dafür muss er zuerst einmal auf die Beine kommen. Zum Glück haben die vom Sturz kaum etwas abbekommen, nur an der linken Hüfte schmerzt's, aber nicht so richtig schlimm. Es dauert ein bissl, bis sich sein Kreislauf stabilisiert. Dann wankt er dem Lichtschein entgegen, tastet zuerst mit den Schuhspitzen, bevor er einen Schritt macht, weil er weitere Löcher im Boden befürchtet. Aber die bleiben ihm erspart, und die Ritze, durch die das Licht fällt, klafft in einem Fensterladen, der sich einfach aufstoßen lässt.

Wind bläst ihm entgegen. Schnee und Kälte. Und Dämmerlicht.

Er muss mehrmals zwinkern, bevor er etwas sieht. Im ersten Moment könnt er glatt auf Eiswüste tippen, Antarktis vielleicht, alles Weiß in Weiß. Doch dann zeichnen sich Strukturen ab, Bäume, Felder, dazu auch schwache Lichter vom Campingplatz, womit klar ist, dass er sich weiterhin im alten Hotel *Bellevue* befindet, genauer gesagt in dessen erstem Stock, in irgendeinem ehemaligen Gästezimmer.

Er geht zum Bett zurück. Der Raum ist in besserem Zustand, als er gedacht hätte. Fast hat's den Anschein, als hätte hier bis vor Kurzem noch jemand gewohnt. Dabei ist es eigentlich viel zu kalt dafür, und Heizung oder Kamin sieht er auch nicht. Zum Glück hat er immer noch seine neue Winterjacke an. Doch seine Füße, die ja schon vorhin mehr Eisklumpen waren als sonst was, sind jetzt fast taub vor Kälte.

Aber was hilft's. Er sucht sein Handy, späht und tastet im Halbdunkel auf dem Boden herum, anschließend auf dem Nachtkästchen und anderen Ablageflächen, findet es aber nicht. Vielleicht hat's der Unbekannte mitgenommen. Wahrscheinlicher aber hat er's selbst beim Sturz in das Loch verloren.

Er will schon gehen, als ein letzter Blick auf das Papier zurückfällt, das er vorhin schon gefunden hat. Er nimmt es an sich. Es sind mehrere zusammengeheftete Seiten, die er zum Licht drehen muss, um irgendetwas darauf erkennen zu können. Ein Schriftstück, das vielleicht mit einem Handy abfotografiert und dann ausgedruckt wurde. *Kaufvertrag*, entziffert er mühevoll, der Text darunter ist zu klein, um ihn bei dem Licht lesen zu können. Er faltet die Blätter zusammen, steckt sie in seine Jacke und macht sich auf den Weg.

Draußen im Gang hat er zunächst Mühe, sich zu orientieren. Er kann sich bloß am Geländer entlangtasten und schlägt prompt die falsche Richtung ein, denn die Stiege, die er findet, führt nach oben. Also zurück und runter, Schritt für Schritt, Knarzen für Knarzen.

Hier drinnen nach dem Angreifer zu suchen, kann er vergessen. Erstens ist der bestimmt längst über alle Berge, zweitens wird der Arno ohne Licht gar nix und niemanden finden, und drittens könnt er auch keinen hören, weil's überall heult und pfeift. Er muss hier raus und in den Ort zurück. Dort wird er dann weitersehen.

Bloß nicht schon wieder abstürzen, denkt er, als er mit seinen Fußspitzen die Kante des Lochs ertastet, das ihn verschluckt hat. Einen kurzen Moment lang denkt er darüber nach, in die brüchige Konstruktion hinabzusteigen und dort unten nach seinem Handy zu suchen, lässt's aber bleiben – viel zu gefährlich, und aussichtslos noch dazu.

Der weitere Weg ist halb so schwer, denn er kennt ihn ja schon. Im Nu gelangt er wieder in den Speisesaal, wo er sich an die vielen am Boden herumliegenden Spraydosen und Flaschen erinnert. Also hebt er seine Beine beim Gehen kaum an und kickt auch prompt eine Glasflasche weg. Durchs Fenster kommt er mühelos ins Freie. Dort schließt er seine Jacke wieder ganz bis oben hin und steckt sich die Hände in die Taschen, um dem Schneesturm so wenig Angriffsfläche wie möglich zu bieten. Er weiß, dass er seine Füße bald ins Warme bringen muss, um keine Erfrierungen zu riskieren. Sein Kopf rebelliert, und seine Hüfte wird vom Bewegen kaum besser.

Im letzten Dämmerlicht stapft er zur Straße hinunter, die er von seiner Joggingtour kennt. Glücklicherweise dürfte hier vor nicht allzu langer Zeit ein Räumfahrzeug unterwegs gewesen sein, womit er bloß bis zu den Knöcheln im Schnee einsinkt und zügig vorwärtskommt.

Er sieht geschäftiges Treiben zwischen den Wohnwägen und Wohnmobilen auf dem Campingplatz. Viele Gäste des Kristallfestivals scheinen es plötzlich ziemlich eilig zu haben, von hier zu verschwinden. Nacheinander verlassen ein deutsches, ein britisches und ein niederländisches Gespann das Gelände, gefolgt von einem riesigen italienischen Wohnmobil. Der Konvoi rollt langsam auf den Ortskern zu, den der Arno ebenfalls ansteuert.

Vom Campingplatz an ist es überhaupt kein Problem mehr voranzukommen. Der Arno bleibt einfach in den Reifenspuren der Fahrzeuge, bis er bei den ersten heruntergekommenen Gebäuden von Maria Schnee ist, und nimmt dann die Gasse auf den Dorfplatz zu, der so ausgestorben wirkt wie zu Corona-Lockdown-Zeiten. Grund dafür ist aber nicht etwa das Virus, sondern zwei Polizeikollegen, die ihm sofort entgegenwinken und mit den Worten »Sperrzone! Hier gibt's nichts zu sehen!« unfreundlich fortschicken wollen.

Aber das können sie vergessen. Er eilt auf die beiden zu, und erst, als sie sich schon aufzublasen beginnen wie die Zeppeline, erkennen sie ihn.

»Oh, der Herr Bussi! Gehen wir ein bisserl spazieren, gegen die Langeweile?«, scherzt einer von Forstingers Kollegen.

»Wo ist das LKA?«, schmettert der Arno ihm entgegen. So weit kommt's noch, dass die Bürscherln sich über ihn lustig machen.

»Sie sollen sich doch raushalten«, wird der junge Beamte lebensmüde.

»Wo. Ist. Das. LKA?«, wiederholt der Arno mit letzter Selbstbeherrschung.

Worauf dem Herrn Kollegen dann doch der Schmäh ausgeht. »Im Café drüben«, sagt er kleinlaut. »Wo der Notarztwagen steht.«

»Notarztwagen?«

»Ja. Es hat einen Unfall gegeben.«

»Unfall? Wer?«

»Die Edlinger Anni.«

Als der Arno den Namen der Cafébesitzerin hört, rennt er auch schon an den Polizisten vorbei, schlüpft unter dem Absperrband durch und eilt über den verschneiten Eisplatz, er passiert die Insel, wo immer noch der Sichtschutz steht, ebenso der Polizeitransporter und mehrere Fahrzeuge aus Innsbruck, aber keine Menschen mehr.

Als er das *Café Edlinger* betritt, sieht er zuerst die Katz von hinten. Als Zweites einen Mann, der neben einem offenen Arztkoffer kniet und den Blick auf eine dritte Person verstellt, die sich auf der Krankenliege befindet. Ein junger Kerl in Rotkreuzuniform und einer von Katz' LKA-Mitarbeitern komplettieren die Runde.

»Oh, hallo, Bussi!«, grüßt die Katz und plappert gleich weiter: »Kleinen Unfall jehabt?«

»Was?«

»Na, die Beule!«, sagt sie und deutet auf ihre eigene Stirn. »Oder wollense zu 'nem Klingonen-Treffen?«

»Nein, nein. Nicht so schlimm. Was ist mit der Anni?«

»Sie wissen doch, dass ick Ihnen keine Auskünfte mehr geben darf.«

»Schmarrn. *Sie* haben mich angerufen, vorhin.«

Sie grinst kurz. »*Vorhin* is jut. Vor zwei Stunden schon! Aber dann warense plötzlich weg, wa?«

»Was ist jetzt mit der Anni?«, wiederholt er die Frage.

»Sie ist wohl die Treppe runterjestürzt.«

Der Arno horcht auf. Genau wie er! »Hat sie jemand geschubst?«, fragt er sofort.

»Nein. Sei von alleene jestolpert, sagtse.«

»Wie schlimm ist's? Und, Frau Katz … geht's bitte vielleicht ein bissl weniger …«

»*Wa?*«

»Genau.«

»Hä?«

»Na – ein bissl weniger *Wa?* … und mehr so … normaldeutsch halt.« Der Arno hat nix gegen Berliner Schnauze, aber er will sich jetzt nicht auch noch darauf konzentrieren müssen.

»Von mir aus«, antwortet die Katz ein bissl eingeschnappt. »Frau Edlinger hat nur ein paar Prellungen. Sie ist bei Bewusstsein. Aber der Arzt hat ihr was gegen die Schmerzen gegeben, und seither ist sie ziemlich weggetreten.«

»Mhm«, macht der Arno missmutig und fährt mit den Händen in die Taschen seiner Jacke, wo er die zusammengefalteten Blätter ertastet. »Wollte sie in ihre Wohnung?«, fragt er weiter.

»Nein … sie war in der Kammer von der Rosa oben, unterm Dach«, antwortet die Katz.

Der Arno runzelt die Stirn. Was hat sie wohl da oben gewollt? Auf eigene Faust nach Spuren von der Rosa suchen? Oder was ganz anderes? Sie zu fragen, wird wohl noch warten müssen …

Mit der linken Hand zieht er das Papier aus der Jacke, während seine Rechte an die Stirn fährt, um vorsichtig die Beule zu betasten. Er erschrickt, als er deren Größe bemerkt.

»Ich nehme die Frau Edlinger jetzt mit in meine Praxis«, sagt der Notarzt und blickt zur Katz. Diese nickt.

»Moment«, geht der Arno dazwischen, der soeben die erste Seite des Schriftstücks entziffert hat. Es ist ein Kaufvertrag zwischen Jakob Holzhauer und Anna Edlinger, über genau dieses Gebäude hier – das Edlingerhaus, Dorfplatz 15, Maria Schnee –, mit einer Kaufpreissumme von hunderttausend Euro. Und da braucht man kein Immobiliensachverständiger sein, um zu wissen, dass das ein geradezu sensationelles Schnäppchen wäre, egal, in welchem Zustand sich die Bude befinden mag.

»Was ist das?«, fragt die Katz, die inzwischen neben dem Arno steht und mitliest. »Ach, guck an, das ist aber mal ein Sonderangebot, was?«

»Mhm.«

»Wo haben Sie das her?«

»Gefunden«, sagt er, behält den Fundort aber aus irgendeinem Bauchgefühl heraus für sich.

Zum Glück verzichtet die Katz auf eine Rückfrage, sondern wiegelt ab. »Wir haben dringendere Sachen. Kann ich das mitnehmen?«, fragt sie noch und greift zum Papier.

Der Arno zieht es ihr weg. »Dringendere Sachen?«

Der Kollege von der Katz schaut her. Gleichzeitig bringen der Notarzt und sein Helfer die Anni nach draußen.

Der Arno dreht sich zur Katz und flüstert fast: »Hören Sie, ich kann mich da jetzt nicht länger raushalten. Außerdem bin ich schon seit zwei Tagen hier. Sie brauchen mich.«

Zuerst wirkt sie, als wollte sie ihm einen weiteren flotten Spruch um die Ohren hauen, doch dann wird sie ernst, schaut ein bissl hierhin, ein bissl dahin und stemmt die Hände in ihre Hüften, bevor sie zu ihrem Mitarbeiter schaut und sagt: »Auer, fragen Sie mal nach, wie lange die da oben noch brauchen. Anschließend gehen Sie mit Blau zu diesem Baumgartner rüber. Befragen Sie ihn mal zu seinem Veilchen. Ich komme später nach.«

Kollege Auer nickt, geht nach hinten und steigt die Treppen hinauf, wobei das Gebälk so lautstark arbeitet, dass es einem im Lokal unmöglich entgehen könnte.

»So, also … Sagen Sie, zittern Sie?«, fragt die Katz.

»Ein bissl vielleicht«, antwortet der Arno.

»Na, Sie kippen mir ja gleich um! Setzense sich erstma hin.«

»Nein, nein.«

»Hinsetzen, aber dalli.«

Also setzt er sich halt.

21

Der menschliche Körper wird ja mit den unterschiedlichsten Temperaturen fertig. Ganz egal, in welches Klima man ihn setzt, er findet eine passende Antwort, und das meistens, ohne dafür das Hirn belästigen zu müssen. Ist ihm zu heiß, fängt er an zu schwitzen. Ist ihm zu kalt, verengen sich die Blutgefäße und die Haarbalgmuskeln kontrahieren – Stichwort Gänsehaut. Pech nur, dass man kein Fell mehr hat, das sich damit aufstellen ließe.

Kommt es aber ganz dick und man wird quasi schockgefroren, weil man zum Beispiel unter eine Lawine gerät oder beim Eislaufen einbricht, wird die Kälte mitunter zum Lebensretter – ein schnell heruntergekühlter Körper kann oft noch nach zehn Minuten oder mehr wiederbelebt werden, ohne bleibende Schäden davonzutragen. So schlimm ist's beim Arno glücklicherweise nicht. Aber trotzdem wird ihm gerade ganz anders, als er sich die durchnässten, halb gefrorenen Socken von den Füßen ringelt.

»Eisbein, wa?«, scherzt die Katz angesichts seiner schneeweißen Zehen, die fast ausschauen wie die Zinken einer Plastikgabel. »Na ja, halb so wild. Ersten Grades, maximal, würde ich sagen.«

»Mhm«, murrt der Arno und schaut lieber weg. »Worüber

haben wir uns geirrt?«, fragt er der Katz hinterher, die hinter der Theke herumkramt und dann die Kaffeemaschine zischen lässt.

»Geirrt?«

»Das haben Sie am Telefon gesagt, bevor ich gestoßen wurde. Wir haben uns kräftig … jeirrt«, fällt er unabsichtlich in ihr Berlinerisch, das sich wie ein Virus in seinem Kopf festsetzt.

»Sie wurden jestoßen? Von wem?«

»Keine Ahnung. Also, worüber geirrt?«

»Über die Tote«, sagt sie und schleppt einen großen Topf heran, den sie zwischen Arnos Füßen abstellt. »Los, rein damit.«

»Ist das nicht falsch?«

»Nur wenn sie auf kalte Füße stehen. Keine Angst, passiert schon nix außer ein bisschen Aua.«

»Wenn Sie meinen.« Der Arno hebt seine Füße und stellt sie in den Topf. Das Wasser drin könnte jetzt eiskalt oder siedend heiß sein, er würde keinen Unterschied bemerken.

»Darf's für die Beule am Kopf auch was sein?«

»Nein, nein … Katz, die Tote ist nicht die Rosa, oder?«, sagt er und schaut ihr fest in die Augen.

Wenn sie gerade überrascht ist, so lässt sie sich's nicht anmerken. »Nein«, antwortet sie.

»Wer dann?«

»Ihre Schwester.«

»Ihre Schwester?«, echot der Arno, senkt seinen Blick und grübelt. Ihm fällt das Klavierspiel ein, im Haus der Kufners. *Eine Schwester …*

»Ihre Zwillingsschwester, um genau zu sein. Ella Isabel Kufner.«

Der Arno staunt. Eine Zwillingsschwester. Genau! Deswegen hat die Rosa zwischendurch wieder auftauchen können, als wäre nix gewesen. Weil's gar nicht die Rosa war. Sondern die Ella Isabel! Er erinnert sich an den makellosen Eisprinzessinnenauftritt bei der Kür und dass er sich dabei irgendwo in seinem Hinterkopf nicht nur für die Rosa gefreut, sondern auch gewundert hat, dass sie von einem Tag auf den anderen so viel besser eislaufen konnte.

Weil's nicht die Rosa war. Sondern ihre Zwillingsschwester ...

»Die Mutter hat's natürlich gleich gemerkt«, erklärt die Katz weiter: »Sie machte sich Sorgen, weil Ella Isabel die Nacht über nicht zu Hause war. Angeblich war sie ein sehr folgsames Mädchen. Aber viel mehr war aus den Eltern nicht herauszubringen. Die zwei stehen unter Schock – der Vater noch mehr als die Mutter.«

Der Arno denkt an die unheimliche Begegnung mit den Kufners zurück. An deren unfassbare Kälte, als er sie zu Rosas Verschwinden befragt hat. Offensichtlich hegten sie für ihre andere Tochter ganz andere Gefühle. Wenn er nur an den alles durchdringenden Schrei der Mutter denkt, draußen auf dem Platz ... Und jetzt ist die brave Tochter tot, und die böse lebt ...

»Es hat die Falsche erwischt«, spricht er seinen Verdacht im selben Moment aus, in dem er ihn fasst.

»Was meinen Sie?«

»Ella Isabel. Wer auch immer sie getötet hat, war wahrscheinlich eigentlich hinter der Rosa her ... Aua!«, stöhnt er, weil ein Schmerz in seine Füße fährt, als hielte er sie in ein Lagerfeuer.

Die Katz grinst. »Drinlassen. Ihre Füße wachen gerade wieder uff. Jutes Zeichen.«

Der Arno nickt und beißt die Zähne zusammen.

Währenddessen redet die Katz weiter: »An eine Verwechslung hatte ich auch schon gedacht. Was aber nicht erklärt, weshalb Ella Isabel in Rosas Kostüm geschlüpft ist, nachdem ihre Schwester verschwunden war. Sagt man nicht, Zwillinge stünden sich nahe? Die muss sich doch Sorgen gemacht haben wegen des Verschwindens ihrer Schwester.«

»Ich würde bezweifeln, dass in dieser Familie irgendwer irgendwem nahesteht.«

»Wieso?«

Der Arno seufzt und holt tief Luft. Während seine Füße langsam wieder auf Temperatur kommen und der Schmerz ebenso langsam nachlässt, berichtet er der Katz von den Kufners, der Verfolgung der vermeintlich Toten, dem Angriff im *Bellevue* und dem Auftauchen dieses Kaufvertrags.

»Man wollte, dass Sie ihn finden.«

»Das glaub ich auch«, sagt der Arno und verkneift sich's schon wieder weiterzureden – aus demselben Bauchgefühl heraus wie vorhin.

»Interessant«, murmelt die Katz und schaut zu, wie der Arno seine Füße mit einer Küchenrolle trocknet.

Der Arno will schnell das Thema wechseln. »Wo steckt eigentlich meine Mutter?«, fragt er.

»Marrrrina?«, rollt die Katz das R wie einen Strudelteig. »Die wollte nach Ihnen suchen.«

»Oh je.« Der Arno stellt sich vor, wie sie »Arrrrno!« rufend durch den Tiefschnee stapft und jetzt irgendwo liegt, und dann kommt der Fuchs und … Nein, das ist Quatsch. Aber am Ende rennt sie zum Forstinger, um eine Vermisstenanzeige aufzugeben, und er hat den Salat. »Geben Sie mir Ihr Handy.«

»Na, na … Wie heißt das Zauberwort?«

»Katz!«

»Lass ick ma jelten. Hier!«

Der Arno tippt Mamas Nummer ein, die er zum Glück auswendig kennt.

»Hallo?«, säuselt sie kaum ein Läuten später und klingt dabei ziemlich nach Dorfbühne.

»Hallo, Mama.«

»Arrrrno, ja grrrüß dich!«

Er zieht die Augenbrauen hoch. »Du, Mama, ich wollt nur sagen, dass es mir gut geht.«

»Das freut mich zu hören.«

Der Arno kann den Braten förmlich riechen. »Wo bist du gerade, Mama?«

»Ich? Warum?«

»Mama!«

»Kann jetzt nicht! Alles gut! Ciao, ciao, ciao«, zischt sie schnell, lacht noch ein bissl gekünstelt hinterher und legt auf.

»Wir müssen aufpassen, dass meine Mutter uns nicht reinfunkt«, sagt er.

»So wie Sie gerade, Bussi?«

Er seufzt bloß, gibt der Katz das Handy zurück, steht auf und sucht barfuß nach seiner Reisetasche, die er ja praktischerweise hier im Lokal gelassen hat. Er findet sie hinter der Theke. Er bückt sich hinunter, kramt trockene Socken und die Laufschuhe heraus, entschließt sich dann, schnell auch noch die Hose zu wechseln, und …

»Oh, là, là!«, ruft die Katz, die ihm peinlicherweise gefolgt ist und ihn jetzt in seinen eng anliegenden Streifenpants dastehen sieht.

»Katz!«, schimpft er.

»Was ist? Glaubense vielleicht, ick hätt noch nie 'nen Mann in Unterhose jesehen?«

Er wird sich hüten, ihr eine ehrliche Antwort zu geben. Weil sie in ihrer Kleidung tatsächlich etwas in der Art signalisiert. Nur ihr Mundwerk passt nicht dazu. Und dieses süße, freche Grinsen auch nicht …

»Ihre Frau Muttern hatte übrigens recht«, legt sie nach und grinst gleich noch viel frecher.

»Womit?«, fragt er und schließt die Knöpfe seiner Hose.

Sie hebt ihren Blick wieder. »Ach, nicht so wichtig.«

»Womit?«, besteht er auf einer Antwort. Aber die Katz grinst bloß weiter. Mit diesen süßen Sommersprossen und dem flotten Näschen … Unter anderen Umständen könnt ihm jetzt heiß werden. Immerhin: Warme Füße hat er wieder.

Das Gebälk über ihnen kracht, lauter werdende Schritte tönen aus dem Stiegenhaus. Gleich darauf biegen die Kollegen Auer und Blau ums Eck, mit Plastiksackerln, die sie vor der Katz und ihm auf die Theke legen. Einen der Gegenstände kennen der Arno und die Katz ja schon – das grausige Umschnalldings –, daneben gibt's aber auch Handschellen und etwas, das ausschaut wie eine Peitsche, aber mit vielen Enden dran.

»Die hat's krachen lassen, wa?«, sagt die Katz, als sie die Sachen in Augenschein nimmt.

»Ja … nur …«, druckst Kollege Blau herum, »also nicht so, wie Sie jetzt vielleicht glauben, Frau Major.«

Frau Major, schau, schau, denkt der Arno. Die Katz hat ihre Männer gut im Griff.

»Ach, was glaube ich denn gerade?«

Der Blau macht eine rhetorische Pause, bevor er mit seinem Wissen auftrumpft. »Die SpuSi sagt, die Sachen seien alt. Dreißig Jahre mindestens. Eher noch älter.«

»Nein!«

»Doch! Und gut versteckt. Das da und das da war unter einem losen Bodenbrett.«

Der Arno erinnert sich, dass der Dildo hinter einer Schublade steckte, also auch recht gut versteckt war.

»Gibt's ja nicht«, staunt die Katz.

Sie starrt die Sachen an, irgendwie blass und stoisch, und der Arno glaubt schon, dass sie ihm gleich umkippt. Aber nix umkippen, sondern nachdenken, wie er an ihren halb geschlossenen Lidern erkennt, die ihn immer irgendwie an einen Roboter beim Prozessieren von Informationen erinnern. Schließlich öffnet sie ihre Augen wieder – fehlt nur noch das »Ping!« – und sagt: »Blau, Sie und Auer vergessen das mit diesem Baumgartner und gehen jetzt in die Inspektion hinüber. Forstinger soll Ihnen was über die Ortschronik und die Gerüchteküche erzählen. Auch, was alte Kriminalfälle betrifft. Seien Sie verhalten neugierig, was Frau Edlinger und das Haus hier betrifft. Aber kein Wort von den Funden. Außerdem halten Sie den Kollegen und seine Leute von mir fern. Verstanden?«

»Und der da?«, wird der Auer plötzlich frech und zeigt auf den Arno, quasi: *Wieso darf der jetzt wieder mitspielen?*

»Ich werde Herrn Bussi jetzt vernehmen. Sonst noch irgendwas unklar?«, sagt die Katz trocken und starrt ihre Männer an.

»Nein, nein … Ich hab ja nur gemeint ….«

»Dann is jut.«

Gleich darauf sind der Arno und die Katz wieder unter sich. Sie starren sich an, sagen aber nichts. Der Wind heult und pfeift auch in diesem Haus hier durch jede Ritze, was den Arno an den Kaufvertrag in seiner Jackentasche erinnert. Jack, der Hotelier, will das Edlingerhaus für einen Spottpreis kaufen. Unterschrieben ist der Vertrag jedoch noch nicht, ein Datum fehlt ebenfalls.

»Wahnsinn, wa?«, sagt die Katz und hebt ihren Zeigefinger nach oben.

Der Arno nickt. Eine Art Folterkammer wirft ein völlig anderes Licht auf die Anni.

»Hat wohl ne merkwürdige Vorgeschichte, die Gute, wa?«

»Katz!«

»Was denn?«

»Hören Sie auf mit dem *Wa* und so. Ich pack das grad nicht. Außerdem denk ich gerade.«

»Meene Jüte.«

Seine Nerven sind so dünn wie Seidenfäden, und dementsprechend schaut er die Katz auch an. Aber sie grinst bloß wieder, weshalb er unmöglich böse bleiben kann. Der Arno ahnt schon, dass sie ihn um den Finger wickeln könnte, wie sie's bräuchte.

»Bitte, Katz.«

»Okay, okay. Aber mit Herumtrödeln finden wir nichts heraus. Geht's wieder mit den Aua-Füßchen?«

»Jaja … Was sagt eigentlich der Gerichtsmediziner? Todesursache?«

»War keiner vor Ort. Obduktionsbericht folgt morgen aus Innsbruck. Die Strangulationsspuren haben Sie gesehen?«

Der Arno nickt und versucht, sich das Motiv vorzustellen. *Eine Eisprinzessin in den Armen der Prinzessin aus Eis … Zwillinge …*, grübelt er. Künstlerisch wirkt's irgendwie, aber von Kunst versteht der Arno eindeutig zu wenig, als dass er irgendein Motiv draus basteln könnte.

»Was schlagen Sie also vor, mit Ihrem geballten *Insiderwissen,* Bussi?«

Er ignoriert den neuerlichen Nadelstich – anscheinend kann die Katz nicht ohne – und denkt über mögliche Täter nach. Die allermeisten Taten geschehen im engsten Umfeld. Aber die Kufners sind nicht vernehmungsfähig, und die Anni genauso wenig. Und ganz egal, welche Geheimnisse diese Leute hegen mögen, der Arno hält's für ausgeschlossen, dass sie etwas mit dem Mord an der Rosa – besser gesagt an deren Zwillingsschwester – zu tun haben. Die Anni könnte es schon aufgrund ihrer Gebrechlichkeit niemals schaffen. Und dass Eltern ihr Kind töten könnten, hält der Arno für unmöglich, ganz egal, wie sehr sie sich hassen mögen. Bliebe der Jack, der die Rosa ja in seinem Hotel beschäftigt und zur Eisprinzessin gemacht hat und der nicht zuletzt das Haus kaufen wollte, in dem sie sich gerade befinden.

Andererseits, wenn man an die künstlerische Inszenierung der Leiche denkt, käme auch der …

»Wir könnten mit Herrn Baumgartner reden«, schlägt die Katz im selben Moment vor, als der Arno an ihn denkt.

»Okay«, sagt er sofort und ist froh über das *Wir*. Hat die Katz wohl erkannt, dass er nützlich sein könnte. Und weil's erstens nicht weit ist und zweitens egal, bei wem sie anfangen, beginnen sie eben mit dem Holzschnitzer, der die Leiche gefunden hat. *Der Täter kehrt immer an den Tatort zurück*, fällt ihm der passende Spruch ein.

Sie wappnen sich gegen den Schneesturm und treten vor das Edlingerhaus. Der Arno schaut sich um – der Platz ist so menschenleer wie vorhin schon.

»Das Fest wurde abgesagt, mit Durchsagen und Platzsperre und Pipapo«, erklärt die Katz, die seinen Blicken gefolgt ist.

»Also flüchten alle.«

»Was?«

»Nix.«

22

Einen Augenblick später sind sie schon beim Baumgartnerhaus angekommen und rütteln an der versperrten Tür zum Schnitzereienladen. Sie klopfen gegen die Scheiben, doch obwohl drinnen das Licht brennt, scheint niemand da zu sein. Sie suchen nach einem anderen Eingang ins Haus, den sie auch finden, und klingeln. Eine Minute vergeht ohne Reaktion. Dann läuten sie Sturm und klopfen gegen die Tür. Der Arno spürt die Kälte schon wieder die Hosenbeine hinaufkriechen. Die Katz schüttelt den Kopf.

Tosender Wind fegt den Schnee über den Platz und in jede Seitengasse hinein. Der Gedanke an die Sauna im Vier-Sterne-plus-Hotel *Bergkristall* wird beinahe übermächtig – als sich die Tür doch noch öffnet und der Holzschnitzer mit seinem Veilchen im Rahmen steht. Er schaut groß, als er die Besucher erkennt.

»Herr Baumgartner, wir würden jetzt gern mit Ihnen reden!«, brüllt der Arno. Der Herr Künstler überlegt ein bissl, bevor er nickt und sie mit einem kurzen »Von mir aus!« eintreten lässt.

»Pfuh!«, sagt die Katz, und auch der Arno stöhnt kurz auf und schnieft, während sie ihre Sachen ablegen.

Im Inneren des Hauses riecht es muffig, und die Wände

sind fleckig, was trotz der schlechten Beleuchtung auffällt. Sie folgen dem Baumgartner ein Stockwerk hinauf. Die Treppe ist ähnlich desolat wie anscheinend jede in Maria Schnee. Oben angekommen werden sie in den Erker der Wohnküche geführt, der zum Platz hinausgeht. Am Tisch sitzen der Zauner Richard – Gärtner bei den Kufners – und eine Frau, die der Arno nicht kennt. Trotzdem erinnert sie ihn stark an irgendwen …

»Helga, Richard, die zwei sind von der Polizei«, erklärt der Baumgartner den beiden.

»LKA«, ergänzt die Katz und zeigt ihren Ausweis her.

Worauf sich der Richard eilig verabschiedet.

»Wo wollen Sie hin?«, fragt die Katz.

»Weg«, stammelt er und rennt an den beiden vorbei. Wie schon gestern vorm Kufner-Schlösserl riecht der Arno seine Alkoholfahne, und die drei Schnapsstamperln auf dem Tisch verraten, dass hier gerade gemeinsam getrunken worden sein dürfte. Um die schrecklichen Nachrichten zu verdauen? Oder warum sonst?

»Moment!«, sagt die Katz.

Aber nix Moment, sondern Flucht. Sie will ihm hinterher, aber der Arno bremst sie. »Passt schon. Ich kenn ihn. Wir können später mit ihm reden. Er wohnt bei den Kufners, hinterm Hotel oben.«

»Ach!«

»Ja … also«, wendet sich der Arno an die Baumgartners, »wir hätten da ein paar Fragen an Sie.«

»Ja, ja«, sagt die Baumgartnerin und legt zuerst die flachen Hände übereinander auf den Tisch, bevor ein Ruck durch sie geht und sie aufspringt. »Kaffee? Oder haben S' Hunger?«

»Wennse 'n Käffchen hätten, wär das knorke«, sagt die Katz, und dem Arno wird ganz kalt.

»Hab ich mich also nicht getäuscht. Berlin!«, schwärmt die Helga im Vorbeigehen und weist die Besucher auf ihre Plätze. »Ich hab ein paar Semester lang dort studiert.«

»Nich waaa!«, staunt die Katz, und der Arno kann sich den Blick zum Himmel nicht verkneifen. Fehlt nur noch, dass die Helga ihnen gleich eine Currywurst auftischt.

»Ja … aber das ist schon lang her. Als Junge hat man noch Flausen im Kopf.«

»Als *Junge?*«, staunt die Katz.

»Junge Frau, mein ich.«

»Ach so. Was habense denn studiert?«

»Bildende Kunst.«

»Ach, und so haben Sie zwei sich kennengelernt?«

Die Helga schaut zu ihrem Mann. »Nein, wir kennen uns schon seit unserer Kindheit. Aber bis nach Berlin hab ich müssen, um meinen Alfons hier zu … entdecken.«

Der Arno denkt an die Kunstwerke, die er im Geschäft unten gesehen hat. Anders ist's schon, was der Alfons macht, und tiefgründig, das glaubt er zu erkennen. Dabei passt das Tiefgründige und Feinsinnige überhaupt nicht zu dem Typen, der ihm gegenübersitzt. Eher könnt man ihn sich bei was Gröberem vorstellen, beim Holzhacken zum Beispiel oder in einer zünftigen Wirtshausprügelei an der Seite von Terence Hill – aber der erste Eindruck kann bekanntlich täuschen.

»Wie lang sind Sie schon verheiratet?«, fragt der Arno.

»Alfons, sag du«, meint die Helga und kramt nach dem Kaffeegeschirr. Die Küche wirkt, als wäre sie aus den Siebzigern, Sperrholz mit teilweise abgeplatztem Furnier, hundert Mal geflickt.

Der Alfons schaut zuerst drein, als hätt ihn seine Frau gerade in den Schwitzkasten genommen. Dann streicht er sich über seinen mächtigen Bart und sagt so laut wie trocken: »Zu lang.«

Für einen Moment steht die Zeit still. Dann platzt der Helga ein Lachen heraus, dem Hausherrn ebenfalls, und die Stimmung ist schlagartig gelöst.

Die Helga schenkt ihnen zwei Tassen aus einer Thermoskanne ein und stellt sie vor die Besucher hin. »Keine Angst, der ist ganz frisch gebrüht. Ich röste nämlich selbst.«

»Ach?«, staunt die Katz.

»Jawohl.«

Der Arno will endlich weiterkommen. »Sagen Sie, Frau Baumgartner, kenn ich Sie irgendwoher?«, fragt er, um einen Einstieg zu finden.

Die Helga wirkt verblüfft. »Wie meinen S' denn das?«

»Ich mein, sind Sie im Fernsehen gewesen oder sonst öffentlich … aktiv?«

»Ich wüsste nicht … Wieso?«

»Sie kommen mir einfach bekannt vor.«

Sie schaut zu ihrem Mann, der aber auch keine Erklärung liefern könnte. Dabei fällt dem Arno Baumgartners Veilchen wieder auf, das deutlich nachgedunkelt ist. Das pflückt er sich doch gleich einmal. »Woher haben Sie das da noch mal?«, fragt er und zeigt zum eigenen Auge.

»Das war ein Dachbalken.«

»Im *Bellevue*«, ergänzt die Helga sofort und setzt sich ebenfalls an den Tisch.

»Warum waren Sie dort?«

Der Baumgartner bleibt still.

»Weil der Kasten mir gehört«, antwortet die Helga schließlich für ihn.

Aha!, denkt der Arno und greift zu seinem Kaffee. Aber *Aha!* – und weiter? Irgendeiner armen Seele muss die Bruchbude ja schließlich gehören. Allerdings war die junge Frau dorthin unterwegs, die nicht nur ausschaut wie die Rosa, sondern es wohl auch war, aber drinnen war dann ein anderer, und zwar …

Da kapiert der Arno plötzlich, woher er Helgas Gesicht kennt. Von seinem Angreifer nämlich. Die Ähnlichkeit ist frappierend.

»Wo ist Ihr Sohn gerade?«, fragt er, und die freundlichen Gesichter sind weg. »Benni heißt der, oder?«

Die Baumgartners schauen sich an, sagen aber nix.

»Wieso hat Ihr Sohnemann sich immer noch nicht bei uns gemeldet?«, steigt die Katz mit in den Ring.

»Ja, weil er nicht da ist halt«, blafft der Baumgartner.

»Wo steckt er denn?«

Keine Reaktion.

»Im *Bellevue* vielleicht?«, schlägt der Arno vor.

Die Baumgartnerin legt wieder ihre flachen Hände übereinander, bevor sie antwortet: »Das alte Ding ist nicht beheizt. Da kann niemand stecken.«

»Ich hab ihn dort gesehen. Er hat mich angegriffen.«

»*Sie* waren *im Bellevue?*«

»Wie lange ist der Benni eigentlich schon mit der Rosa zusammen?«, lässt er sich nicht drausbringen.

»Pfff!«, poltert der Hausherr los: »Was soll der Benni denn

ausgerechnet von einer wie *der* wollen? Jetzt ist aber Schluss! Meine Frau und ich brauchen dringend Ruhe. Also bitte.«

»Moment«, sagt die Katz. »Frau Baumgartner, bisher haben wir geglaubt, dass Rosa die Tote ist. Sie haben sicher schon gehört, dass das nicht stimmt.«

Die Helga schaut ein bissl betreten – und nickt.

»Wir vermuten, dass Rosa immer noch in Gefahr schwebt. Und damit wahrscheinlich auch Ihr Sohn. Wo steckt er? Wie erreichen wir ihn? Geben Sie mir bitte seine Handynummer.«

»Das ist doch alles ein Schmarrn!«, geht der Baumgartner schon wieder dazwischen, und wie aufs Stichwort knurrt dem Arno sein Magen. »Wer soll denn irgendwem was Böses wollen bei uns?«

Der Arno antwortet: »*Sie* könnten zum Beispiel wem was Böses wollen, Herr Baumgartner. Mit Ihrer Sabotage-Aktion. Wieso eigentlich? Und warum ausgerechnet heute früh?«

Worauf der Holzschnitzer rot anläuft und zum Platz hinausschaut.

»Alfons? Nicht wirklich!«, empört sich seine Frau, steht ebenfalls auf und wirkt, als würde sie gleich den Nudelwalker holen.

»Jetzt setzense sich alle ma wieda hin«, fordert die Katz in ihrer unnachahmlichen Art, und es klingt fast so, als wäre sie hier zu Hause. Aber schau, schau, die Baumgartners folgen und nehmen tatsächlich wieder Platz.

»Das hast du nicht wirklich getan, Alfons!«, schimpft die Frau und gibt dadurch zu erkennen, dass sie von seinen Anschlagsplänen auf die Eisskulptur gewusst haben dürfte.

Der Baumgartner bewegt seinen üppig bewaldeten Kopf hin und her, aber nach einem Nein schaut's irgendwie nicht aus.

»Wo waren Sie denn, sagen wir … letzte Nacht?«, fragt der Arno.

»Bin ich jetzt verdächtig, oder was?«

»Ein Anhaltspunkt sindse allemal«, antwortet die Katz todernst. »Also?«

»Ja, daheim halt, wo sonst?«

Seine Frau nickt bestätigend und sagt: »Die ganze Nacht. Ich kann es beschwören. Ich habe einen sehr leichten Schlaf.«

»Am Abend zuvor waren Sie aber doch im *Bellevue*. Wo Sie sich dann angeblich gestoßen haben.«

»Angeblich?«

Die Katz lässt es genau so stehen, wie sich's auch der Arno denkt.

»Ich war im *Bellevue,* weil das Dach die Schneelast nicht mehr ausgehalten hat. Also habe ich den Dachstuhl mit zusätzlichen Balken abgestützt. Und dabei hab ich mich gestoßen, zum Donnerwetter noch einmal!«

Immer noch bleibt die Katz still. Weil auch nix mehr von den Baumgartners kommt, lenkt der Arno das Gespräch erst einmal vom Veilchen weg. »Was wollte eigentlich der Herr Zauner hier?«, fragt er und deutet auf die gebrauchten Schnapsstamperln.

Der Baumgartner schaut zur Frau, die schaut zurück. Dann schnauft er tief durch, bevor er sagt: »Wir kümmern uns ein bissl um den Richard. Er hat's nicht leicht.«

Richard ist unser kleines Sozialprojekt, fällt dem Arno der Spruch vom Kufner ein. Anscheinend weckt der Richard überall Fürsorgegefühle. *Seltsam* … »Erledigt er für Sie auch … Sachen?«, hakt er gleich nach.

»Sachen? Wie meinen S' denn das jetzt?«, wird die Helga schnippisch.

»Ja … gärtnern halt, wie bei den Kufners, zum Beispiel.«

Worauf sie sich wieder entspannt. »Ach so. Nein, wir haben ja keinen Garten.«

»Er hilft mir ein bissl mit dem *Bellevue*«, erklärt ihr Mann.

»Gestern auch?«, fragt die Katz.

»Wieso gestern?«

»Na, mit dem Abstützen und dem Balken und so. Wegen des Schnees.«

»Nein, gestern nicht.«

»Wissense vielleicht, wo er gestern war?«

»Das werden S' ihn selber fragen müssen.«

»Wie ist eigentlich Ihr Verhältnis zur Rosa? Beziehungsweise zu deren Schwester?«, provoziert ihn die Katz.

»Ich *habe* kein Verhältnis!«

Der Arno zählt innerlich bis zehn und schlüpft dann erst einmal in die Rolle des guten Cops, der dem anderen einen Ausweg aus der Sackgasse bietet. »Herr Baumgartner, Sie haben angedeutet, dass niemand das Kristallfest ausstehen kann. Wieso?«

»Ha!«, machen beide Baumgartners gleichzeitig, als hätte er einen Witz gerissen.

»Ha – was?«, drängt die Katz. »Drecksfest, haben Sie wortwörtlich gesagt, bevor Sie Jack Holzhauer an die Gurgel wollten. Klingt nicht sehr lustig für mich.«

Der Mann schaut zur Frau, diese schaut zurück, beide scheinen unsicher, was sie sagen sollen. Schließlich übernimmt die Helga. »Wissen Sie, was uns dieses Eisfest bringt? Überhaupt nix. Ein Wochenende lang ist hier die Hölle los, alle saufen und randalieren, und dann sind sie wieder weg. Und jedes Mal geht dabei ein Stück Maria Schnee verloren.«

Der Arno rümpft die Nase, quasi: *Was soll denn da noch groß verloren gehen?* – bleibt aber still.

Der Baumgartner redet weiter: »Ein paar Tage Komasaufen nützen uns überhaupt nix. Wissen S', wie man das nennt? Ballermann-Tourismus. Hauptsache, der Woodpecker macht sich mit Quantität statt Qualität die Kassen voll und schaut schön aus den Klatschspalten heraus. Alle anderen schauen dafür durch die Finger!«

»Der Woodpecker?«, fragt die Katz.

»Holzhauer«, antwortet der Arno, dem sofort klar ist, wie der Hotelier an seinen Spitznamen kam. »Jakob Holzhauer, der Besitzer des *Bergkristall*.«

»Oh! Woodpecker! Der issma jut.«

»Jaja«, bremst der Arno sie gleich wieder und fragt: »Eine gute Werbung ist das aber schon für Sie, oder?«

»Ha!«, kommt's wieder unisono von den Baumgartners. »Werbung!«, schnaubt der Mann, »auf *die* Werbung kann ich verzichten! Glauben Sie ernsthaft, solche Gäste interessieren sich für meine Holzskulpturen? Wissen Sie, was die zahlen, per Reisebus aus Deutschland in ein Billighotel im Nachbarort und das ganze Wochenende mit Eintritt und allem? Hundertfünfzig Euro! Aber selbst das ist noch zu viel, also kommt ein ganzer Haufen mit Wohnwägen und nimmt sich selbst sein Essen mit. Solche Leute geben ihr Geld höchstens noch für Glühwein aus, aber ganz bestimmt nicht für Kunst! Und außerdem …«

»Außerdem – was?«

»Nix, nix.«

»Was?«, drängt die Katz.

Der Baumgartner schüttelt den Kopf.

»Wieso werde ich das Gefühl nicht los, dass Sie etwas vor uns verheimlichen?«

»Das weiß ich nicht.«

»Warum verstecken Sie Ihren Sohn?«

»Schmarrn.«

»Und Rosa?«

»Was ist mit der?«

Der Arno übernimmt: »Kommen S', Herr Baumgartner. Der Benni und die Rosa haben sich im *Bellevue* versteckt, und Sie decken sie. Warum?«

»Gehen Sie jetzt.«

»Wir können Ihnen nicht helfen, wenn …«

»Wer hat gesagt, dass ich Ihre Hilfe will?«, schimpft er.

»Aber …«

»Haben Sie meinen Mann nicht gehört?«, schimpft jetzt auch die Helga mit, und wenn den Arno nicht alles täuscht, zittert sie. »Gehen Sie!«

Die Katz und der Arno schauen sich an, zucken mit den Schultern, stehen auf und folgen dem Baumgartner wortlos die Treppen hinunter. Kurz bevor sie das Haus verlassen, platzt dem Arno der Kragen. »Hören Sie, ich glaub Ihnen kein Wort. Weder das mit dem blauen Auge noch dass da nix zwischen Ihrem Sohn und der Rosa sein soll. Wenn der Benni sich nicht sofort bei uns meldet, dann drehen wir jeden Stein um, bis wir ihn und seine Freundin finden. Verstanden?«

»Sie haben gar nix zu fordern.«

»Wie bitte?«

»Verschwinden S', sonst hol ich den Fritz.«

»Wen?«

»Den Forstinger Fritz. Und jetzt raus!« Der Baumgartner schiebt sie bei der Tür hinaus in den Schneesturm und knallt ihnen die Tür vor der Nase zu.

23

Noch einmal zurück zum Thema Gefühle. Aber nicht solche wie bei der Anni unterm Dach, und auch keine wie am Ballermann, *Fühle, Fühle, Fühle,* sondern richtige Gefühle, die mitunter völlig unvorhersehbar über einen kommen. So wie beim Arno und der Franzi zum Beispiel, die beim Joggen an der Donau justament gleichzeitig ums selbe Eck biegen mussten. Oder zwischen der Rosa und dem Benni, die … Ja, wie das bei denen wohl gelaufen sein mag, würde den Arno brennend interessieren. Dass die beiden eine Beziehung haben, daran besteht für ihn kein Zweifel mehr, so auffällig wie die Baumgartners sie geleugnet haben. Womit die Mama also tatsächlich recht gehabt haben dürfte, und zwar mit allem. Ihn würd's gar nicht wundern, wenn sie längst schon hinter dem nächsten Hinweis her wär. Scheint fast so, als hätte sie als Pizzabäckerin kolossal den Beruf verfehlt.

Apropos Gefühle: Die Katz hakt sich beim Arno unter. Worauf in seinem Bauch prompt ein Schmetterling hustet.

Aber klar, das ist kein Annäherungsversuch, sondern bloß eine Vorsichtsmaßnahme – ein Schneesturm wie dieser könnte eine zierliche Frau wie die Katz glatt fortwehen, in einem dermaßen weit geschnittenen Walkmantel noch dazu. Mit der anderen Hand hält sie Schal und Filzhut fest und bleibt auf Tauchstation, während der Arno den Elementen mit Todesverachtung ins Auge blickt.

»Wohin?«, ruft er zur Seite und spürt ihre Finger an seinem Bizeps. Jeden einzelnen.

»Hm-hmhm-hmmm!«

»Was?«

»Die haben Angst!«, ruft sie.

Ja, den Eindruck hat er auch. Die Baumgartners lügen und verleugnen die Beziehung ihres Sohnes zur Rosa, weil sie Angst haben. Aber wovor?

Vor wem?

»Und jetzt?«, gibt er zurück.

»Was?«

»Wohin jetzt?«, schreit er die Katz fast an.

»Na zu diesem Holzhauer«, antwortet sie und drückt fester.

Worauf ein zweiter Schmetterling in Arnos Bauch aufwacht, sich streckt und ein paarmal locker mit den Flügeln durchzieht. Sie stapfen am *Café Edlinger* vorbei, Seite an Seite, Hand an Bizeps. Vor ihnen stehen neue Sperren wegen neuer Dachlawinen, also müssen sie die letzten Meter über die Eisfläche gehen und dann unter einem flatternden Absperrband durch, das der Arno, ganz Gentleman, für die Katz nach oben hält.

Als sich die Eingangstür des Hotels *Bergkristall* hinter ihnen schließt, ist's schlagartig ruhig. Herrlich ruhig. Nicht nur, weil die Windgeräusche fehlen, sondern vor allem auch wegen der fehlenden Gäste. Fast wirkt's, als wären alle Hals über Kopf aus dem Ort geschmissen worden.

Ein einsamer Mann hält hinter der Rezeption die Stellung. Der Nachtportier wahrscheinlich. Der Arno erinnert sich nicht, ihn schon mal gesehen zu haben.

Die Katz geht derweil an ihr Telefon. »Ja, Auer, was gibt's? … Aha … ja … neee! Okay … Na dann, packen Sie Ihren Krempel zusammen, und wir hören uns morgen … Wie? … Wozu? Lebensmüde, der Herr, wa? Na von mir aus, bis gleich.«

Sie schüttelt den Kopf und steckt das Handy wieder weg. »Was?«, sagt sie dann, weil der Arno sie erwartungsvoll anschaut.

»Gibt's was Neues?«

»Wie man's nimmt. Die Sache mit etwaigen alten Geschichten im Ort sieht dürftig aus. Dafür will mich dieser Forstinger Fritz wieder sprechen.«

»Ach was.«

»Kann er haben. Anscheinend hat ihm bereits jemand das von Ihnen und mir gesteckt.«

Und noch ein Schmetterling wird wach. »Von Ihnen und mir?«

Sie grinst. »Von Ihnen und mir bei diesem Reinhold-Messner-Verschnitt und dessen Frau.«

Witzig, dass sie denselben Vergleich zieht, denkt der Arno. Aber ganz und gar nicht witzig ist, dass der Baumgartner sie tatsächlich verpetzt hat. Womit sich der Anschiss in Wien wenigstens rentiert. »Und was war mit ›Neee‹?«, äfft er sie unabsichtlich nach.

»Hm?«

»Da gab's doch noch was … Interessantes … das Sie erfahren haben?«

Die Katz denkt kurz nach. »Ach ja, genau: Die Behörden sperren alles wegen irgendwelcher Schneeverwehungen am Berg. Deswegen wollen alle so eilig weg hier. Die Straße ist bloß noch bis zehn offen.«

Der Arno schaut auf die Uhr hinter der Rezeption. »Dann sollten Sie sich beeilen, dass Sie noch heimkommen, Katz.«

»Heimkommen?«, fragt sie und grinst. »Das lassense ma meene Sorje sein«, sagt sie, dreht sich um und schreitet nach draußen.

Und fort ist sie, die Katz.

Weil der Holzhauer Jack nicht aufzutreiben war, sitzt der Arno einige Zeit später als einziger Gast an der Hotelbar und dreht sein Bierglas, an dem er hin und wieder lustlos nippt. Dabei würde der ganze Tag – und, ehrlich gesagt, der gestrige auch – geradezu danach schreien, ihn im Alkohol zu versenken.

»'tschuldigung?«, sagt er zum Barkeeper.

»Noch ein Bierchen?«

»Nein, aber das bitte«, sagt der Arno und deutet auf die Schale vor sich.

»Ach so.« Der Barkeeper bückt sich, kramt eine Packung aus einer Schublade und füllt die Erdnüsse wieder auf. Irgendwie muss der Arno seinen Hunger ja loswerden. Und wenn man erst einmal mit dem Zeug angefangen hat …

Aber Bier und Erdnüsse sind natürlich nicht das Einzige, was ihn beschäftigt. Viel wichtiger ist das Post-it, das ihm seine Mama oben in der Suite hinterlassen hat, wo er vorhin auch noch war.

Lieber Arno, mach dir keine Sorgen, mir geht's gut.

Sonst nix. Kein *Wo bin ich,* kein *Zu welchem Zweck,* kein *Wann komm ich wieder.* Worauf er sich natürlich erst recht Sorgen macht.

Die Parfumwolke, die im Bad hing, hat dem Arno verraten, dass sie wohl gerade auf Mata Hari macht. Er wollte sie vom Zimmerapparat aus anrufen – sie fragen, ob sie noch alle Tassen beisammen hat und Ähnliches –, aber anders als vorhin war ihr Handy jetzt ausgeschaltet. Und so blieb ihm nur mehr eines: ab an die Bar, um bloß nix zu verpassen.

Von seinem Platz aus überblickt er die Eingangshalle wie auch das wenige, das man draußen noch erkennen kann. Hauptsächlich verwehte Schneekristalle, die einmal links, einmal rechts und dann wieder im Kreis um die Scheinwerfer des Platzes tanzen. Starrt man nur lange genug hinein, könnte man fast glauben, sie wollten einem irgendwelche rätselhaften Botschaften schicken. Was natürlich Quatsch ist. Aber hypnotisierend ist's schon irgendwie, dieses Treiben …

Alle paar Minuten kommt jemand ins Hotel zurück oder verlässt es, mal allein, mal in Gesellschaft, doch keiner bleibt im Foyer oder will etwas von der Rezeption. Zum Glück kommt auch keiner an die Bar.

Seit seinem Eintreffen war kein bekanntes Gesicht darunter. Langsam wird der Arno müde. Doch er will unbedingt mitbekommen, was weiter passiert, mit der Mama, der Katz, dem Holzhauer Jack und wer sonst noch hier aufkreuzen könnte. Das *Bergkristall* ist der Fixpunkt im Ort, also muss auch er hier sein. Außerdem ist die Rosa genau von hier verschwunden. Gut möglich also, dass sich hier noch mehr abspielen wird.

»Geben S' mir doch noch eins, bitte!«, sagt er und schaut dem Barkeeper dabei zu, wie dieser ein frisches Bierglas füllt und es ihm hinstellt.

Der Arno trinkt den Schaum weg und versucht, sich wieder in den Fall hineinzudenken. Was wohl mit diesen Baumgartners nicht stimmt? Wieso verheimlichen sie die Beziehung ihres Sohnes zur Rosa? Warum erzählt der Mann ein Märchen, was sein blaues Auge betrifft? Und wieso hockt der Gärtner der Kufners – dieser Richard – bei ihnen?

Der Arno reibt sich die Schläfen, dann die Stirn, womit er auch seine Beule berührt. Die Schwellung ist merklich zurückgegangen, die Schmerzen nicht. Dabei hat er wohl noch Glück gehabt. Sein Angreifer – ziemlich sicher der Benni – hätte ihn auch umbringen können, als er ihn in das Loch geschubst hat. Andererseits hat er den Arno nach seinem Sturz in ein Hotelzimmer geschleppt und wenigstens provisorisch zugedeckt. Warum? Weil der Benni ihm eigentlich nix tun wollte? Weil er Angst vor jemand anderem hatte? Und wo mag die Rosa währenddessen gewesen sein? Ihre Schneeschuhspuren haben ja zum zerbrochenen Fenster geführt, durch das auch er eingestiegen ist.

Vielleicht hat die Rosa den Arno erkannt, nach dessen Sturz ins Loch, und den Benni aufgeklärt. Aber warum haben sie ihm diesen Kaufvertrag hingelegt? Ausgerechnet ihm? Weil sie ihm vertrauen? Weil sie … ja, was?

Er seufzt. Er hat viele Bruchstücke, die sich aber im Moment nur einzeln betrachten lassen. Wie eben dieser Kaufvertrag. Der Jack will der Anni deren Haus für einen Spottpreis abluchsen. Jenes Haus, in dem sich schon einiges abgespielt haben dürfte. Da müssten doch entsprechende

Geschichten und Gerüchte im Ort kursieren, genau wie die Katz vermutet.

Und welche Rolle spielt die Rosa dabei? Die bei der Anni unterm Dach gewohnt hat, in genau der Kammer, in der diverse pikante Gegenstände versteckt waren. Die Rosa, die immerhin für den Jack gearbeitet hat. Ist sie wirklich ein Opfer oder ganz was anderes?

Es fällt ihm schwer, sich zu konzentrieren, was weniger am Bier als an seiner wachsenden Müdigkeit liegt. Er würde sich gern einen Kaffee bestellen oder gleich einen Energydrink. Aber der Barkeeper ist gerade weg.

Wenn er bloß sein Handy hätte! Dann könnte er jetzt zum Beispiel auch die Franzi anrufen, die ihm so weit weg vorkommt, nicht nur wegen der räumlichen Distanz. Außerdem wüsste er gerne, wo die Mama bleibt. Und die Katz. Und …

Der Arno seufzt. Er reibt sich die Arme, um Wärme hineinzubringen, dann gähnt er, schaut hinaus, starrt in Millionen tanzender Schneeflocken und …

Und …

»Ey, Bussi!«

Ein Ruck geht durch ihn. Er reißt die Augen von den Schneekristallen weg und sieht plötzlich seine Kollegin vom LKA neben sich stehen. »Was? … Oh, hallo, Katz.«

»Nicht dat Se mir hier wegpennen.«

»Ich hab nicht geschlafen.«

»Ach nee?«

Nein, hat er nicht, ganz bestimmt nicht, wieso säße er sonst immer noch aufrecht, mit offenen Augen noch dazu?

Wobei er schon zugeben muss, ihr Eintreffen verpasst zu haben. Verlegen fährt er sich durchs Gesicht, dann durch die Haare und von dort in den Nacken weiter – und gähnt. »Der Chef ist nicht da«, sagt er, um zu beweisen, dass er inzwischen nicht untätig war.

»Wer?«

»Der Holzhauer. Nicht da. Und die Rezeption hat ihn nicht erreicht.«

»Meinetwegen … Zwei doppelte Expressi, bitte schön!«, sagt sie so falsch wie bestimmt zum Barmann, der plötzlich auch wieder hinter der Bar steht. »Und auch so 'ne Molle!«

Der Arno schüttelt sich, vor Kälte und Expressi und Molle. Dann schaut er der Katz dabei zu, wie sie sich aus ihrem durchnässten Walkmantel schält und neben ihm Platz nimmt, einfach so, ob er jetzt Gesellschaft haben will oder nicht. Wobei: Dagegen hat er auch nix.

»Und?«, fragt er.

Sie schaut ihn an, und wieder einmal muss er feststellen, dass sie schon ein freches Näschen hat, die Katz, Berliner Schnauze hin oder her.

Sie trinkt ihren doppelten *Expresso* auf ex, bevor sie antwortet. »Dieser Forstinger hat sich mächtig aufgeplustert. Dorfsheriff eben.«

Genau den Eindruck hat der Arno auch. Einer, der sich von einem aus der Stadt nicht ins Handwerk pfuschen lassen will. »Und jetzt?«

»Jetzt bleiben wir dran, Bussi, dann wird das was.«

»Mhmm«, sagt er wenig überzeugt und stürzt seinen Kaffee ebenfalls hinunter. Die Wärme tut ihm gut, seltsamerweise auch die Bitterkeit. Gleich darauf greift er zum Bier. »Prost, Katz.«

»Prösterchen!«, gibt sie zurück und nimmt einen mordsmäßigen Schluck.

Der Arno staunt erst einmal und sagt dann: »Sie haben da …«

»Was?«

»Schaum.«

»Oh!«, sagt sie und leckt ihn von der Oberlippe.

»Und?«

»Hab ich noch was im Gesicht?«

»Nein. Ich meine: Und … was haben Sie herausgefunden? Beim Forstinger?«

»Nüscht.«

»Keine wilden Geschichten von der Anni?«

»Wem?«

»Frau Edlinger. Der alten Dame vom Café.«

»Nein, keine wilden Geschichten. Weder Beschwerden noch Geschichten.«

»Und sonst?«

»Nur die üblichen Ordnungswidrigkeiten und anderer Kleinkram. Ganz Maria Schnee scheint geradezu ein Ausbund an Rechtschaffenheit zu sein.«

»Nicht im Ernst.«

»Wieso nicht?«

»Ja weil … weil's mich nicht besonders wundern tät, wenn sich unter dem Eislaufplatz das Tor zur Hölle auftäte.«

»So schlimm?«

»Jetzt kommen S'. Allein wie die Leute über sich hergefallen sind, draußen bei der Toten. Jeder gegen jeden.«

Da lächelt sie plötzlich. »Sehense, da denken wir schon wieder exakt dasselbe. Schade, dass ick Sie nicht in meinem Team habe, Bussi.«

Obwohl er's nicht zugeben will, fühlt er sich geschmeichelt.

»Jemanden wie Sie könnt ick jut jebrauchen«, legt sie nach.

Der Arno lacht auf. »Ich als Ihr Mitarbeiter. Na das wär's.«

Sie bleibt stumm. War das jetzt zu hart?

Er will schon etwas nachschicken, als sie doch weiterredet: »Wie ist Wien eigentlich, im Vergleich zu hier? Gefällt es Ihnen dort?«

Er zuckt bloß mit den Schultern und sucht nach einer passenden, überzeugt klingenden Antwort. *Wie ist Wien. Wien ist ... anders. Ganz anders als Tirol. Wien ist eine Millionenstadt, Tirol ist ... Tirol.* Weil ihm so gar nix Gescheites einfallen will, entschließt er sich zu einer Gegenfrage: »Und wie ist Berlin?«

Die Katz, die eben das Bierglas angesetzt hat, verschluckt sich, worauf der Arno erst einmal klopfen muss. »Geht's wieder?«

»Nein, klopfense weiter, klopfense!«

Klopfense. Er glaubt, er hört nicht recht. Aber bitte, wenn sie *Klopfense* will, kann sie *Klopfense* haben.

»Danke! ... Weiter! ... So, genug! Stopp!«

Die Katz ist schon nicht schlecht, denkt er wieder. Wenn nur diese Berliner Schnauze nicht wär. Was ihn aufs Thema zurückbringt, bei dem sie sich verschluckt hat. »Also, wie ist Berlin?«, wiederholt er seine Frage.

Sie schaut in ihr Bier, als neigte sich nicht nur dieses, sondern auch die Berliner Schnauze langsam dem Ende zu.

»Wann waren Sie denn zuletzt in Berlin?«, legt der Arno nach.

Wieder sagt sie nix.

»Wie lange leben Sie schon in Tirol? Seit Ihrer Kindheit, haben Sie mir erzählt, oder?«

Sie nickt.

»Was hält Sie dann hier? Im *Heiligen Land*? Wo Sie ja meistens bloß drüber schimpfen?«

Sie bleibt weiterhin stumm. Ohne es zu wollen, hat er sie in die Ecke gedrängt. Aber da ist etwas. Irgendwo zwischen ihr, Berlin und Tirol scheinen die Dinge ganz anders zu laufen, als es den Anschein hat.

»Sie sind gerne hier«, behauptet er und grinst sie an.

»Hörense mia bloß uff.«

Worauf er lachen muss. Und als bräche damit ein Damm, lacht er sich in einen richtigen Strudel hinein. *Hörense mia bloß uff.* Und das von einer Frau, die bestimmt schon seit Ewigkeiten nicht mehr in ihrer Geburtsstadt war. Die Katz ist eine Mogelpackung! Genau wie er!

Nein, das hat er jetzt nicht wirklich gedacht.

»Schluss jetzt!«, schimpft sie und boxt ihm in die Seite.

»Okay, okay … Von mir aus.«

Ihre Blicke treffen sich. Diese Augen! Diese …

»Was gucken Sie so?«

»Nix, nix. Und, Katz, wie geht's jetzt weiter?«

»Womit?«, fragt sie keck.

Mit uns, würde er am liebsten sagen. Die Schmetterlinge in seinem Bauch hätten nix gegen einen Katapultstart. Aber der Kapitän des Flugzeugträgers ist immer noch er, und als solcher weiß er, dass jetzt weder die Zeit noch der Ort für schwere Manöver ist. Außerdem, er und die Katz, wie soll das denn gehen? Sie sind ja noch nicht einmal beim Du angekommen, ganz abgesehen von der Franzi! »Bleiben Sie im Ort?«, fragt er unverfänglich, mit der Straßensperre im Hinterkopf. Mittlerweile ist's nach zehn, womit er die Antwort eigentlich schon kennt.

»Ja … ick hab mir jedacht … Sie ham doch 'ne Suite …?«, sagt sie und wartet fünf Sekunden, bevor sie platzt und sich schieflacht, genau wie er vorhin.

»Katz!«

Sie kringelt sich förmlich, während er nicht so recht weiß, ob er mitlachen oder sich beleidigt fühlen soll.

»Geht's wieder?«, fragt er, als sie sich beruhigt hat.

»Jaja. Also, Bussi, keine Angst, Sie müssen nicht auf die Couch. Ich hab mir ein eigenes Zimmer genommen. In das ich mich demnächst zu verabschieden gedenke. Außer Sie haben noch was für mich.«

Er erschrickt, so sehr sind seine Gedanken mittlerweile bei ganz anderen Sachen angekommen. »Ich? Was denn?«

»Na – 'ne Info zum Beispiel. 'nen Insiderbericht aus Maria Schnee, der uns weiterhelfen könnte.«

»Morgen früh?«, schlägt er vor.

»Auch jut.«

»Und Ihre Kollegen?«

»Abjerauscht. Ich kann nicht die halbe Mordgruppe hier einschneien lassen. Gibt ja außerhalb auch noch was zu tun.«

»Das heißt, nur Sie und ich.«

»So sieht et aus … Na denn, zahl ick ma.«

»Sie sind eingeladen, Katz.«

»Ich? Einjeladen? Na dit is aba lieb! Danke!«

»Gern. Aber würden Sie vielleicht … nur ein kleines bissl weniger …?«

»Schnauze, meenense?«

»Mhm.« Dieses Pseudo-Berlinerische nervt ihn wirklich unheimlich.

Sie seufzt. »Was man nicht alles tut.«

»Danke.«

»Also dann, gute Nacht, Arno Bussi.«

»Gute Nacht, Erna Katz.«

Worauf sie aber nicht geht, sondern näher kommt – näher, noch näher, ganz nah – und ihm ein Bussi auf die Wange drückt. Dann packt sie ihren Mantel und macht sich auf den Weg.

Ihr Duft bleibt in seiner Nase.

Und die Schmetterlinge flattern.

Sonntag

24

Insomnia brutalis. Schon wieder. Wobei er ja wenigstens die Nacht auf Samstag halbwegs hat schlafen können, in trügerische Sicherheit gebettet, während draußen die Ella Isabel ihrem Mörder begegnet ist. Gerädert ist er trotzdem – auch aufgrund der Verfolgungsjagd im Schnee und der anschließenden Ereignisse im *Bellevue*. Sein Körper schreit nach Regeneration. Doch an Schlaf ist nicht zu denken.

Der doppelte Espresso an der Bar hat nix damit zu tun. Koffein gehört quasi zu Arnos Grundnahrungsmitteln und geht jederzeit und in jeder beliebigen Dosis. Bloß ohne wird's schwer, wie er seit seiner ersten Strafarbeit für den Qualtinger hier in Tirol weiß.

Aber es gibt genügend andere Gründe, die ihm den Schlaf rauben. Die Schmerzen zum Beispiel, die zu seinen Einsätzen in Tirol dazugehören wie der berühmte Deckel auf den Topf. In Hinterkitzlingen waren's die Rippen, am Lärchensee sein Kopf, und hier in Maria Schnee ist es eine Kombination von oben und unten: ebenfalls der Kopf und dazu noch die linke Hüfte. Beim Duschen ist er über die Ausmaße des blauen Flecks dort erschrocken. In Bewegung war die Sache halb so schlimm, doch schon beim Aufstehen an der Bar hat's eine Weile gedauert, bis er den ersten Schritt hat machen können – Opa lässt grüßen. Also hat der Arno gleich das stärkste Schmerzmittel genommen, das er in seinen Sachen gefunden hat. Wirken tut es nicht, und schlafen kann er auch nicht. Darum wirft er noch eine dreifache Dosis Melatonin hinterher, die er seit Jahren schon im Reisegepäck hat, gegen Jetlag.

Wieder hört er Viertelstunde für Viertelstunde die Kirchturmglocke schlagen. Dazu den Wind, der immer noch stärker zu werden scheint. Als wollte der Wettergott Maria Schnee von der Landkarte tilgen und versinken lassen wie Atlantis.

Wo die Mama wohl steckt? Der Arno macht sich tausend Sorgen um sie. Sie hat ja gar keine Ahnung, in was für einem Wespennest sie da gerade herumstochert! Mehrmals hat er sie zu erreichen versucht, übers Zimmertelefon, aber ihr Handy ist nach wie vor aus.

Kann jetzt nicht! Alles gut! Ciao, ciao, ciao, hat er ihre Worte vom letzten Telefonat noch im Kopf. Also eines weiß er sicher: Nach *dem* Anschiss, den er in seinen Gedanken schon vorformuliert hat, wird definitiv nicht mehr *alles gut* sein. Wie kann man nur so unverantwortlich mit sich und seiner Umwelt umgehen? Gott sei Dank weiß der Lorenzo nix von Marinas Umtrieben hier.

Sorgen macht sich der Arno aber auch um die Rosa. Die

Theorie mit der Verwechslung der Zwillinge hat sich inzwischen in seinem Kopf verfestigt. Vielleicht haben die beiden Schwestern einen Rollentausch verabredet, um jemanden in die Irre zu führen. Aber warum sollte sich die Ella Isabel auf so einen Wahnsinn einlassen? Er muss unbedingt mit den Kufners reden. Er muss die Rosa finden. Er muss …

Er muss schlafen. Sonst nützt er bald niemandem mehr.

Er versucht, sich zu entspannen. An anderes zu denken als diesen blöden Fall. An die Katz zum Beispiel. Womit er auch gleich bei der Franzi wär. Ob die inzwischen versucht hat, ihn anzurufen? Ohne Handy ist man heutzutage ja wirklich aufgeschmissen.

Andererseits: Hätte sie ihn wirklich erreichen wollen, hätte sie ihn auch hier erwischt. Schließlich kennt sie sein Hotel und könnte sich in die Suite verbinden lassen. Bestimmt ist der Mord hier längst österreichweit in den Medien. Ein Grund mehr, sich für den Arno zu interessieren.

Franzi, Katz, Katz, Franzi …

Katz, Mogelpackung …

Franzi, Triathletin …

Er, Mogelpackung …

Triathlon …

Wenn der Arno ehrlich ist, gefällt es ihm, dass er seine Welt einmal ein paar Tage lang nicht in Kilometer aufteilen und die Durchgangszeiten nehmen muss. Seine Schwimmkünste sind gerade völlig unwichtig. Und so schlimm die Ereignisse hier in Maria Schnee auch sein mögen, er fühlt sich wie unter Strom gesetzt. Motiviert. Er kann's gar nicht erwarten, mit der Katz weiter an diesem Fall …

»Verflixt!«, flucht er in die Dunkelheit des Raums hinein,

weil er schon wieder aufs Kriminalisieren kommt. Er darf ja gar nicht kriminalisieren. Nicht hier und in Wien auch nicht. Er darf Statistiken pflegen. Und warten, bis der Qualtinger eines Tages nicht mehr Innenminister ist. Aber auf etwas zu hoffen, was man nicht beeinflussen kann, und währenddessen die Füße stillzuhalten, gefällt ihm überhaupt nicht.

Jemanden wie Sie könnt ick jut jebrauchen, fällt ihm die Katz wieder ein. Er in der Mordgruppe in Innsbruck, vielleicht noch mit ihr als Chefin? So weit kommt's noch. Wobei ihm die Arbeit mit der Katz naturgemäß deutlich mehr Spaß macht als mit den Statistiken in Wien. Aber wär die Katz seine Chefin, sähe die Sache bestimmt wieder anders aus. Außerdem hat er sich's in seiner Wohnung am Alsergrund heimelig gemacht und will sie nicht missen, hohe Miete hin oder her. Nein, freiwillig geht der Arno niemals wieder nach Tirol zurück.

Niemals.

Niemals niemals …

25

Als der Arno aufwacht, hat sich kaum etwas verändert. Außer dass er wohl doch noch ein paar Stunden Schlaf erwischt haben dürfte. Erstes Tageslicht dringt durchs Fenster, das zur Hälfte mit Schnee zugeweht ist. Der Sturm bläst immer noch, hat aber an Intensität verloren.

Die Mama ist nicht heimgekommen, fürchtet er und springt aus dem Bett. »Aua … verdammt!«, schimpft er gegen die Schmerzen an und zwingt sich zum Anziehen.

Hätte die Marina in der Nacht die Suite betreten, hätte er sie wohl gehört. Schließlich trennt die beiden ja bloß eine dünne Wand. Oder hat sie sich reingeschlichen, um seinem Anschiss zu entgehen? Falls es so ist – was er ehrlich gesagt hofft –, gibt's das Donnerwetter eben jetzt.

Aber nix Donnerwetter. Weil nix Mama. Bloß ein unbenutztes Bett mit Kleidern drauf, die gestern in die engere Auswahl gekommen sind. Sexy Kleidern. Kleidern, in denen der Arno die Mama gar niemals sehen will.

Er verlässt die Suite und übersieht fast das Papiertäschchen, das außen an der Schnalle hängt. Die Zeitung. Ohne Tiroler Zeitung ist die Mama eben nicht die Mama. Der Arno hat eigentlich keine Zeit zum Zeitunglesen, aber mit dem gestrigen Geschehen im Hinterkopf sollte er vielleicht doch einmal schauen, wie viel die Medien bereits wissen.

Während er zum Lift geht, schlägt er das Blatt auf – und schau, schau, da prangt der Mord von Maria Schnee doch tatsächlich auf der Titelseite. Der Arno überfliegt den Bericht. Eine Tote, bisher nicht identifiziert, Fest abgesagt, Maria Schnee von der Außenwelt abgeschnitten. Dazu Fotos, die nicht viel offenbaren – der Platz, der Sichtschutz, die Fahrzeuge aus Innsbruck und ein paar Leute, die aus der Entfernung unmöglich zu erkennen sind. Ein gelber Schirm scheint in der Luft zu schweben, aber optische Täuschung, drunter stehen die Forensiker in ihren weißen Ganzkörperschutzanzügen, im dichten Schneefall so gut wie unsichtbar.

Zwei Minuten später, im Frühstücksraum, führt Arnos erster Weg an die Kaffeemaschine. Es hat schon sein Gutes, dass die allermeisten Gäste gestern Hals über Kopf aus dem Ort abgerauscht sind. Problemlos kommt er jetzt nicht nur an einen vierfachen Espresso, sondern auch zur Katz, die im hintersten Winkel sitzt und Papierstapel durchwühlt.

Während er sich ihr nähert, dreht und streckt er seinen Hals, sieht aber weder die Mama noch sonst ein bekanntes Gesicht, abgesehen von der Kellnerin, die ihm vorgestern die Eierspeise serviert hat.

»Morgen, Katz«, sagt er ein bissl unsicher, die aufregende Verabschiedung von gestern im Hinterkopf.

»Oh, Morgen, Bussi! Na, da habense aber ordentlich an der Matratze jehorcht, wa?«, berlinert sie locker aus der Hüfte und deutet auf seine Wange, an der vermutlich noch der Abdruck seines Kissens zu sehen ist.

Erleichtert schneidet er eine Grimasse und hofft, dass sie sich an ihr Versprechen von gestern erinnert, Stichwort Berlin.

»Schon gut, schon gut. Für Sie reiß ich mich am Riemen, Bussi. Kleiner Beitrag zur Völkerverständigung.«

»Danke. Sagen Sie, meine Mutter haben Sie nicht zufällig gesehen?«

»Nein. Wohnen Sie nicht in derselben Suite? Hat sie mir jedenfalls gestern erzählt, zusammen mit einigen anderen Sachen«, sagt die Katz und scannt ihn einmal demonstrativ von oben bis unten.

»Doch, doch, schon. Aber sie war … auswärts.«

»Oooooho!«, säuselt die Katz.

So früh und schon so gut drauf. Der Arno ist knapp davor, sich irgendwo anders hinzusetzen, bis er halbwegs wach ist. Aber weil's ja nix nützt und er obendrein neugierig ist, fragt er: »Ist bei Ihnen noch was …?«

»Na klar, bitte sehr«, sagt sie und räumt ihre Unterlagen zur Seite.

Er setzt sich und kann ein Stöhnen nicht unterdrücken. »Was schauen Sie sich da eigentlich an?«, fragt er schnell.

»Berichte aus Innsbruck. Auskünfte und so.«

Während er seinen Kaffee trinkt, liest er verkehrt herum *Grundbuchauszug,* auf einem anderen Blatt *Obduktionsbericht.* »Und?«

»Schon einiges Interessantes dabei.«

»Was meint die Gerichtsmedizin?«

»Ausgerechnet das ist nicht interessant. Die junge Frau Kufner wurde wohl tatsächlich ganz gewöhnlich stranguliert. Mit einem dünnen Strick, wie es aussieht.«

»Hat sie sich gewehrt?«

»Ja. Außerdem hat sie Hämatome am linken Oberarm.«

»Also haben wir fremde DNA.«

»Könnte sein. Aber die Analyse dauert, und ob wir eine Übereinstimmung finden, steht in den Sternen.«

»Der Täter wollte uns aber eine Botschaft hinterlassen.«

Die Katz schaut auf. Kurz blinzelt sie mit den Augen, kommt aber in Windeseile zu einem Ergebnis. »Sie meinen wegen des Fundorts, die Eisprinzessin in den Armen ihres Ebenbilds? Möglich. Oder der Täter wollte unter der Kühlhaube bloß den Tatzeitpunkt verschleiern. Oder uns nur weismachen, es gehe hier um eine Botschaft.«

»Mhm.« Schon ein Fuchs, die Katz, muss er wieder einmal feststellen. »Sie sagten, es sei auch was Interessantes dabei?«

»Ja … hier«, sagt sie und schiebt dem Arno ein paar Grundbuchauszüge zu.

Er nimmt den ersten und liest. Offensichtlich das Edlingerhaus. Und schau, schau, es gehört nicht etwa der Anni, sondern … »Rosalie Justine Kufner?«, liest er laut und staunt.

»So isses.«

»Dann hätte die Anni ihr Haus gar nicht an den Holzhauer Jack verkaufen können. Weil es inzwischen der Rosa gehört.«

»Sehense ma.«

»Katz!«

»Schon gut. Los, weiterlesen!«

Der Arno nimmt den nächsten Auszug. »Was ist das?«, muss er fragen, weil er mit der Adresse nix anfangen kann.

»Das *Bellevue*.«

»Ah!« Er sucht die Eigentümerin, rechnet schon wieder

mit der Rosa – findet aber die Helga. Helga Baumgartner, Frau des Holzkünstlers. Genau wie sie's ihnen gestern erzählt hat. »Ja und?«

»Gucken Sie mal ins Lastenblatt.«

Lastenblatt, versucht sich der Arno an seine Schulzeit zu erinnern, aber die ist eindeutig zu lange her und das Thema viel zu trocken, als dass sich's ein normaler Mensch merken könnt. Also überfliegt er den ganzen Auszug und bleibt an einer Eintragung am Ende hängen: ein Pfandrecht zugunsten Jakob Holzhauer über fünfhunderttausend Euro plus Zinsen und Nebenkosten. Bedeutet: Der Besitz der Helga Baumgartner dient dem Holzhauer Jack als Sicherheit. In den allermeisten Fällen macht man so was, wenn der eine dem anderen Geld leiht. Kann der Hausbesitzer eines Tages die Raten nicht mehr zahlen, wird das Haus versteigert, und der Erlös geht an den, der ihm das Geld geliehen hat.

»Fünfhunderttausend!«, staunt der Arno.

»So sieht's aus. Derselbe Eintrag findet sich beim Wohnhaus der Baumgartners und in einer weiteren Liegenschaft, offensichtlich so 'ne Art Berghütte, irgendwo oberhalb von hier.«

»Der Woodpecker hat den Yetis Geld geliehen«, murmelt der Arno, was die Katz zum Lachen bringt.

Und schon spricht er seinen nächsten Gedanken laut aus: »Der Jack will sich die Baumgartner-Liegenschaften unter den Nagel reißen! Aber was will er denn mit diesen Bruchbuden?«

»Dasselbe wie mit dem Edlingerhaus vermutlich«, sagt sie trocken. »Die Gier issn Luder, sagt ihr hier, wa?«

Der Arno ignoriert, dass die Katz ja eigentlich auch von *hier* wäre, und nickt. Die Baumgartners schwer verschuldet, die Anni mit einem unmoralisch niedrigen Kaufangebot unter Druck gesetzt – hinter den Kulissen von Maria Schnee geht es rund. Dazu ist die brave Kufner-Tochter tot, und die Verstoßene bleibt verschwunden. Wie das wohl alles zusammenpasst?

Da ruft jemand in den Frühstücksraum hinein. »Herr Bussi? Ist hier ein Herr … Bussi?«

»Ja, hier«, antwortet der Arno schnell, damit nicht gleich noch mehr Bussis durch die Gegend fliegen.

Der Hotelangestellte überreicht ihm ein mobiles Festnetztelefon mit den Worten: »Anruf für Sie.«

Der Arno nimmt es an sich. »Hallo?«

Stille, gefolgt von Rauschen und Knistern.

»Hal-lo!«

»…rrrno!«

Sein Puls schnellt in die Höhe. »Mama?«

Die Katz schaut ihn groß an.

»Mama, wo bist du?«

Wieder nix.

»Mama!«

»…sperrt!«

»WO BIST DU?«

»Wei … … icht! … gesperrt!« Die wenigen Fetzen, die er aufschnappt, klingen so, als wäre sie völlig verzweifelt. Er springt auf, ignoriert seine Hüfte und bringt schnell ein paar Meter zwischen die Katz und sich, bevor er weiterspricht. »Mama?«

Wieder bloß Störgeräusche. Dann bricht die Verbindung

ganz ab. Schnell tippt er Mamas Handynummer ein und drückt auf die grüne Anruftaste des Geräts, doch es kommt bloß die Durchsage mit dem unerreichbaren Teilnehmer und dem Später-noch-mal-Versuchen.

»Sie sind ja blass wie 'ne Leiche«, spricht ihn die Katz von der Seite an.

Seine Augen fliegen hin und her. Die Mama eingesperrt? Aber wo? Von wem?

»Was ist denn mit Ihrer Mutter?«

Er überlegt, sie einzuweihen, verkneift sich's aber im allerletzten Moment. Am Ende ist die Mama noch schuld an irgendwas, das in der Nacht passiert sein könnte – und die Mama ist die Mama, da geht nix drüber, nicht einmal das Gesetz. »Nix, nix«, antwortet er daher unter Aufbringung all seines schauspielerischen Talents, während er schon drüber nachdenkt, wie er sie finden könnte. »Kann ich die Grundbuchauszüge noch mal sehen?«, fragt er so unverfänglich wie möglich. Er wettet, die Mama hat gestern Abend den Holzhauer bezirzt. Hat der sie etwa eingesperrt? Falls ja, garantiert der Arno für gar nix mehr, da kocht ihm das italienische Blut über, das er vom Opa Salvatore, noch mehr aber vom Vater Enrico mitbekommen hat.

Er merkt, wie er schwitzt. Sein Herz rast.

Die Katz fällt derweil in schlechte Angewohnheiten zurück. »Sindse etwa krank? Fieber? Habense sich gestern was einjefangen draußen? Dann bleibense mia bloß weg!«

»Was? Nein … glaub nicht«, sagt er, schnieft einmal demonstrativ und überfliegt die weiteren Auszüge. Einer betrifft die Familie Kufner mit ihrem Schlösserl, ist aber momentan eindeutig zweitrangig. Aber da: *Jakob Holzhauer* …

doch leider nur das Hotel. Er wühlt im Pack herum, findet aber keine weiteren Auskünfte zu ihm.

Da klingelt das Handy von der Katz.

»Ja? … Kollege Forstinger?«, sagt sie mürrisch, und der Arno horcht auf. »Was? … Nein! Sind Sie sicher? … Wo? … Zwei gleich? Wer? … Jaja, ich komm schon.«

»Was ist?«, will der Arno wissen, während die Katz eilig ihre Unterlagen zusammenrafft und sich auf den Weg macht. »Hey! Katz, stopp!«

Aber nix stopp, er kann ihr bloß nachrennen, besser gesagt nachhumpeln, aber er beißt seine Zähne zusammen.

»Zwei Tote, einer davon verbrannt«, zischt sie, während sie nebeneinander auf den Lift warten.

»Was? Wer denn?«

»Dieser Forstinger meinte, ich solle nicht fragen, sondern augenblicklich kommen. Klang ziemlich überfordert, der Herr.«

»Wohin kommen?«

»Zu diesem Hotel der Baumgartners, dem … wie hieß es gleich? … *Bellevue!*«

Der Arno glaubt, er spinnt. Zwei Tote im *Bellevue,* womit er natürlich gleich an die Rosa und den Benni denkt. Und obendrein ist die Mama irgendwo eingesperrt.

Das gibt's ja alles nicht, denkt er und sagt: »Ich komme mit.«

»Das wird dem Forstinger aber nicht schmecken.«

»Meine Faust kann er schmecken«, murmelt der Arno.

Eine halbe Stunde später steht der Arno neben der Katz vor den verkohlten Überresten eines Menschen im ehemaligen

Speisesaal des *Bellevue*. Er versucht, die Gefühlswallungen zu ignorieren, die ihn packen, wenn er sich frisch Verstorbenen nähert. Viel näher als hier geht ja gar nicht mehr. Außerdem hat er den Forstinger im Genick und einen Geruch in der Nase, den er gar niemals einem anderen beschreiben wollte. Er wünschte, er hätte auch so einen dicken Schal zum Vorhalten wie die Katz, kann aber bloß in seine neue Winterjacke hineinriechen.

Sie haben viel zu lange hierher gebraucht. Zehn Minuten hat's allein gedauert, das Dienstauto der Katz vom Schnee zu befreien und die Scheiben freizukratzen. Dann hat sich's gerächt, dass man beim Bundesbeschaffungsamt offensichtlich bloß das Geld für den Antrieb zweier Räder ausgeben wollte, sprich: Der Dienstwagen verfügt nicht über einen Allradantrieb, womit es weder mit Katz' noch Arnos Fahrkünsten möglich war, den Wagen aus der abschüssigen Parklücke zu bringen. Egal, wie sie's versucht haben, schieben, zickzack fahren oder etwas unterlegen, der Untergrund war wie Schmierseife und es ging keinen Meter vorwärts. Am Ende sind sie dann zur Landesstraße rausgestapft und haben das erstbeste Fahrzeug angehalten – einen Pensionisten, der das mit der Straßensperre offensichtlich nicht glauben und gerade wieder heimfahren wollte. Mit dessen altem, aber sehr geländegängigem Nissan Pajero war es ein Kinderspiel, das *Bellevue* zu erreichen, vor dem bereits die Fahrzeuge der örtlichen Feuerwehr und Forstingers Streifenwagen standen.

Die Katz bückt sich zur Leiche hinunter und leuchtet mit der Taschenlampe zu diesem Teil und zu jenem, während der Arno bloß froh ist, dass es keine Frau erwischt hat, weder die Rosa noch die Mama, wobei er mit der ja erst vorhin telefoniert hat. Dass es ein Mann sein muss, erkennt der Arno an den unversehrten, stark behaarten Unterschenkeln der Leiche. Wer es ist, könnte aber weder er noch sonst jemand hier sagen. Der Benni eher nicht, denn junge Männer haben selten Krampfadern wie diese.

Draußen im Schnee soll noch eine zweite Leiche liegen, die wohl nur deshalb entdeckt wurde, weil ein Fuchs um sie herumgeschlichen ist. Einen Fuchs habe der Forstinger hier in Maria Schnee noch nie gesehen, weshalb er nachschauen gegangen sei. Was für den Arno bloß ein weiteres Mal beweist, dass der Kerl Tomaten auf den Augen hat. Aber Hauptsache, er schwärzt ihn bei seinem Chef in Wien an …

Dem Forstinger zufolge handelt sich's beim Erfrorenen draußen um den Jack. Vulgo Jakob Holzhauer. Vulgo Woodpecker. Der Hotelier vom *Bergkristall*. Was dem Arno ein ganz mieses Gefühl gibt, was die Mama betrifft. Er muss sie schnellstmöglich finden.

Aber erst mal muss er im Windschatten der Katz bleiben, die ihm den Dorfpolizisten vom Leib hält. Denn obwohl der ziemlich kleinlaut und tatsächlich überfordert zu sein scheint, wie die Katz vorhin gemeint hat, lässt er den Arno nicht aus den Augen.

»Sieht nach Brandbeschleuniger aus«, sagt die Katz.

»Benzin«, präzisiert der Forstinger und leuchtet mit seiner Taschenlampe zu einem Kanister neben dem Fenster. »Es war pures Glück, dass nicht der ganze Kasten abgebrannt ist.«

Da gibt ihm der Arno ausnahmsweise recht. Bei all dem Gerümpel im Saal hätte es schnell einen Großbrand geben können, nach dem von der Leiche hier bestimmt nicht mehr viel übrig geblieben wäre.

»Wer hat Sie alarmiert?«, fragt der Arno.

»Die Feuerwehr«, antwortet der Polizist. »Der Campingplatzbetreiber hat das Feuer am Morgen entdeckt und gleich Alarm geschlagen. Der Brand war schon unter Kontrolle, als ich eintraf.«

»Fingerabdrücke?«, fragt die Katz.

»Wie soll ich das bitte feststellen?«

»Tja, wie sollense«, gibt sie trocken zurück und fragt, an den Arno gerichtet: »Was ist das hier wohl, hm?« Sie winkt ihn zu sich und zeigt auf eine Schulter der Leiche, die nicht völlig verbrannt, sondern bloß dunkel gefärbt ist.

»Eine Tätowierung?«, schlägt er vor.

»Sieht so aus, ja. Könnte ein Anker sein. Hilft Ihnen das irgendwie?«, fragt die Katz nach hinten Richtung Forstinger, doch der bleibt still.

»Und das da?«, fragt der Arno und zeigt auf eine Vertiefung am Rippenbogen.

»Ach, guck mal einer an. Gut gesehen, Bussi!«

»Eine Schusswunde«, spricht er seine Vermutung aus. Wer auch immer da vor ihnen liegt, wurde vermutlich erschossen, bevor das Feuer alle Spuren beseitigen sollte. Was vielleicht sogar geklappt hätte.

»Schusswunde, denk ick och. Dann lassenwa ihn ma in Frieden ruhen, bis die Gerichtsmedizin kommt. Wo genau liegt die zweite Leiche?«

Der Forstinger nickt nach draußen.

»Na dann los!«

Der Arno müht sich als Letzter über die Plastikplane, die der Forstinger zwecks Spurenkonservierung übers Fensterbrett gelegt hat.

»Haben Sie den Baumgartners eigentlich schon Bescheid gesagt?«, fragt die Katz den Dorfpolizisten, als sie zu dritt draußen stehen.

»Wollte ich. Aber der Alfons geht nicht dran.«

Der Arno überlegt, ob die Leiche drinnen im Speisesaal der Schnitzmeister sein könnte – ohne zu einem sicheren Ergebnis zu kommen. Kann sein, kann nicht sein.

»Auf zum Nächsten!«, fordert die Katz und zeigt aufs verschneite Feld hinaus, wo ein dunkler Fleck zu sehen ist.

Es schneit kaum noch, und der Wind ist zu einem sanften, aber immer noch kalten Lüfterl geworden. Würde der Arno jetzt einmal herumschauen, könnte er bestimmt ein wunderschönes, friedliches Panorama genießen. Doch sein Blick bleibt auf den dunklen Fleck vor ihnen gerichtet, der größer und größer wird, bis der Arno schließlich ebenfalls den Jack erkennt, obwohl dieser auf dem Bauch liegt. Seine dicke Jacke und der Cowboyhut, dessen Form sich unter einer zentimeterdicken Schneeschicht abzeichnet, sind Hinweise genug. Als sie ganz nah sind, sieht er auch die eine Seite seines Gesichts und die Elvis-Tolle. Die Haut ist blass und teilweise von Schnee verkrustet.

Kein Blut.

»Was sind das alles für Abdrücke hier?«, schimpft die Katz und deutet um den Leichnam herum, während sie sich einen Plastikhandschuh über die rechte Hand stülpt.

»Ich habe ihn nur so weit angefasst, wie es zur Feststellung des Todes nötig war«, sagt der Forstinger und hebt entschuldigend seine Hände. Zum ersten Mal glaubt der Arno, Unterwürfigkeit aus seinem Tonfall herauszuhören. Kein Zweifel, dass die Katz auch ihn noch knacken wird, diese Naturgewalt von grauer Maus.

»Meinetwegen«, raunt sie und schaut sich den Jack ein bissl näher an. »Hm … nicht erdrosselt, keine äußeren Verletzungen … Sieht aus, als wäre er vor Erschöpfung vornüber in den Schnee abjetaucht und erfroren. Was meinen Sie, B– … Ach guck an, was haben wir denn hier?«, fragt sie rhetorisch, drückt und schiebt an einer Tasche der steif gefrorenen Jacke des Leichnams herum und zieht eine Waffe heraus.

»Eine SIG Sauer«, staunt der Arno.

»Schon mal bei ihm jesehen, das Ding?«

»Nein. Ich mein das Fabrikat.«

»Und was sagt uns das?«

»Dass der Jack den anderen da drinnen erschossen und anschließend das Feuer gelegt haben könnte?«, spricht der Arno jenen Gedanken aus, der auf der Hand liegt. Dann entdeckt er die Fuchsspuren, die um die Leiche herumführen und von dieser wieder abgehen, in schnurgerader Linie auf den Wald zu.

»Und dann iss er hier herumjeirrt.«

»Was? Wer?«

»Er«, sagt die Katz und zeigt zum Toten.

»Und hat dabei im Schneesturm die Orientierung verloren?«, ergänzt der Arno.

»So wie dit jestern und heut Nacht jeblasen hat, könnt's gut sein.«

»Katz, bitte?«, drängt der Arno und zwinkert.

»Schon wieder zu viel Berlin?«

»Mhm.«

»Na gut.«

Der Arno schaut noch einmal zum toten Jack und dann in die weitere Umgebung. Er denkt an die geringe Sichtweite von gestern zurück. Ein paar Meter, mehr nicht. Schon ein tragischer Tod, im Schneesturm die Orientierung zu verlieren und im Kreis zu rennen, bis man irgendwann erschöpft zusammenbricht, wenige Hundert Meter von der Rettung entfernt. Es soll ja Schicksale geben – Stichwort Wüste –, wo man gar nicht merkt, dass man eine Runde nach der anderen dreht, weil der Mensch ja gar nicht fähig ist, ohne Anhaltspunkte schnurgeradeaus zu gehen, weil, gleich nächstes Stichwort: Beinlängendifferenz. Das Hirn merkt nix, der Körper wird schwächer, irgendwann bricht man dann erschöpft zusammen, und die Natur erledigt den Rest.

Ich hätte mein Handy als Kompass benutzt, denkt der Arno. Wenn er's nicht im *Bellevue* verloren hätte jedenfalls. »Katz, sehen Sie nach, ob Sie ein Handy finden.«

Die Katz, die sich gerade den Handschuh ausziehen will, hält inne, denkt nach – und nickt. »Nichts«, sagt sie, nachdem sie den Hotelier abgetastet hat.

»Merkwürdig.«

»Sie sagen es. Wer geht schon ohne Handy aus dem Haus?«

Ich, denkt der Arno. *Gezwungenermaßen.*

Noch einmal schaut er durch die Gegend. Sie befinden sich zwei-, vielleicht dreihundert Meter vom *Bellevue* entfernt, und vom Jack dürfte nicht viel mehr zu sehen gewesen sein als ein kleiner Fleck, eine Erhebung im weißen

Nichts. Es war Glück, dass er gefunden wurde. Wäre dieser Rotfuchs nicht gewesen und hätte hier gegraben, hätte der Woodpecker genauso gut erst bei der nächsten Schneeschmelze wieder auftauchen können.

Schon ein Fuchs, der Fuchs.

»Und jetzt?«, fragt der Forstinger.

»Jetzt sehen Sie zu, wie wir die Forensik aus Innsbruck auf schleunigstem Weg wieder herbekommen«, sagt die Katz.

»Aber die Straße ist gesperrt! Lawinenwarnstufe fünf!«

»Na das mein ich ja! Sehen Sie zu, dass die Straße aufgeht. Oder sonst sollen sie eben fliegen. Sie sind in der Zwischenzeit für den Erhalt der Spurenlage hier verantwortlich!«

»Aber …«

»Habe ich mich unklar ausgedrückt?«

»…«

»Hallo?«

»Nein, Frau Major.«

Und da kuscht er schon, der Forstinger.

Beim Zurückstapfen denkt der Arno fieberhaft darüber nach, wo die Mama stecken könnte. Im *Bellevue* vielleicht? Gelegenheiten, sie einzusperren, gäb's genug, wenn er allein an die ganzen Zimmer denkt …

»Katz, wir müssen noch einmal ins Hotel zurück.«

»Haben Sie vergessen, die Zähne zu putzen?«

»Was? … Nein, Blödsinn. Ins *Bellevue*. Wir müssen es durchsuchen.«

»Wieso?«

Nachdem hier nichts so ausschaut, als könnte die Mama etwas damit zu tun haben, weiht er die Katz ein: »Meine

Mutter hat vorhin am Telefon gemeint, sie sei irgendwo eingesperrt. Glaub ich jedenfalls.«

»Ach?«

»Ja. Und ich fürchte, es ist hier.«

»Was soll sie denn ausgerechnet hier?«

»Sie hat gestern schon auf eigene Faust herumgeschnüffelt.«

»Ach?«

»Mhm.«

»Für 'ne Suchaktion bleibt jetzt keine Zeit.«

»Wie bitte?«, protestiert der Arno.

»Wir müssen uns diesen Jack ansehen. Besser gesagt sein Umfeld. Wieso erschießt der jemanden und versucht dann, den Kasten hier abzufackeln?«

»Der ist tot, Katz. Tot! Meine Mama lebt!« Während er's ausspricht, kriegt er eine Wut, dass er den Schnee zu seinen Füßen schmelzen könnte.

Was die Katz zu merken scheint, weil sie beschwichtigend ihre Hände hebt, genau wie der Forstinger vorhin. »Okay, okay. Wir lassen die Feuerwehrleute nach Ihrer Mutter suchen. Und wir machen inzwischen unseren Job. Okay? Schließlich könnte sie auch ganz woanders stecken.«

Der Arno schnauft und beruhigt sich nur langsam wieder. Die Sorge um die Mama nimmt ihn inzwischen dermaßen gefangen, dass er kaum einen anderen Gedanken fassen kann. Er muss erst einmal innerlich bis zehn zählen, bevor er einsieht, dass es wenig bringt, sich jetzt auf diese Bruchbude zu versteifen. »Okay«, sagt er eisig, weil: Wehe, wenn der Mama was passiert.

Die Katz nickt, greift sich den Feuerwehrkommandanten

und gibt die Anweisung weiter. »Aber gehen Sie vorne rein, nicht durchs Fenster. Im Saal bleibt alles, wie es ist, verstanden?«

»Jawohl!«, sagt der Feuerwehrler. Würde er jetzt noch die Hacken zusammenschlagen, der Arno könnt's verstehen.

»Bericht an mich. Hier, meine Karte. Los, Bussi, fahren wir!«

»Womit?«

Jaja. Vor lauter Regimentführen kann einem der Blick für die kleinen Dinge des Alltags schon einmal verloren gehen. Der Arno schielt aufs Kommandofahrzeug der Feuerwehr, das in der Deckung des großen Löschzugs steht, und lässt sich vom Kommandanten die Schlüssel aushändigen. Und so fahren sie in Windeseile zum *Bergkristall* zurück.

Im Hotel steht der fesche Max an der Rezeption, den der Arno schon kennt.

»Hallo, Max.«

»Oh … Guten Tag, Herr Bussi!«

Er weiß noch nix, denkt der Arno gleich, weil man unmöglich so dreinschauen kann, wenn der eigene Chef gerade gestorben ist. »Wir würden uns gerne die Wohnung von Herrn Holzhauer ansehen. Können wir bitte die Schlüssel haben?«

»Seine Wohnung? Wieso fragen Sie ihn nicht einfach?«

»Nein, das … äh … geht leider nicht.«

»Dann kann ich Ihnen leider auch nicht weiterhelfen.«

Die Katz zeigt ihren Ausweis her. »Und warum nicht?«, fragt sie.

Worauf der Max erst einmal wieder den Rechtsgelehrten heraushängen lässt, genau wie beim Arno vor ein paar

Tagen. »Weil ich dafür erstens gerne Ihren richterlichen Durchsuchungsbefehl sehen würde und ich Ihnen zweitens selbst dann nicht helfen könnte. Der Herr Direktor wohnt nicht im Hotel.«

»Sondern?«

»Auch das darf ich Ihnen nicht …«

»Schluss mit dem Quatsch«, fährt ihm der Arno über den Mund und wundert sich über sich selbst, aber mit der Mama im Hinterkopf könnt er dem jungen Gscheidian jetzt genauso gut an die Gurgel springen. »Spielen S' nicht den Strafverteidiger und sagen S' uns, wo der Jack wohnt, sonst kracht's!«

»Jaja … schon gut«, kuscht der Max, »da drüben. Sehen S'?« Er zeigt hinaus, in Richtung der Arkaden des Gemeindeamts, zu einem frisch gestrichenen ockerfarbenen Haus mit üppiger Stuckverzierung.

»Der Palast?«, fragt die Katz, und der Arno wundert sich, dass ihm der bisher noch gar nicht aufgefallen ist, so wie er zwischen den betagten Häusern rundherum aus der Reihe tanzt.

»Genau.«

»Und? Schlüssel?«, drängt die Katz.

»Bedaure.«

»Gibt's eine Ehefrau? Oder sonst wen, der uns öffnen könnte?«

Der Max schüttelt den Kopf.

»Wurscht!«, ruft der Arno und läuft los.

26

Also Schlösser knacken. Das ist ja schon schwer genug, wenn man sich in Ruhe auf die Stifte im Zylinder konzentrieren kann, aber mitten am Dorfplatz von Maria Schnee, mit neugierigen Blicken im Genick, wird's auch für eine geübte Schlösserknackerin schnell zur *Mission: Impossible*. Weshalb der Arno für die Katz den Sichtschutz gibt und versucht, möglichst unauffällig durch die Gegend zu schauen.

»Und?«, fragt er nach hinten.

»Lassensemichmamachen!«, kommt die Antwort postwendend.

Also lässtersiemamachen, die Katz.

Für alle, die's nicht wissen: Haarnadel rein und drehen, wie man's in vielen Fernsehkrimis sieht, ist natürlich Quatsch. Auf die Weise kriegt man nicht einmal ein billiges Fahrradschloss auf. Die Wahrheit des Schlösserknackens schaut so aus: Man braucht Dietriche, am besten ein ganzes Set mit verschieden gezackten Enden, und obendrein noch einen sogenannten Spanner. Und nein, das ist nicht bloß ein anderes Wort für einen Voyeur, sondern auch für ein Stück Federstahl, das oben in den Schlosszylinder eingeführt wird und dieses vorspannt, während man untenrum mit den Zackendietrichen herumstochert und so versucht, die Stifte im

Schloss auf eine Linie zu bringen. Worauf sich, jedenfalls in der Theorie, der Spanner plötzlich drehen lässt und Simsalabim, Sesam, öffne dich. Doch in der Praxis können selbst alte Haustürschlösser fuchsen, dass man es kaum glauben möchte.

Weshalb der Arno wesentlich rustikaler vorgehen würde. »Wir sollten durchs Fenster rein«, sagt er.

Die Katz antwortet nicht. Gegenüber bewegen sich die Vorhänge in einem Fenster. Nicht vom Wind, sondern von Menschenhand. Garantiert kommt gleich der Forstinger mit Tatütata, und es gibt noch mehr Stress.

»Katz, das bringt nix!«, schimpft der Arno.

Im selben Moment: ein Klick, ein Klack, ein warmer Luftzug. »Bringt wohl was, mit Jefühl«, sagt die Katz, grinst ihn an und packt ihr Dietrichset weg.

Der Arno betritt als Erster das Haus. Drinnen brennt Licht, LED-Leuchten – sehr hell, was in dem alten Gewölbe mit den spärlichen Fenstern auch nötig sein dürfte. Der Boden ist aus Marmor. Und nicht nur den, sondern auch so manchen Beschlag an Türen und Schränken meint der Arno aus dem *Bergkristall* zu kennen. Was in der Hotellerie ja immer wieder einmal vorkommen soll: Wird ein Betrieb renoviert oder umgebaut, geschieht das nicht selten zeitgleich mit dem privaten Wohnraum der Eigentümer – und schwups haben die nicht nur frische Suiten im Hotel, sondern auch ein brandneues Badezimmer samt Whirlpool im eigenen Haus, und das Ganze auf Firmenkosten.

Da sieht der Arno noch etwas, das er aus dem Hotel kennt, aber in ganz einem anderen Zusammenhang.

Von der Mama nämlich.

Ihren eleganten Mantel, der hier an der Garderobe hängt.

»Mama! ... Maaamaaa!«

»Arno?«, kommt's schwach von schräg unten. Der Arno rennt die Stiege runter in den Keller.

»Mama?«

»Arno!«

Sie ist hinter einer Tür gefangen, und steckte der Schlüssel nicht im Schloss, der Arno würde sich jetzt mit aller Kraft und allem Gewicht dagegenwerfen. Aber so reicht ein einfacher Dreh, und schon steht die Mama zitternd vor ihm.

»Mama!«

»Arno!«, ruft sie und fällt ihm in die Arme. Eiskalt ist sie. Sofort reibt er ihr den Rücken und lässt die Katz nach etwas Warmem suchen.

Sie war im Weinkeller, und bestimmt hat's da drin keine zehn Grad – die ideale Lagertemperatur für Wein, aber ganz sicher nicht für die Mama. Wär der Jack nicht eh schon tot, könnt der Arno für nix mehr garantieren, denn in dem Hauch von Kleid, das sie anhat, hätte sie hier glatt erfrieren können, da nützt ihr der Wein auch nix mehr, den sie sich quasi als Frostschutz aufgemacht haben muss – Alkoholfahne lässt grüßen.

»Komm, Mama, gehen wir erst einmal rauf«, sagt der Arno und hebt sie mehr über die Stiege, als dass er sie führt. Oben lässt er sie sich hinsetzen und legt ihr zuerst ihren Mantel und dann die Decken über, die die Katz inzwischen gefunden hat.

»Er kommt«, sagt die Katz.

»Wer?«, fragt die Mama erschrocken.

»Der Notarzt.«

»Spinnts ihr? Ich brauch ganz sicher keinen Arzt.«

»Doch, Mama. Du bist unterkühlt und …«

»Was und?«

»Und Alkohol und Unterkühlung sind gefährlich!«

»Ich bin nicht betrunken. Schau!«, sagt sie, steht auf und fällt gleich wieder in Arnos Arme zurück. Worauf sie erst einmal ein bissl zu weinen beginnt.

»Du lässt dich jetzt vom Doktor anschauen, sonst werd ich bös!«

Die Mama schnieft nur.

»Was fällt dir eigentlich ein, so was Gefährliches zu machen? *Du* spinnst, nicht ich!«, redet er sich in Rage.

»Lass mich. Mir ist so kalt.«

Er reibt ihr wieder den Rücken, so schnell und fest, dass er Brandblasen bekommen könnt. »Hast du wenigstens was rausfinden können, Mama?«

»Nein … Doch.«

»Was?«

»Im Weinkeller steht was«, sagt sie und schnieft weiter.

»Das Spielzeug?«, erinnert sich der Arno an einen Tisch mit kleinen Häusern drauf. Auf den ersten Blick hat's für ihn wie eine Modelleisenbahn ausgesehen.

Sie schüttelt den Kopf. »Kein Spielzeug. Ein Modelldorf. Der Jack hat's mir vorgeführt … und dann hat er einen Anruf bekommen, und er hat mich hier … Wieso seids ihr denn eingebrochen? Wo ist der Jack?«, will sie wissen.

»Das äh … ist ein bissl schwer zu erklären, Mama. Was war denn genau, gestern Abend?«

»Was meinst du?«, tut sie scheinheilig.

Er ahnt ja längst, dass sie ihn bezirzt hat, wenn nicht

Schlimmeres. Ihr Typ wär er ja irgendwie gewesen, der Jack. Aber darum geht's jetzt nicht. »Warum hat er dich eingesperrt?«

Sie seufzt auf. »Ich … war vielleicht ein bissl bös auf ihn.«

»Du? Auf ihn? Warum denn?«

»Schau dir halt das Modelldorf an. Wirst schon sehen.«

Von mir aus, denkt der Arno, fragt aber weiter: »Er hat einen Anruf bekommen? Von wem?«

»Weiß ich doch nicht. Jedenfalls hat er's plötzlich eilig gehabt und mich im Keller eingesperrt. Der wird was erleben, der Schuft, das sag ich dir.«

»Hat er schon.«

»Was?«

»Nix, nix.«

Gerade rechtzeitig kommt der Notarzt, der gestern schon die Edlinger Anni versorgt hat, beim Haus herein. Der Arno sagt ihm wegen Unterkühlung und Alkohol Bescheid und lässt ihn dann mit der Mama allein.

Er geht mit der Katz in den Weinkeller hinunter. Zusammen schauen sie sich das Modell von Maria Schnee an, von dem die Rede war. Alles, wie man's kennt, die Häuserfassaden, das Gemeindeamt, das *Bergkristall* und oberhalb das Kufner-Schlösserl. Sogar das *Bellevue* ist etwas abseits zu sehen, der Abstand zum Ortskern vielleicht nicht ganz maßstabsgetreu, aber doch eindeutig die alte Bruchbude.

»Jedem sein Hobby, wa?«

Der Arno nickt, stutzt aber, als er ein Detail entdeckt, das nicht mit der Wirklichkeit übereinstimmt. Und dann noch eins. Und wenn man erst einmal weiß, worauf man achten muss, kommt eins zum anderen – selbst im schlechten Licht hier unten. »Schauen Sie genauer hin, Katz.«

»Hm?«

Sie sieht es nicht, logisch – sie ist ja noch nicht so lang vor Ort. Also nimmt er seinen Zeigefinger zu Hilfe, um hierhin und dorthin zu zeigen. Zum Beispiel zum riesigen Springbrunnen mitten auf dem Dorfplatz, dort, wo sich im wirklichen Leben die kleine Bauminsel samt Kreuz und Brunnen befindet. Die Häuserfassaden sind deutlich gepflegter als in echt. Zum Beispiel bei den Baumgartners. Und wo sich eigentlich die Aufschrift des Kunstladens vom Baumgartner befinden sollte, sieht man im Modell ein Schild mit *Louis Vuitton*. Über dem Eingang zum *Café Edlinger* prangt *Gucci,* und in derselben Tonart geht's weiter. Die Schilder sind klein und im Dunkeln leicht zu übersehen, trotzdem stolpert er jetzt über jedes einzelne. Wie etwa über das *Bellevue,* das im Modell zwar immer noch den alten Namen trägt, aber einen ziemlich renovierten und obendrein aufgestockten Eindruck auf den Arno macht, samt riesigem Glasanbau, an dessen Eingang *Kongresszentrum Bellevue Maria Schnee* steht. Nur das kufnersche Schlösserl ist noch genau so, wie's der Arno in Erinnerung hat.

»'n Shoppingdorf!«, sagt die Katz.

»Eine Outlet-City«, verbessert sie der Arno, der so etwas schon einmal in Deutschland gesehen hat. Man höhlt einen alten, leer stehenden Ortskern aus, renoviert ihn hochwertig und zack, schon hat man die schönste Erlebniskulisse für Kaufhungrige. Genau das scheint der Jack mit Maria Schnee vorgehabt zu haben – und noch ein bissl mehr.

»Nun wissen wir auch, was er mit dem Haus von Frau Edlinger wollte, wa?«

»Unter anderem.«

Worauf die Katz in ihren Nachdenkmodus fällt. »Die Schulden von Familie Baumgartner!«, spuckt sie das Ergebnis aus.

»Genau. Hier sind ihr Wohnhaus und der Laden … dort das *Bellevue* … Fehlt bloß die Berghütte. Aber um die ist's dem Jack bestimmt nicht gegangen.«

»Der wollte den ganzen Ort übernehmen!«

Der Arno nickt. Fast wundert er sich, dass sich die Mama so darüber aufregt, wo sie doch so auf Markensachen und Halligalli steht. Aber dem Kapitalismus ein ganzes Dorf zum Fraß vorzuwerfen, geht ihr wahrscheinlich doch zu weit. Genau wie dem Arno. »Jetzt ist nix mehr mit Dollars«, sagt er ernster.

»Nein. Jetzt hat sich das Projekt … totgelaufen.«

»Katz!«, schimpft er.

»Sorry. Aber stimmt doch.«

»Was?«

»Es ist vorbei mit Maria Schnee und dem Jack.«

»Was ist mit dem Jack?«, ruft die Mama von oben herunter. Hat sie wohl die Ohren gespitzt.

Der Arno tritt näher an die Katz heran. »Was meinen Sie?«

»Na, dass wir zumindest nicht länger nach dem Mörder der Kufner-Tochter zu suchen brauchen.«

»Wieso?«

Eine Frage, wegen der die Katz erst einmal genervt dreinschaut, quasi: *Denk selber nach*. Also überlegt der Arno. Der Jack ist tot. Damit wohl auch sein großes Projekt. Vor seinem Tod hat der Hotelier wahrscheinlich diesen Unbekannten erschossen und zu beseitigen versucht. Wer das war und warum er sterben musste, werden sie sicher bald herausfinden. Und, alte Regel: Geschehen mehrere Morde am selben Fleck in kurzer Zeit, steckt meistens auch ein und derselbe Täter dahinter. Was bedeutet, dass der Jack wohl auch die Ella Isabel auf dem Gewissen hat …

»Aber was hätte er denn davon?«, sagt er laut.

»Davon?«, fragt sie zurück und zeigt aufs Modell.

»Nein. Vom Tod seiner Eisprinzessin. Also … deren Schwester. Und wo steckt die Rosa jetzt eigentlich?«

Die Katz schaut drein, als müsste sie gleich wieder schwer nachdenken. Aber das mit den Zwillingen ist schon echt verzwickt. Was war Absicht, was Verwechslung?

Sie sagt: »Wir müssen noch mal die Eltern befragen. Erst die Kufners, dann die Baumgartners.«

»Okay«, sagt der Arno und schaut zum Modell des Kufner-Schlösserls, worauf er sich schütteln muss.

»Na dann. Kommen Sie, Bussi.«

Der Arno steigt hinter ihr die Treppen hoch. »Geht's, Mama?«, fragt er oben.

»Jaja … Was ist denn mit dem Jack?«, wiederholt sie die Frage von vorhin.

»Keine Sorge, Mama. Der kann dir nix mehr tun.«

Ihre Augen werden groß. »Ist er etwa …«

»Später, Mama. Ruh dich aus.«

»Besser wär's, wenn ich Sie zur Beobachtung mitnehme«, redet ihr der Arzt ins Gewissen, doch die Mama will nix davon wissen. »Ich hab eine Suite, dort find ich sicher mehr Ruhe als bei Ihnen in der Praxis!«, lallt sie und versucht, auf die Beine zu kommen.

»Los, Bussi!«, stresst die Katz.

»Geht's, Mama?«, fragt er noch einmal.

Sie hält sich am Arm des Doktors fest und nickt. »Jetzt geh schon!«

27

Ach, so ein Winterwunderland ist schon was Feines. Wenn die Sonne nach langer Zeit hinter dichten Wolken endlich wieder herauskommt und die frisch gefallene weiße Pracht zum Strahlen bringt, wenn der Schnee alle Geräusche dämpft und jedes noch so heruntergekommene Bauwerk wie frisch renoviert erscheint, wenn selbst krumme, kahle Bäume zu bestaunenswerten Objekten werden – ja, dann zeigt der Winter, was er kann. Genau wie in Maria Schnee gerade.

Als die Katz und der Arno nämlich auf den Dorfplatz hinaustreten, müssen sie erst einmal blinzeln, so gleißend hell ist die Pracht überall. Gegenüber schiebt schon wieder jemand Schnee vom Dach, nicht die Feuerwehr, sondern eine Privatperson. Der Arno kennt weder das Haus noch den Mann – wie soll er auch, nach den paar Tagen –, aber er fragt sich trotzdem, ob der Jack sich auch dieses Gebäude schon unter den Nagel gerissen hat. Bisher hat der überall seine Finger im Spiel gehabt, bei der Anni, bei den Baumgartners – bei den Kufners auch? Die Rosa hat jedenfalls in seinem Hotel an der Rezeption gearbeitet, und die Ella Isabel ist als Ersatzprinzessin eingesprungen bei seinem Kristallfest … Womit der Jack tatsächlich der Dreh- und Angelpunkt von allem gewesen sein dürfte.

Und jetzt liegt er tot im Schnee.

Der Arno marschiert grübelnd neben der Katz her, die auch kein Wort von sich gibt – vermutlich geht's ihr ähnlich wie ihm. Vor lauter Gedankenverlorenheit wundert's den Arno fast, wie schnell sie den Hang erreichen, der zum Schlösserl hochführt.

»Dann wollnwama«, sagt die Katz und stapft voran, worauf sie erst einmal bis zum Oberschenkel versinkt. »Oh!«

Jaja, die Flachlandtiroler, denkt der Arno, wobei sie ja eigentlich eine Einheimische ist, aber jede Wette: Mit Schnee hat sie trotzdem nix am Hut.

»Lassen Sie mich vorausgehen, Katz. Ich bin's schon gewohnt.« Auch er sinkt sofort ein, aber statt die Beine wieder hochzuheben, schiebt er sie in bester Skitourenmanier vorwärts, um so zwei parallele Spuren anzulegen, in denen die Katz mit ihren Halbschuhen besser vorankommt. »Einfach direkt hinter mir bleiben«, sagt er zur Sicherheit dazu.

Auch oben am kleinen Plateau ist der Schnee noch unberührt, selbst in der Einfahrt zum Schlösserl, obwohl der Tag langsam, aber sicher voranschreitet und die Kufners ihr *kleines Sozialprojekt,* den Zauner Richard, ganz bestimmt nicht untätig sitzen lassen würden. *Gärtner im Sommer. Im Winter alles andere,* fällt dem Arno ein, was der Richard ihm bei der ersten Begegnung erzählt hat. Und wie er sich erinnert, macht's irgendwie Klick – ohne dass aber daraus etwas folgen würde. Bloß so ein Gefühl, das sich nicht fassen lässt.

»Guck ma an, wie schön«, staunt die Katz, als sie am Schlösserl angekommen sind.

Der Arno keucht vor Anstrengung – einen Weg zu

spuren ist schließlich viel anstrengender als hinterherzutrippeln. Erst dann *guckt er ma an, wie schön,* und tatsächlich, das Schlösserl, das ja schon gestern überaus idyllisch aussah, wirkt mit der Extraportion Schnee drauf geradezu kitschig. Ein Märchen mit Zuckerguss, wie aus einem Disney-Film – wer hätte gedacht, dass die Katz sich für so was begeistern kann.

»Freuen Sie sich nicht zu früh«, sagt er, als er an der Haustür klingelt.

»Wieso?«

»Werden Sie gleich sehen.«

Wie beim ersten Mal öffnet die Kufnerin. Ihr Gesicht ist verheult, kein Wunder. »Ja bitte?«

»Mein Beileid, Frau Kufner«, sagt der Arno. »Wir möchten noch einmal mit Ihnen sprechen, wenn es irgendwie geht … Das hier ist meine Kollegin, Frau Katz vom Landeskriminalamt.«

Die Kufnerin nickt. »Ich hab Sie gestern schon gesehen. Bitte verzeihen Sie, dass ich so außer mir …«

»Nicht nötig, etwas zu verzeihen, Frau Kufner«, sagt die Katz in einem ziemlich einfühlsamen und eindeutig nicht berlinerischen Tonfall. »Auch mein Mitgefühl. Dürften wir hereinkommen?«

»Ja … natürlich … bitte.«

Der Arno erinnert sich noch gut an das letzte Mal hier drinnen. Aber heute gibt's keine kritischen Blicke auf die Schuhe, auch kein Stehenbleibenmüssen im Vorraum und kein demonstratives Aufwischen geschmolzenen Schnees – die Kufnerin bittet sie einfach in die Küche herein, die ebenso hochwertig ausgestattet ist wie alles andere.

Sie setzen sich an den Esstisch. Die Katz und der Arno schlagen die angebotenen Getränke aus.

»Wo ist Ihr Mann?«, fragt die Katz.

»Er wurde gestern Abend nach Innsbruck gebracht.«

»Was hat er denn?«

Die Kufnerin schaut die Katz an, als hätte sie eine überflüssige Frage gestellt. »Eine akute Belastungssituation … Psychischer Schock.«

»Aber Sie sind hiergeblieben?«

»Ja. Ich … ich konnte einfach nicht mit«, sagt sie. Ihr Kinn bebt, doch sie verkneift sich das Weinen.

Trotzdem wirkt sie auf den Arno viel freier und natürlicher als bei ihrer ersten Begegnung. Trotz des tragischen Verlusts ihrer Lieblingstochter, die wahrscheinlich mit der *anderen* Tochter verwechselt wurde. Ein Gedanke, den er gleich aufgreifen will.

»Hatten Sie inzwischen Kontakt zu Rosa … lie Justine, Frau Kufner?«

Ein Ruck geht durch sie. Nach Luft schnappend schaut sie durchs Fenster auf den Ort hinunter und schüttelt den Kopf. Von Gleichgültigkeit merkt der Arno nichts mehr.

»Wissen Sie, warum Ella Isabel für ihre Schwester eingesprungen ist?«, übernimmt die Katz.

Zuerst reagiert sie nicht. Dann, ganz langsam, sinkt ihr Kopf zur Brust hinunter und kommt ebenso langsam wieder hoch. »Ich habe das da heute früh gefunden«, sagt sie, zieht ein zerknittertes Post-it aus ihrer dünnen Wolljacke und legt es auf den Tisch.

Oben ist das Logo des Hotels *Bergkristall* aufgedruckt.

Darunter steht in Handschrift: *18:30 Kür 150,–*

»Wo war das?«, fragt die Katz und nimmt die Notiz an sich.

»In Ella Isabels Terminplaner, eingeklebt am Tag ihres …« Weiter kommt die Kufnerin nicht.

Hundertfünfzig Euro, denkt der Arno. Nicht wenig für eine Siebzehnjährige, die noch dazu die Gelegenheit bekommt, im Rampenlicht zu stehen. Aber hätte die eine Zwillingsschwester die andere nicht vor der Gefahr gewarnt?

»Hatten die Mädchen Kontakt zueinander?«, fragt der Arno.

»Nein … ich glaube nicht … nicht in letzter Zeit jedenfalls.«

Er schaut nochmals auf den Notizzettel zurück. »Die Ella Isabel war die bessere Eisläuferin, oder?«, fragt er in Erinnerung an ihren brillanten Auftritt.

»Nicht besser. Einfach nur fleißiger. Immer schon. Bei allem.« Die Kufnerin zeigt ihnen eine weitere Emotion: Wut. Unterdrückt, aber dennoch spürbar. Sie atmet tief ein und aus und schließt ihre Augen.

Der Arno lässt ein paar Momente vergehen, bevor er weitermacht. »Ihr Mann ist der Grund für den … Zustand Ihrer Familie, oder?«, sagt er dann so einfühlsam, wie er's zusammenbringt.

Sie schaut ihn groß an.

»Seinetwegen hat sich die Rosa ihre Volljährigkeit erstritten«, ergänzt er zur Sicherheit.

Tränen laufen über ihr Gesicht, sie wischt sie nicht weg. Dann nickt sie.

»Weil Sie sich nicht von ihm getrennt haben.«

Treffer. Die Kufnerin vergräbt ihren Kopf in den Händen

und schluchzt. Die Katz stößt den Arno mit dem Fuß, worauf er ihr einmal kurz zunickt, quasi: *Erklärungen später*.

»Wieso nicht?«, legt er nach. Die Frage widerstrebt ihm selbst, aber nur so kann er der Wahrheit näher kommen. Man muss bohren, wo es wehtut. »Wieso haben Sie sich nicht von ihm scheiden lassen?«

»Ich konnte nicht. Sie wissen nicht, wie Harald ist.«

Ahnen tut er's in jedem Fall. Ein cholerischer Tyrann in der Schale eines Mustermanns. Ein Mensch, der seine Mitmenschen so lange einschüchtert, bis sie entweder jede Selbstachtung verlieren oder davonlaufen. »Er hat Sie in der Hand gehabt, oder?«

Die Kufnerin nickt. »Ich konnte ihn nicht verlassen. Ihm gehört doch alles. Das hat er so gedreht. Mir bliebe nichts … sogar weniger als nichts.«

Der Arno lässt's so stehen. Bestimmt ließe sich mehr darüber erfahren, warum sie glaubt, bei einer Scheidung so schlecht dazustehen. Ebenso bestimmt vermisst sie die Rosa, die es unter dem tyrannischen Vater nicht mehr ausgehalten hat. Möglicherweise verabscheut diese ihre Mutter, weil sie sich nicht von ihrem Mann losgesagt hat. Aber das ist zweitrangig. Sie sind wegen der Ella Isabel hier. Und dem Jack. Und dem erschossenen, verbrannten Mann …

Da weiß der Arno plötzlich, was das Gefühl vorhin bedeuten sollte, draußen vor dem Schlösserl. »Sagen Sie, wo ist Ihr Gärtner eigentlich?«, fragt er.

»Der Richard? Der ist nicht hier.«

»Wann ist er weg?«

»Ich weiß es nicht. Als ich gestern heimkam, war er schon nicht mehr da. Seither jedenfalls.«

Der Arno denkt an die kurze Begegnung bei den Baumgartners zurück. Als sie alle beim Schnapstrinken gestört haben und der Alfons meinte, dass ihnen der Richard hin und wieder bei Arbeiten im *Bellevue* geholfen habe.

»Ist er eigentlich tätowiert?«, fragt der Arno.

»Ein Anker vielleicht?«, wacht die Katz neben ihm auf.

Die Kufnerin schaut groß – und nickt.

Und bumm.

»An der linken Schulter, ungefähr da?«

Wieder nickt sie.

Und wieder bumm.

Also ist die Leiche im *Bellevue* tatsächlich der Richard. Gärtner, Schneeräumer, Gelegenheitsarbeiter. Erschossen vom Jack. Aus welchem Grund? Weil er zu viel vom Projekt wusste? Oder weil er etwas mit Ella Isabels Tod zu tun hatte, mit der er ja quasi unter einem Dach gewohnt hat?

»Können wir sein Zimmer sehen?«, fragt der Arno.

»Was ist denn mit ihm?«

»Das … steht noch nicht fest. Also, bitte?«

»Natürlich. Kommen Sie.«

Als sie gerade aufstehen, bekommt die Katz einen Anruf. »Ja? … Ach, genau. Also? … Okay, danke.«

Die Kufnerin geht vor ihnen durchs Atrium und steigt dann eine Steintreppe in den Keller hinunter.

»Das war die Feuerwehr. Keine weitere Person im *Bellevue*«, spricht die Katz zur Seite.

»Mhm.«

Die Mama ist inzwischen ja wieder aufgetaucht, zum Glück. Aber der Arno denkt auch an die Rosa und den Benni, die immer noch verschwunden sind. Und an den Kaufvertrag, den sie ihm hingelegt haben, neben das Bett im *Bellevue*. Was ihn wiederum auf die Edlinger Anni bringt. Er rollt kurz die Augen zur Decke hoch. Was die Anni und die merkwürdigen Besitzverhältnisse des Edlingerhauses mit den Morden zu tun haben, wäre ja auch noch zu klären.

Aber zum Weiterdenken kommt er nicht, weil sie in dem Moment Richards Wohnung betreten, die in etwa die halbe Kellerfläche des Schlösserls einnimmt. Fenster gibt's nur an einer Seite, eigentlich sind's mehr Lichtschächte als Fenster. Ein kleines Bad, eine Kochnische, ein Wirtschaftsraum. Nichts wirkt renoviert wie oben, im Gegenteil, das Mobiliar erinnert den Arno eher an eine Klosterzelle.

»Ich betrete diesen Bereich nie«, entschuldigt sich die Kufnerin und bleibt an der Schwelle stehen.

»Das sieht man«, erwidert die Katz trocken. Alkoholflaschen stehen herum, teils voll, teils halb voll, teils leer. Alles ist feucht, alles riecht modrig. Kein gesundes Klima für einen Menschen.

»Ich weiß nicht, ob es dem Richard recht ist, wenn Sie hier …«

»Das wird kein Thema sein«, gibt die Katz postwendend zurück und kramt in einer Kommode herum, während der Arno den Schreibtisch inspiziert. Der Richard war nicht unbedingt ein Messi, aber dass er allein gelebt hat und selten bis nie Besuch bekam, sieht man.

»Wieso haben Sie ihn überhaupt bei sich aufgenommen?«, fragt der Arno, weil er weder an Sozialprojekte noch Nächstenliebe glaubt, wenn er sich das alles hier anschaut.

Die Kufnerin nuschelt etwas, das der Arno nicht versteht. »Was?«, fragt er mit wachsender Wut im Bauch.

»Er hat ein Wohnrecht hier.«

Der Arno lässt das Suchen sein und wendet sich der Frau zu. »Ach? Wie kommt's?«

»Mein Mann hat ihm das Schloss abgekauft. Ein Haus wie dieses zu bewohnen, war immer sein großer Traum. Aber dann regte sich Widerstand. Also entschied er, dem Vorbesitzer ein Wohnrecht zu lassen.«

»Ein Wohnrecht auf Lebenszeit?«, fragt die Katz, worauf die Kufnerin nickt, worauf die Katz dem Arno einen vielsagenden Blick zuwirft, worauf dieser wiederum die Augen rollt. Schau, schau, noch ein Motiv. Mit Richards Tod erlischt natürlich auch dessen Wohnrecht, und wenn jetzt der Jack noch den Kufner irgendwie in der Hand hatte, wär vielleicht auch das Schlösserl bald seins gewesen …

Die Mama hat riesiges Glück gehabt, realisiert der Arno. Gott allein weiß, was passiert wäre, hätte sich der Jack nicht im Schneesturm verlaufen, nachdem er den Richard …

»Was für ein Widerstand?«, fragt der Arno.

»Wie?«

»Was für ein Widerstand war das, der zu Richards Wohnrecht geführt hat?«

Die Kufnerin schaut ihn an, irgendwie aber auch durch ihn hindurch. »Eine Bürgerinitiative. Gegen den Ausverkauf der Heimat, haben sie gesagt.«

»Sie meinen einen Ausverkauf, wie er gerade an den Jack stattfindet.«

Ihre Augen werden groß. Dann entspannt sich ihr Gesicht aber schnell wieder, und sie sagt: »Ja. Die Leute scheinen aber einen Unterschied zu machen, ob man von seinesgleichen aufs Kreuz gelegt wird oder von Auswärtigen. In unseren zehn Jahren hier sind wir immer die Zugezogenen geblieben. Dabei kommen wir aus Innsbruck! Kennen Sie das, Herr Inspektor?«

Die Katz lacht auf, einmal nur, aber ziemlich vielsagend.

Ja, klar kennt auch der Arno das. Da muss man gar nicht aus dem Ausland kommen, um als Auswärtiger zu gelten, da reicht's schon, aus dem Nachbardorf zu sein, und zack, wird man sein Leben lang behandelt wie ein Alien. Was vielleicht mit den hohen Bergen zu tun hat, die sich in der Mentalität der Menschen niederschlagen. Vielleicht ist's aber auch auf der ganzen Welt das Gleiche: Das Fremde ist den Leuten erst einmal suspekt.

»Was macht Ihr Mann eigentlich beruflich?«, fragt der Arno weiter.

Die Kufnerin seufzt: »Er macht nichts. Lieber träumt er davon, ein großer Künstler zu sein, und wartet auf die Inspiration.«

Der Arno hebt die Augenbrauen. Er erinnert sich an die Kunstwerke im Wohnbereich. An die Stille. An die Klaviermusik. »Seit zehn Jahren?«, fragt er ungläubig.

»Seit dem Tag, an dem er das Erbe seines Vaters angetreten hat, ja. Seither arbeitet er nicht mehr, sondern …«

… macht uns das Leben zur Hölle, vervollständigt Arnos Verstand. »Was war er denn vorher?«

»Professor für Mathematik, an einem Innsbrucker Gymnasium.«

Wieder lacht die Katz auf und hustet, um es zu überspielen. »Ach, guck an«, sagt sie gleich darauf und hält etwas hoch, als wollte sie davon ablenken, ins Fettnäpfchen getreten zu sein.

»Hm?«, macht der Arno und schaut hin.

Es ist eine Kamera. Genauer gesagt: eines dieser prähistorischen Dinger aus der Anfangszeit der Digitalfotografie, lange bevor es brauchbare Handykameras gegeben hat.

»Und? Ist was drauf?«

»Nö … keine Speicherkarte drin.«

»Die hat er bestimmt seit Ewigkeiten nicht mehr benutzt.«

»Dann hätte sie wohl keinen voll geladenen Akku, oder?«, entgegnet sie und klickt sich durchs Menü, was abenteuerliche Piepslaute erzeugt.

»Und?«

»Nichts … kein interner Speicher.«

»Wieso bitten Sie Richard nicht einfach, Ihnen die Speicherkarte auszuhändigen?«, fragt die Kufnerin.

Der Arno will sie nicht länger im Unklaren lassen. »Frau Kufner«, sagt er nach einem kurzen Seitenblick zur Katz, »es ist möglich, dass dem Richard etwas zugestoßen ist.«

Ihre Augen werden groß. Dann legt sie ihre flache Hand aufs Brustbein, schaut aber nicht so aus, als würde sie gleich in Ohnmacht fallen. »Was ist hier bloß los?«, fragt sie mit zitternder Stimme.

»Das werden wir hoffentlich bald herausfinden«, antwortet die Katz, »aber machen Sie sich mal keine Sorgen – ich denke, die unmittelbare Gefahr ist vorbei.«

»Bitte lassen Sie in Richards Wohnung alles so, wie es ist«, sagt der Arno etwas später beim Hinaufgehen. »Ach, noch was … Sie wissen nicht zufällig, wo Rosalie Justine stecken könnte?«

Die Kufnerin schaut durch ihn hindurch in weite Ferne. »Ich wünschte, ich wüsste es.« Nach einer langen Pause fokussiert sie den Arno wieder und flüstert fast: »Bitte finden Sie sie. Sorgen Sie dafür, dass ihr nichts passiert … bitte.«

Der Arno nickt, obwohl man als Polizist ja gar niemals etwas versprechen soll, das man vielleicht gar nicht mehr beeinflussen kann. »Wir tun, was wir können«, ergänzt er noch schnell, bevor sie sich verabschieden.

Im Freien bringen die Katz und der Arno erst einmal ein paar Meter zwischen sich und das Schlösserl, bevor sie miteinander reden.

»Schon komisch«, fängt der Arno an.

»Was denn?«

»Wie anders sie war, ohne ihren Mann. So viel wärmer.«

»Also mir war sie kalt genug.«

»Sie haben ja keine Ahnung, Katz.«

»Der Mann ist schuld, oder?«

»Ja.«

»Die Rosa wollte nichts mehr mit ihrer Familie zu tun haben.«

»Nein. Die Mutter leidet sehr darunter, haben Sie gemerkt?«

»Nicht genug, um deshalb ihren Mann zu verlassen.«

»Weil sie halt abhängig ist von seinem Geld.«

Die Katz bleibt stehen. »Ach, jetzt kommensema, Bussi. Abhängigkeit ist Quatsch. Würden Sie mit so 'nem Tyrannen leben wollen, nur des Geldes wegen?«

»Hm?«, brummt der Arno nur, vor lauter Verwunderung darüber, wie sehr seine LKA-Kollegin plötzlich auf Angriff gebürstet ist.

»Es ist doch schrecklich, wenn Frauen sich selbst aufgeben und alle anderen dafür verantwortlich machen außer sich selbst.«

Da hat er wohl unabsichtlich einen wunden Punkt getroffen. Er will sie schon bremsen, aber sie redet gleich weiter: »Jeder ist seines Glückes Schmied, kennen Sie den? Na also. Keiner und keine muss heutzutage unglücklich bleiben. Solange man sich nur nicht selbst aufgibt.«

»Schon gut, Katz. Es ist, wie es ist.«

»Ich hasse das.«

»Mhm.«

Sie gehen schweigend weiter. Der Arno überlegt, ob die Katz vielleicht etwas Ähnliches durchgemacht hat. Er weiß ja schon, dass sie ein Scheidungskind ist und ihre Mutter sie mit nach Tirol genommen hat. Was eigentlich nicht dafürspricht, dass die beiden sich selbst aufgegeben hätten.

Wie dem auch sei, sie steigen wieder den Hang hinunter, die Katz vorm Arno, schneller als gedacht. Sie strauchelt, fällt aber nicht, rutscht bloß ein oder zwei Meter dahin, was sie mit einem »Ups« kommentiert und gleich weitergeht. Für eine Flachlandtirolerin ist sie erstaunlich ausbalanciert.

»Wäre interessant zu wissen, ob der Jack auch dem Kufner Geld geliehen hat«, sagt der Arno, als sie wieder vorm *Bergkristall* stehen.

»Im Grundbuch stand nichts davon.«

»Muss es ja nicht.«

»Stimmt. Aber die unmittelbare Gefahr ist gebannt. Seien Sie unbesorgt, die wirtschaftlichen Zusammenhänge wird mein Team in den nächsten Tagen genauestens unter die Lupe nehmen. Auch die Suche nach Rosalie und deren Freund wird natürlich fortgesetzt.«

Ein Traktor kommt und räumt die Zufahrt zum Hotel, das Schild kratzt am Asphalt, womit sie für eine Minute ihr eigenes Wort nicht mehr verstehen.

»Also dann, Bussi«, sagt die Katz, als es wieder geht, und klingt plötzlich arg nach Abschied.

»Moment, Katz.«

»Was?«

»Wir sind hier noch nicht fertig. Das ist ein Bumerangfall.«

»Hä?«

»Der kommt immer wieder zurück.«

»Ein Bumerangfall, sagen Sie?« Sie schaut zuerst ein bissl verdattert, dann lacht sie, und er mag ihr Lachen ja wirklich, nur im Moment grad nicht.

»Katz!«, schimpft er.

»Ja?«

»Es ist noch nicht vorbei. Glauben S' mir das. Ich hab auch schon zweimal geglaubt, die Sache sei erledigt. Falsch geglaubt. Es geht weiter!«

Die Katz kommt näher und schaut ihn schief an. »Was soll denn noch weitergehen? Sind doch alle tot!«

»Nicht alle. Außerdem hatte der Jack nur dann ein Motiv, diesen Richard zu töten, wenn er auch die Kufners in der Hand hat. Aber das wissen wir nicht.«

»Was naheliegt, liegt meistens richtig«, wird die Katz g'scheit.

»Und wieso ist der Jack im Schneesturm ohne Handy unterwegs gewesen? Außerdem: Was hätte er denn von Rosas Tod gehabt? Er ist ja schließlich nicht ihr Erbe oder so.«

Sie schaut unentschlossen, worauf er gleich weiterplappert: »Und überhaupt: Statt der Rosa ist ja jetzt ihre Schwester tot. Die der Jack ersatzweise für die Kür verpflichtet hat. Warum soll ausgerechnet er ihr was angetan haben? Das passt doch alles hinten und vorn nicht zusammen.«

Sie schaut immer noch nicht ganz überzeugt.

»Kommen Sie, Katz. Lassen S' uns wenigstens noch einmal mit den Baumgartners reden.«

»…«

»Bitte.«

»Sie sind mir so ein Bumerang, Bussi«, sagt sie grinsend.

Und er grinst mit.

28

Sie gehen über den Dorfplatz und halten dabei so viel Abstand zu den Häusern wie möglich – Stichwort Dachlawinen. Immer mehr Leute trauen sich inzwischen aus ihren vier Wänden heraus. Sie räumen Schnee oder tratschen miteinander, deuten hierhin und dorthin, mal ostwärts zum Schlösserl, mal westwärts in die Richtung, in der das *Bellevue* liegt, mal zur Mitte des Platzes. Ob sie schon Bescheid wissen über den Jack und den Richard?

Überall ist großes Aufräumen angesagt. Der Traktor räumt die Eisfläche, deren Kühlanlage mittlerweile stillsteht. Zwei Arbeiter heben diverse Abdeckhauben auf die Ladefläche eines Transporters, die halb fertigen Eisskulpturen darunter bleiben sich selbst überlassen. Bald wird es hier an allen Ecken und Enden tauen. Und trotz des ganzen Rummels und der unverhofften Schneemengen ist bereits absehbar, dass in Maria Schnee bald wieder alles seinen gewohnten Gang nehmen wird.

Apropos gewohnter Gang.

Der Arno humpelt. Jetzt, wo sich der Trubel legt und die Mama in Sicherheit ist, spürt er seine Hüfte wieder stärker. Schon unglaublich, wie sehr Schmerzen davon abhängen können, ob man sie beachtet oder nicht. Wobei er eindeutig Glück im Unglück gehabt hat. Wenn man bedenkt, dass mittlerweile drei Leute tot sind – zwei ermordet und einer im Schneesturm umgekommen –, da hätt's auch für den Arno ganz anders ausgehen können.

»Sehen wir schnell nach Frau Edlinger?«, schlägt die Katz vor, als sie sich ihrem Haus nähern. Dem Haus, das der Rosa gehört …

»Nein, nein, ich … äh … schau später bei ihr vorbei«, beeilt sich der Arno zu sagen. Dass die Anni etwas mit den Morden zu tun hat, kann er sich nicht vorstellen. Allein schon ihres Alters wegen. Außerdem ist sie ja gestern erst gestürzt und wird sich mit ihren Prellungen kaum bewegen können. Trotzdem hat der Arno das Gefühl, dass da noch ein Geheimnis schlummert. Und irgendwie hat er die Ahnung, dass er die Katz da raushalten sollte.

Sie müssen endlich herausfinden, wo die Rosa und der Benni stecken. Was ihnen am ehesten der Baumgartner Alfons oder dessen Frau verraten können.

Praktischerweise steht der Reinhold-Messner-Verschnitt gerade im Eingang zu seinem Holzkunstladen und säubert diesen vom Schnee.

»Tach, Herr Baumgartner!«, redet die Katz ihn von hinten an, worauf sich der Alfons erschrocken umdreht. Im gleißenden Licht fällt sein Veilchen noch mehr auf als ohnehin schon.

»Oh. Grüß Gott.«

»Hat Herr Forstinger Sie erreicht?«

»Der Fritz? Naa, warum?«

»Das heißt, Sie wissen noch gar nichts von den zwei Toten im *Bellevue* respektive daneben?«

Der Arno glaubt, er hört nicht recht. Wenn sie ihm das mit den zwei Toten im *Bellevue* so unsensibel sagt, muss ihr doch eigentlich klar sein, dass der Baumgartner sofort an …

Der reißt vor Schreck die Augen auf. Und plötzlich wird das Veilchen in seinem Gesicht noch viel deutlicher, weil jede Farbe aus dem Drumherum verschwindet. Leichenblass ist er auf einmal, und zittern tut er auch. »Nein!«, stöhnt er und fasst sich an die Brust.

Worauf der Arno den Mann schnell am Oberarm packt. »Setzen S' sich hin!«, sagt er und hilft ihm auf die Stufen, die in sein Geschäft führen. »Keine Sorge, es sind weder der Benni noch die Rosa«, erklärt er schnell, »ganz ruhig.«

Der Baumgartner schnauft tief ein und aus, dann schaut er den Arno an. »Sicher?«

Der Arno nickt. »Dafür hat's zwei andere erwischt.«

»Wen denn?«

»Das täten wir gern mit Ihnen besprechen. Aber nicht hier«, sagt der Arno, weil er merkt, dass mehrere Leute in ihre Richtung schauen. »Gehen wir rein?«

»Ja … Kommen S'.«

Drinnen bekommen sie erst einmal alle ein Schnapserl angeboten, das die Katz und der Arno natürlich ausschlagen. Die Baumgartners inhalieren trotzdem zwei Obstler auf ex, um sich auf die Hiobsbotschaft vorzubereiten.

»Der Woodpecker?«, fragt der Baumgartner. »Ist das sicher?«

Die Katz nickt.

Die Augen des Holzkünstlers wandern hin und her, als

versuchte er sich gerade auszumalen, was die Nachricht für ihn bedeutet. Seine Frau zeigt keine Reaktion – und dann doch: Einer ihrer Mundwinkel zuckt nach oben, kurz, aber deutlich genug.

»Und der andere?«, fragt der Baumgartner weiter.

»Das ist noch nicht ganz sicher. Aber wir vermuten, dass es sich um Richard Zauner handelt.«

Unübersehbar führt der Name bei den Baumgartners zu einer viel stärkeren Reaktion. Sie schauen sich an, und der Arno glaubt zu erkennen, dass da mehr dahinterstecken könnte als das Entsetzen über die Todesnachricht.

»Sie kannten sich gut?«, fragt er gleich. »Er hat Ihnen ja öfters geholfen, haben Sie gemeint. Im *Bellevue* und so.«

»Ja … nein … also schon, aber …«, stammelt der Alfons herum.

»Was wollte er denn gestern bei Ihnen?«, fragt die Katz.

Der Baumgartner grübelt, bevor er sagt: »Ausruhen wollt er sich halt.«

»Vom Schneeschieben?«

»Oder von den Kufners?«, legt der Arno nach, weil die Baumgartners schweigen. Und, nach der nächsten Pause: »Er hat ein Wohnrecht gehabt, im Schlösserl, das wissen Sie doch bestimmt.«

»Ja logisch.«

»Wie kommt's?«, fragt er, um sich die Sache noch einmal aus einem anderen Blickwinkel anzuschauen.

»Das Wohnrecht? … Aus purer Nächstenliebe«, sagt der Alfons in einem Ton, der einen sofort das Gegenteil annehmen lässt.

Der Arno denkt an das Wort *Sozialprojekt,* das der Kufner

verwendet hat, und die Bürgerinitiative, von der seine Frau erzählt hat.

Der Alfons redet von selber weiter. »Der Herr Professor spielt sich hier doch bloß als großer Gönner auf. Der Richard hat immer schon zu viel getrunken. Irgendwann war er dann arbeitslos und hatte kein Geld mehr, um das Schloss zu erhalten. Also hat der Kufner es ihm abgekauft. Für eine Spottsumme. Allerdings hat er nicht mit dem Gegenwind gerechnet. Vor zehn Jahren war's noch nicht allen wurscht, dass hier der große Ausverkauf stattfindet. Also ist ihm nix anderes übrig geblieben, als den Richard weiterhin im Schlösserl wohnen zu lassen. Im Keller. Der große Gönner und Menschenfreund aus Innsbruck! Dass ich nicht lache.«

»Apropos Ausverkauf: Frau Baumgartner, Sie hatten Schulden bei Herrn Holzhauer?«, übernimmt die Katz.

»Was? Woher …«

»Steht im Grundbuch. Eine Hypothek in Höhe von fünfhunderttausend Euro plus Zinsen und Nebenkosten, simultan auf allen Liegenschaften eingetragen.«

»Das geht Sie nix an«, sagt der Alfons.

»Alles geht uns jetzt etwas an«, kontert die Katz. »Also? Wie kam's dazu?«

Weil keiner was sagt, redet der Arno beiden Baumgartners gleichzeitig ins Gewissen. »Kommen S'. Je eher wir Sie als Verdächtige ausschließen können, desto eher haben Sie Ihre Ruhe vor uns. Anscheinend dreht sich in Maria Schnee alles um Immobiliendeals. Deshalb müssen wir wissen, was die Hypothek vom Jack auf Ihren Liegenschaften soll.«

Der Alfons seufzt. Doch nicht er, sondern seine Frau antwortet: »So ist das eben, wenn man sich für die Kunst und gegen den Kommerz entscheidet, Herr Inspektor. Da nützt's auch nix, dass ich die alten Häuser in unsere Ehe eingebracht habe. Von denen kann man nix abbeißen. Im Gegenteil, die nagen an uns, Jahr für Jahr.«

»Dann haben Sie das viele Geld vom Jack zum Leben gebraucht?«

Der Hausherr schüttelt den Kopf und stößt die Luft aus.

»Ach was, leben …«, sagt die Frau, »das Leben wär ja kein Problem. Die Banken schon. Unsere Hausbank hat die Kredite fällig gestellt, weil wir mit den Raten im Rückstand waren. Schulden aus dem Niedergang des *Bellevue,* die ich von meinen Eltern übernehmen musste. Der Jack war unsere letzte Rettung.«

»Und jetzt ist der Jack tot«, sagt die Katz.

»Was wollen Sie damit andeuten? Dass wir was mit seinem Tod zu schaffen haben? Wir waren hier, die ganze Nacht! Die Helga kann's bezeugen!«, wehrt sich der Mann.

Worauf die Helga so überzeugt nickt, als hätte sie den Alfons bewacht wie ein Hirtenhund. *Jetzt muss die Helga dem Alfons schon zum zweiten Mal ein Alibi geben,* denkt der Arno an die Sache mit der Eisprinzessin zurück, die der Künstler gefunden hat, weil er ein bissl an der Skulptur sägen wollte. Angeblich.

Andererseits scheint der Jack sich ja *selbst erledigt* zu haben, wie's die Katz vorhin ausgedrückt hat, und vorher noch den Richard …

»Könnte der Richard etwas gegen den Jack in der Hand gehabt haben?«, kommt der Arno auf den Gärtner zurück.

Die Baumgartners schauen sich wieder an – und schütteln dann verdächtig synchron ihre Köpfe.

»Was war denn sonst, gestern?«

»Was meinen S'?«

»Was hat der Richard Ihnen wirklich erzählt, hier am Tisch, beim Schnapseln?«

»Nix halt.«

»Sie waren möglicherweise die Letzten, mit denen er Kontakt gehabt hat. Abgesehen von seinem Mörder.«

Die Eheleute schweigen. Aber da ist etwas, eindeutig …

»Wo steckt der Benni?«, bringt der Arno ihren Sohn ins Spiel.

»Das weiß ich nicht.«

»Und Sie?«, fragt die Katz die Helga.

»Ich auch nicht. Wir haben gedacht, sie sind im …«

»Schweig!«, unterbricht sie ihr Mann, mit einem Brustton, dass man ihn sich auch als Opernsänger vorstellen könnt.

»Jetzt komm, Alfons. Sag's ihnen halt. Sonst wird's bloß noch schwieriger, alles.«

Wieder wandelt sich die Gesichtsfarbe des Reinhold-Messner-Doubles, jetzt zu einem kräftigen Rot, und schwitzen tut er plötzlich auch.

»Was wird schwieriger?«, fragt die Katz. »Zu lügen?«

»Nein!«, schimpft der Hausherr.

»Den Benni zu beschützen«, rät der Arno. »Und die Rosa. Oder?«

Die Baumgartners schauen sich wieder an. Die Frau wendet ihren Blick als Erste ab, sieht zum Arno – und nickt.

»Beschützen? Wovor?«, fragt die Katz.

»Vor wem?«, verbessert der Arno, dem langsam ein Licht

aufgeht. Allerdings ist er unsicher, in welcher Kammer seines Oberstübchens.

»Das … wissen wir nicht.«

»Worum geht's denn?«, fragt die Katz.

»Um wen?«, der Arno. »Um die Rosa?«

Der Baumgartner zischt. »Dieses Luder!«, schimpft er.

»Geh, geh, geh!«, fährt ihm die Helga über den Mund. »Des Madl ist kein Luder!«

»Was kann unser Bub dafür, dass …«

»Dass was?«, fragt die Katz.

»Dass wer?«, der Arno. Was zweimal funktioniert hat, geht bestimmt noch ein drittes Mal.

Doch statt ihnen zu antworten, wendet sich die Helga wieder ihrem Mann zu und legt dann ihre rechte Hand auf seine. »Der Benni liebt die Rosa, Alfons. Sieh das endlich ein. Würdest du nicht genauso alles für mich tun?«

Der Hausherr ringt mit seinen Emotionen. Dann betastet er sein Veilchen, eine unabsichtliche, aber verräterische Geste. Der Arno ahnt schon längst, dass kein Balken am blauen Auge schuld war, sondern ein Mensch. Aber auch das ist zweitrangig.

»Zeig's ihnen«, drängt die Frau.

Der Baumgartner schnauft noch ein paarmal tief durch. Dann greift er hinter sich und legt ein Kuvert auf den Tisch.

Ein paar Momente lang schauen alle drauf, als könnte es ein Kunststück vollführen wie Harry Potters Sprachnachrichten. Dann erklärt der Alfons: »Das da hat uns der Richard gestern dagelassen. Nur für den Fall, hat er gemeint.«

»Nur für den Fall, ja?«, fragt die Katz. »Na, den Fall hätten wir.« Sie reißt den Umschlag auf, leert ihn aus und schau, schau, eine Speicherkarte. Keine gewöhnliche, sondern eine von den großen, wie man sie zu Beginn der Digitalfotografie hatte.

»Haben Sie zufällig einen Kartenleser dafür?«, fragt der Arno.

Der Baumgartner schaut unsicher. »Müsst ich probieren, ob mein alter Laptop so einen … einen Moment«, sagt er, nimmt das Ding an sich, verlässt die Wohnküche und steigt die Treppen hinunter.

»Wir kommen mit«, sagt die Katz.

»Nein, nein, er kommt gleich wieder«, beruhigt die Helga, »er hat sein altes Computerzeug hinten in der Garage verstaut. Er holt's bloß herauf … Kaffee?«

»Für mich nicht, danke«, sagt der Arno in seiner typischen vorauseilenden Höflichkeit, denn als die Katz »Ach, 'n Käffchen, warum nicht?« frohlockt, tät er sich am liebsten selber in den Hintern treten. Die Helga röstet ja selbst, und obwohl er ihrem Kaffee gestern wenig Beachtung geschenkt hat, kann er sich doch noch erinnern, dass der ganz hervorragend war.

Und während der Arno der Katz dabei zuschaut, wie sie genüsslich aus ihrer Tasse schlürft, versucht er sich vorzustellen, was wohl auf der Speicherkarte vom Richard sein könnte. Heimliche Aufnahmen vom Jack, wie er die Rosa … nein: die Ella Isabel stranguliert und in den Armen der Eisstatue aufhängt? Vom Schlösserl aus hätte der Richard den Dorfplatz gut im Blick gehabt. Allerdings wär ihm wohl der dichte Schneefall im Weg gewesen …

Wo bleibt der Baumgartner bloß?, denkt er und will schon etwas sagen – da röhrt ein Motor auf. Mehr noch: Es klingt, als hätte gerade jemand im Erdgeschoss des Hauses einen Formel-1-Wagen angelassen.

»Was ist das?«, fragt die Katz, da rennt der Arno schon aus der Wohnküche und die Treppen hinunter. Er braucht bloß dem kalten Luftzug entgegenzulaufen, den er spürt, um auf die Hinterseite des Hauses zu kommen, zur Garage, deren Tor offen steht. Benzingestank liegt in der Luft. Spuren führen von der Einfahrt quer über die Straße den Hang hinauf, irgendwo dorthin, wo der Arno gestern die Rosa gesehen hat. Vom Alfons selbst ist aber nix mehr zu sehen.

»Der will abhauen!«, schimpft die Katz.

Der Arno ist sich da nicht ganz so sicher. In der Garage schimmert das bläuliche Licht eines Bildschirms. Bestimmt hat Alfons' überstürzter Aufbruch etwas mit dem Inhalt der Speicherkarte zu tun …

Er rennt hin, dreht den Laptop herum und sieht mehrere Bilder.

»Na guck ma einer an!«, staunt die Katz neben ihm.

In Windeseile legt Arnos Verstand die neuen Puzzleteile zu den alten.

Aber sie passen nicht.

Überhaupt nicht.

»Sie hatten recht mit dem Bumerang, Bussi … Los, hinterher!«

»Einem verdammten Schneemobil hinterher? Durch den Tiefschnee? Womit denn?«

»Na, mit 'nem anderen verdammten Schneemobil!«, sagt

die Katz, während sie die staubige Plane von einem Ding zieht, das im letzten Jahrtausend das letzte Mal gelaufen sein dürfte.

»Sie haben doch ’ne Vespa, oder? Also los, dann machensema!«

29

Alte Motoren. Oft sind die einem Menschen ja ähnlicher, als man es für möglich halten würde. Bewegen sie sich zu wenig, werden sie träge, die ganzen Gelenke und Ventildeckelklappen und Leitungen gewöhnen sich ans süße Nichtstun, und bevor sie dann wieder in die Gänge kommen, murren sie erst einmal ausgiebig und stellen sich kränker, als sie eigentlich sind. Dann muss man wissen, wie man ihnen trotzdem auf die Sprünge hilft – und dafür muss man sie kennen. Einem Opa erzählt man am Krankenbett schon mal, der Schwiegersohn sei gerade dabei, die alten Bienenstöcke zu entsorgen, und schwupps: Opa von Tarantel gestochen. Bei Verbrennungsmotoren sind's halt weniger die Schwiegersöhne als die verwinkelten Wege, auf denen das Benzin in den Zylinder gelangt, dort im richtigen Verhältnis zur Luft komprimiert wird, und der Zündfunken erledigt den Rest. Was man in der Theorie dem Motor überlassen kann, in der Praxis aber nicht, erst recht nicht bei alten Maschinen. Dann sind's nämlich vor allem die geheimen Tricks, die fast schon an Esoterik grenzen, auf die es ankommt. Ein Benzintröpferl hier, ein homöopathischer Hammerschlag dort, und der Schalter da ist innen ein bissl korrodiert, also kippt man ihn genau siebenmal hin und her, bevor man am Anlasserseil zieht. Solche Sachen muss man wissen.

Was auf den Arno natürlich nicht zutrifft, als er versucht, das zweite Schneemobil vom Baumgartner in Gang zu bringen. Laut seiner Frau sollte es eigentlich noch fahren – wobei ihre letzte gemeinsame Tour schon einige Jahre her ist, notorischer Schneemangel lässt grüßen.

Benzin ist drin, Schalter auf Betrieb, Choke auf Start, Katz auf Nadeln – aber nix. Wieder und wieder reißt der Arno am Starterseil, doch außer einem müden Huster ab und zu passiert nichts.

»Was ist denn jetzt?«, stresst die Katz, die sich inzwischen telefonisch nach Alternativen erkundigt hat.

Der Arno schwitzt, als säße er seit einer Stunde auf einer Rudermaschine, und langsam hat er einen Krampf im Bizeps. »Nix, Sie sehen's ja. Und bei Ihnen?«

»Auch nichts.«

»Was ist mit dem Hubschrauber?«

»Der wird gerade woanders gebraucht. Lassensemichmaran!«

Lassensemichmaran. Dem Arno wird ganz kalt. Als er sich vorstellt, dass die Katz einmal locker durchzieht und das Ding zum Laufen bringt, gefolgt von einem Spruch wie *Isdochjanzeinfach,* packt ihn eine Energie, die ihresgleichen sucht. Er schickt ein Stoßgebet zum Himmel und reißt, wie er nur reißen kann. Alle Kraft, alle Wut und alle Hoffnung legt er hinein, und der Motor hustet, hustet noch mal, und nix, dann ein Doppelhusten, wieder nix …

… und läuft.

»Na jeht doch, wa?«

»Katz!«

»Jaja. Los jetzt!«

»Moment«, sagt der Arno, steigt auf und versucht, das mit den Gängen herauszufinden. Vorwärts ist kein Problem, das kennt er ja vom Motorradfahren, aber rückwärts …

»Den da«, sagt die Baumgartnerin, die neben ihm steht und einen Hebel umlegt. »Jetzt langsam Gas geben und loslassen!«

Der Arno tut's – und Simsalabim fährt er rückwärts aus der Garage. Die Katz springt hinten drauf, hält sich an ihm fest, so fest, dass er erst einmal Luft holen muss – und ab geht's.

Die ersten paar Meter sind noch ungewohnt. Doch bald schon hat's der Arno geschnallt mit Gas und Lenkung, und viel mehr braucht er ja nicht wissen. Als sie am Hang ankommen, tauchen die vorderen Kufen kurz in den Tiefschnee ein, kommen aber gleich wieder an die Oberfläche. Der Arno beschleunigt, der Motor zwischen seinen Beinen röhrt, und die Katz röhrt auch, besser gesagt: schimpft irgendwas, das der Arno nicht versteht. Er dreht den Griff ganz durch, sie rasen den Hang hinauf, die Katz schimpft wie ein Rohrspatz, und der Arno grinst und findet's herrlich, den Schnee und die Bäume und das Panorama und überhaupt. Alles, was er tun muss, ist, den Spuren vom Baumgartner zu folgen.

Aber die sind nicht die einzigen.

»Langsamer!«, fordert die Katz.

»Festhalten!«, erwidert er und wird noch schneller, weil er soeben eine weitere Spur entdeckt hat, die im flachen Winkel auf jene vom Baumgartner zu und dann parallel bergwärts führt. Unmöglich, bei dem Tempo zu sagen, welche der Spuren die erste war.

Bald erreichen sie einen Waldweg. In einer langen Biegung sehen sie auf Maria Schnee hinab, und jetzt müsste man Zeit für ein Foto haben vor lauter schön. So schön, als wär überhaupt nix passiert. Dabei haben sie bereits drei Tote. Der Arno hofft bloß, dass nicht gleich weitere dazukommen.

Vor lauter Schauen schießen sie beinahe über eine Haarnadelkurve hinaus. Der Arno schnallt's gerade noch rechtzeitig und reißt das Ding herum, in gefährlicher Schieflage biegen sie um die Ecke – und weiter.

»Geht's?«, fragt er schnell nach hinten, weil die Katz schon länger still ist.

»Schauen Sie!«, sagt sie, löst den linken Arm aus der Umklammerung und zeigt schräg hinauf.

Der Arno sieht zuerst nicht, was sie meint, wegen der ganzen Vibrationen und überhaupt, und dann doch: dunkler Rauch, der von einer Lichtung aufsteigt, über deren Kuppe man gerade noch ein Hüttendach erkennt, zwei-, vielleicht dreihundert Höhenmeter über ihnen.

»Dort isserhin!«, ruft die Katz.

Isserhin, denkt er bloß, schüttelt unmerklich den Kopf und gibt wieder Vollgas.

Dass es sich um die baumgartnersche Hütte handeln dürfte, deren Grundbuchauszug er in der Früh gesehen hat, hat der Arno längst kapiert. Die Spuren der Schneemobile vor ihnen führen drauf zu. Womit sie wohl auf alles gefasst sein müssen.

»Haben Sie die Waffe?«, brüllt er gegen den lärmenden

Motor an, und die Katz sagt nix, klopft ihm bloß zweimal mit was Hartem gegen den Bauch, und schau, schau: Glock siebzehn in der rechten Hand.

Vor der letzten Kurve hält er an und macht den Motor aus. Sie stapfen zu Fuß weiter, in den Spuren der anderen, halb geduckt.

Jemand brüllt. Holz knackt. Beißender Rauch weht in ihre Richtung, gibt ihnen Sichtschutz, nimmt ihnen aber gleichzeitig auch den Atem. Der Arno muss sich zwingen, nicht zu husten.

Als sich der Wind dreht, sehen sie die Hütte erstmals ganz. Ein einfacher Bau aus Holz, dunkel gestrichen. Dicke Gitterstäbe in den Fensterrahmen sichern die Hütte vor Einbrechern. Der Arno weiß, wie schnell solche Vorrichtungen zur Todesfalle werden, weil die Tür nicht nur die einzige Möglichkeit ist, ins Gebäude hineinzukommen, sondern auch die einzige Möglichkeit heraus. Wie zur Bestätigung dringt dichter Rauch aus einem der unteren Fenster.

Vor dem Gebäude wälzen sich zwei Personen im Schnee – der Baumgartner und nein, nicht Reinhold Messner, sondern der Kerl auf den Fotos von Richards Speicherkarte.

Der Forstinger.

»Stopp!«, ruft die Katz.

Aber die zwei Männer ringen weiter. Beide sind über und über voll Schnee, beide stoßen beeindruckende Atemwolken aus und keifen und knurren wie Hunde. Der Alfons erhebt sich, der Forstinger auch, und schon gehen sie wieder in den Clinch. Mit aller Kraft hält der Alfons die Hand des Polizisten hoch, mit der dieser eine Waffe hält.

Die Katz feuert einen Warnschuss ab.

»Stopp, hab ich gesagt!«, schimpft sie und rennt neben dem Arno her die letzten Meter auf die Männer zu – da fällt noch ein Schuss.

Der Baumgartner stöhnt auf, hält sich den Bauch und lässt vom Forstinger ab. Dieser zielt auf den Kopf seines Gegners, der vor ihm im Schnee kniet.

»Waffe runter, Forstinger!«, brüllt die Katz.

»Das ist eine Amtshandlung«, entgegnet dieser. »Er hat alles zugegeben. Er hat sie alle umgebracht! … Er ist wahnsinnig!«

»*Du* hast sie alle umgebracht!«, krächzt der Baumgartner noch, da holt der Arno schon Luft. »Geben Sie auf, Forstinger! Wir wissen alles!«

Alles ist arg geschwindelt, aber egal.

»Nehmen Sie die Waffe runter, oder es knallt!«, legt die Katz nach.

Der Polizist scheint unentschlossen, und der Arno kann nur hoffen, dass die Katz kaltblütig genug ist, tatsächlich abzudrücken, wenn sie muss.

Da kracht's, nicht von einem Schuss, sondern aus der Hütte. Als wäre gerade ein mächtiger Holzbalken entzweigebrochen.

»Hilfe!«, ruft eine männliche Stimme im Inneren. Keine Sekunde später schreit ein Mädchen. *Die Rosa?*

»Ich geh rein!«, ruft der Arno.

»Sie tun gar nichts mehr, Bussi!«, brüllt der Dorfpolizist, zielt auf ihn und wirkt dabei völlig unzurechnungsfähig.

Der Arno wirft sich in den Schnee. Aber weiter passiert nix.

Und dann doch.

»Was zum Teufel!«, schreit der Forstinger plötzlich. »Weg mit dir! Weg, du Biest!«.

Der Arno versteht nur Bahnhof. Als er hinschaut, glaubt er zuerst, er sieht nicht recht.

Der Forstinger dreht sich im Kreis. An seiner Schusshand hängt ein Fuchs. *Der* Fuchs, weiß der Arno sofort. Wie ein Hund sich in seinen Lieblingsstock verbeißt, hat das Wildtier seine Zähne in Forstingers Hand gegraben, nicht bereit, sie wieder loszulassen.

Der Arno erkennt seine Chance, rennt los und stößt den Forstinger mit aller Kraft in den Tiefschnee. Der Fuchs lässt von ihm ab, der Arno fixiert die Arme des Polizisten am Rücken. Im Handumdrehen ist die Katz ebenfalls da und legt dem Kerl die Handschellen an.

»Aua!«, wehrt er sich.

»Halten Sie bloß die Schnauze!«, keift die Katz und rennt zum Baumgartner weiter, der sich im Schnee windet.

Der Arno schaut nach dem Fuchs. Aber der ist ebenso schnell wieder verschwunden, wie er aufgetaucht ist.

»Hilfe!«, kommt's erneut aus der Hütte.

Er zieht sich die Kapuze über den Kopf, rennt zur Tür, die mit einem Holzpflock verbarrikadiert wurde. Er tritt mehrmals dagegen, von rechts, dann von links, und endlich fliegt das Teil weg. Einmal noch holt er Luft, reißt die Tür auf und ignoriert das dichte, heiße Schwarz, das ihm entgegenströmt, genau wie die Flammen und den Fluchtinstinkt.

»Rosa? Benni? Die Tür ist jetzt offen! Raus, raus, raus!«

Er hat keine Ahnung, wie die Hütte innen aussieht und wo die zwei genau stecken könnten. Er hustet und weiß, er darf keine neue Luft holen. Vorsichtig macht er drei Schritte vorwärts und stößt gegen irgendwas, keinen Menschen, sondern einen harten, massiven Gegenstand am Boden. Durch die neue Luft von draußen lodert das Feuer auf und hört sich fast an wie ein wildes Tier. Trotz aller Hitze läuft's dem Arno kalt den Buckel hinunter.

Endlich hört er Schritte. Es knarzt ähnlich wie bei der Anni im Treppenhaus, und der Arno geht direkt auf das Geräusch zu, die Arme von sich gestreckt – da ertastet er einen Körper, packt ihn und lässt sich vom Rauchzug nach draußen begleiten, wo er sich mit dem anderen – mit *der* anderen – in den Schnee fallen lässt.

Die Rosa.

Hinter ihnen kommt jemand nach und stürzt neben sie, und der Arno weiß nicht nur, dass das der Benni ist, sondern auch: Es ist geschafft.

Endlich.

Geschafft.

Alle drei husten, reiben sich die Gesichter mit Schnee ab, krümmen sich, dürften aber halbwegs glimpflich davongekommen sein.

»Papa?«, schreit der Benni und rennt gleich zum Alfons.

Der Arno bemerkt derweil etwas anderes. »Katz! Wo ist der Forstinger?«

»Sehenseja«, sagt sie bloß und deutet zur Seite, wo Spuren zu sehen sind, die schräg in einen steilen Hang hineinführen, der von der Lichtung abgeht. Am Ende dieser Spuren plagt sich der Flüchtige vorwärtszukommen – Stichwort Tiefschnee. Zweites Stichwort: Handschellen, hinterrücks.

»Dieses Schwein! Dieses elende Schwein!«, brüllt der

Benni und will dem Forstinger hinterher, doch der Arno hält ihn zurück. Weil er die Gefahr wittert.

Und wie er sie wittert, wird sie schon zur Wirklichkeit.

In Zeitlupe bricht der Hang auf einer Länge von Dutzenden Metern, gerät ins Rutschen und reißt den Forstinger mit, mühelos, ohne dass dieser die geringste Gegenwehr leisten könnte. Im Nu ist der Körper des Polizisten in den Schneemassen untergegangen, die schneller und schneller werden und ein paar Hundert Meter weiter mit aller Wucht auf einen Schutzwald treffen, wo sie Baumstämme wie Salzstangen umknicken. Es dröhnt und kracht noch eine halbe Minute lang, bevor nur die brennende Hütte als Geräusch übrig bleibt.

»Da isser weg, wa?«, spricht die Katz staubtrocken in Arnos Rücken.

»Mhm.«

Er dreht sich um und schätzt die Lage ein. Mit dem Verletzten können sie's vergessen, auf eigene Faust von hier wegzukommen. Also lässt er sich Katz' Handy geben und wählt den Notruf. Zu seiner Erleichterung informiert ihn die Leitstelle kurze Zeit später, dass wohl gerade ein Heli in der Gegend ist, den man zu ihnen umleiten könne.

Arnos Lunge schmerzt, obwohl er nur wenige Sekunden in der Hütte war. Er versucht, den Hustenreiz zu unterdrücken, muss aber wieder und wieder nachgeben.

»Wie geht's euch?«, fragt er die Rosa und den Benni. Ihrem Zustand nach zu urteilen dürften sie einen halbwegs rauchfreien Raum gefunden haben.

»Wir sind okay«, sagt die Rosa. »Wir waren oben, als wir das Feuer gerochen haben.«

»Ich hab gewusst, dass man ihm nicht trauen kann«, sagt der Benni und zeigt zur Lawine hinunter.

Der Arno wendet sich dem Alfons zu. »Wie geht's ihm?«, fragt er die Katz.

»Mir geht's gut!«, antwortet der Baumgartner selbst. Seine schmerzverzerrten Augen sagen etwas anderes.

»Nicht reden, Papa«, sagt der Benni und fährt seinem Vater durchs wallende Haar.

Der Arno befürchtet innere Blutungen. Wenn ein Organ oder Blutgefäß getroffen ist, kann sich der Zustand schnell verschlechtern – doch wie er's denkt, hört er das ersehnte Geräusch.

Den Rettungshubschrauber.

»Bumerang oder Stock?«, fragt die Katz.

»Was?«

»Na, unser Fall! Geht's immer noch weiter? Oder nicht? Bumerang oder Stock?«

Der Arno denkt kurz nach, grinst dann und sagt: »Stecken.«

»Wa?«

»Wir sagen Stecken, nicht Stock.«

»Bergvolk.«

»Mhm«, brummt er, wendet sich ab und weist den Hubschrauber ein.

30

Womit wir bei einem für Tirol heiklen Thema gelandet wären, der Hubschrauberdichte nämlich. Irgendwann ist irgendwer draufgekommen, dass weder die Behörden noch der Automobilklub das Exklusivrecht auf Rettung aus der Luft gepachtet haben, und seither heißt's – Achtung, Marktwirtschaft: Angebot und Nachfrage.

Besonders im Winter, wenn Millionen von Gästen ihre neuen Carvingski auf den Tiroler Pisten ausprobieren und dabei die eine oder andere Kurve zu viel in die Landschaft schnitzen, knattert's und schwirrt's im Luftraum über dem Alpenland, dass es kaum noch ärger geht. Früher ist's tatsächlich vorgekommen, dass sich die Hubschrauberunternehmen gegenseitig die Kunden wegnahmen, quasi: Wer zuerst kommt, malt zuerst, und wehe, beide kommen zugleich, weil dann am Ende noch ein und derselbe Patient mit zwei verschiedenen Hubschraubern in die Klinik fliegt. Damit genau das nicht passiert, gibt's seit einiger Zeit eine Koordinationsstelle, die die lukrativen Aufträge verteilt.

Trotzdem hat man lieber zu viele Hubschrauber im Land als zu wenige. Und zwar nicht bloß, wenn's um Leben und Tod geht. Auch mit einer frisch gebrochenen Schulter ist man froh, nicht im Ackja die Rumpelpiste hinuntergeschleift zu werden, sondern sanft durch die Lüfte entschweben zu können, direkt aufs Dach der privaten Sportklinik im Tal, wo sich schon die Nächsten die Hände reiben, die Chirurgenhände nämlich, die nach der Behandlung eine saftige Rechnung schreiben. Aber wer will sich schon beklagen oder stundenlang auf eine Behandlung in einem öffentlichen Krankenhaus warten, wenn's ihm schlecht geht?

Apropos schlecht gehen. Wie befürchtet schwebt der Alfons trotz seiner gegenteiligen Beteuerungen in akuter Lebensgefahr. Auch der Notarzt befürchtete innere Verletzungen, weshalb sie den Baumgartner in Windeseile verpackt haben und nach Innsbruck abgeflogen sind – ohne den Arno, die Rosa, den Benni und die Katz, weil: kein Platz.

Und so bleibt den vieren nix anderes übrig, als sich auf die Schneemobile zu schwingen – zwei und zwei, die Herren am Steuer – und ins Tal abzufahren.

Nach ein paar Minuten kommen sie am gigantischen Lawinenkegel vorbei und schauen höflichkeitshalber noch, ob sie vom Forstinger etwas finden, einen halben Fuß oder so, aber nix. Ein ganzer Waldstrich ist umgeknickt, und falls er nicht erstickt ist, der Herr Dorfpolizist, dann wurde er zweifelsohne erschlagen – völlig ausgeschlossen, so eine Lawine zu überleben. Und nach ihm suchen braucht man eigentlich auch nicht. Irgendwann, wenn der meterdicke Schnee langsam abtaut, wird man ihn schon finden, und frage nicht, wie er dann ausschaut. Aber selbst schuld. Das Karma ist bekanntlich ein Hund, und sein Karma hat der Forstinger definitiv überstrapaziert.

Auf der Fahrt nach unten denkt der Arno darüber nach, was den Forstinger zu seiner Wahnsinnstat verleitet haben könnte. Die Fotos auf der Speicherkarte vom Richard waren eindeutig. Sie zeigen den Polizisten und die Eisprinzessin, wie sie nach ihrem Auftritt zusammen vom Festivalgelände verschwinden. Irgendwie schaut's nach Personenschutz aus, irgendwie aber auch nicht – besonders dann nicht, wenn man die Hand um den zarten Oberarm der Eisprinzessin herum sieht, der wie in einen Schraubstock eingespannt wirkt – was den Arno sofort an die Hämatome aus dem Obduktionsbericht hat denken lassen. Der Forstinger dürfte einer der Letzten gewesen sein, der sie lebend gesehen hat. *Der* Letzte wahrscheinlich. Ein anderes Foto zeigt, wie er die Prinzessin in den Polizeiwagen steigen lässt.

Der Richard hat die Aufnahmen gemacht, diese aber nicht den Behörden übergeben. Weil er Angst vorm Forstinger hatte? Oder weil er sein Wissen als Druckmittel einsetzen wollte? Die Speicherkarte, die er als Rückversicherung bei den Baumgartners gelassen hat, deutet jedenfalls darauf hin. Aber Druckmittel wofür?

Langsam begreift der Arno die mordsmäßigen Dimensionen dieses Falls. Der Jack, der Richard und der Forstinger scheinen alle irgendwie Dreck am Stecken zu haben.

Der Dorfpolizist am allermeisten.

Warum auch immer er die Ella Isabel ermordet hat, Verwechslung hin oder her, ab diesem Mord hat er sich wahrscheinlich nur noch mit weiteren Morden helfen können.

Du hast sie alle umgebracht, hat der Baumgartner ihm todesmutig entgegengebrüllt, oben vor der brennenden Hütte.

Der Arno vermutet inzwischen, dass der Polizist nicht nur die Ella Isabel, sondern auch den Jack und den Richard auf dem Gewissen hat. Deshalb die Ungereimtheiten. Richards verbrannte Leiche und der Jack, der draußen ohne sein Handy gefunden wurde, dafür aber mit einer Schusswaffe. Aber kann es wirklich sein, dass der Forstinger das alles inszeniert hat? Was hätte er von einem toten Jack?

Einem toten Jack, der allen hier die Häuser abluchsen will …

War der Jack ebenfalls ein Mitwisser? Oder ging's um was ganz anderes? Der Arno ahnt, dass irgendein Puzzleteil immer noch fehlt.

Am Ende wollte der Forstinger jedenfalls die Rosa, den Benni und den Baumgartner auch noch zur Strecke bringen. Bleibt auch hier die Frage nach dem Motiv.

Das Motiv …

»Bleibense nochn Weilchen sitzen?«, fragt die Katz, weil der Arno unten in der Einfahrt der Baumgartners nicht sofort vom Schneemobil absteigt, sondern tief in seinen Gedanken versunken auf der Maschine verharrt. Langsam, aber sicher beschleicht ihn das Gefühl, der Bumerang könnte doch noch einmal zurückkommen.

»Hallo? Bussi? Sollnwa Sie nochn bisschen draußen lassen, ja?«

»Nein, nein«, sagt er, steigt ab und klopft sich den Schnee von den Hosenbeinen. »Katz, wir brauchen das Obduktionsergebnis.«

»Was?«

»Vom Jack. Oder wenigstens die erste Einschätzung von der Gerichtsmedizin.«

»Schon in die Wege geleitet. Also, los«, sagt sie, als wäre es auch für sie längst klar, dass der Hotelier keines natürlichen Todes gestorben ist.

»Also los …«, mault der Arno halb erstickt und geht der Katz nach.

»Der Jack hat Sie unter Druck gesetzt, oder?«, fragt er die Rosa, als sie kurz darauf in der Wohnküche der Baumgartners sitzen. Währenddessen hilft der Benni seiner Mutter, ein paar Sachen einzupacken, weil sie schnellstmöglich zum Alfons nach Innsbruck wollen.

Die Rosa nickt.

»Hat er Sie über den Forstinger eingeschüchtert?«, rät er weiter.

»Nein … direkt. Der Jack wollte unbedingt das Haus haben.«

»Das Edlingerhaus.«

»Ja.«

»Aber er hat zuerst die Falsche kontaktiert. Die Anni.«

»Genau.«

»Wann war das?«

»So … vor zwei Monaten.«

»Wie war das genau?«

»Die Anni hat mir erzählt, er sei eines Tages aufgetaucht und habe ihr den Entwurf eines Kaufvertrags auf den Tisch gelegt. Also hat sie ihm gesagt, er solle sich erst einmal die Besitzverhältnisse genau anschauen. Dann sei er aufgesprungen und verschwunden.«

»Aber das Vertragsangebot hat er dagelassen.«

»Ja.«

»Und so ist er auf Sie gekommen.«

»Genau.«

»Aber Sie wollten nicht an den Jack verkaufen.«

»Nie im Leben.«

»Wieso hat die Anni Ihnen überhaupt ihr Haus geschenkt?«

Die Rosa schaut weg, als schämte sie sich dafür. Dann sagt sie: »Ich wollte das nicht.«

»Das Haus?«

Sie schüttelt den Kopf. »Das alles.«

»Dafür gehört Ihnen das Gebäude aber schon ziemlich lange, oder?«, sagt die Katz, die ein paar Momente lang ihre Lider halb geschlossen hatte, wie sie's immer macht, wenn sie angestrengt nachdenkt. »Laut Grundbuch ist die Schenkung schon beinahe ein Jahr her.«

Die Rosa nickt wieder. »Die Anni wollte unbedingt, dass ich es übernehme. Sie hatte Angst, dass …«

»Hm?«, machen die Katz und der Arno gleichzeitig.

»Dass was?«, fragt die Katz.

»Dass wer?«, der Arno.

»Ich weiß es nicht.«

»Jetzt kommsema.«

»Ich weiß es wirklich nicht.«

»Aber das Haus habense trotzdem jenommen.«

Die Rosa bläst die Luft aus. »Die Anni hat gesagt, ich darf nicht wissen, warum sie mir das Haus schenkt. Weil es sonst nicht funktioniert.«

»Nicht funktioniert?«, staunt der Arno.

»Mhm.«

»Also haben Sie sich drauf eingelassen.«

Die Rosa starrt ein Loch in die Tischplatte. »Ja«, sagt sie dann.

»Wieso ausgerechnet Sie?«

»Was?«

»Wieso hat sie's ausgerechnet Ihnen geschenkt?«

»Ich … Die Anni hat mich immer schon *mein Mädchen* genannt. Ich glaube, sie hätte total gern eigene Kinder gehabt, aber irgendwie ging das halt nicht. Jedenfalls wollte sie unbedingt vermeiden, dass das Haus an die Allgemeinheit geht, wenn sie stirbt. Schon gar nicht an den Jack.«

»Aber dann hätte sie es Ihnen doch einfach im Testament vermachen können, oder?«

»Nein, es muss schneller gehen, hat sie gesagt. Ich weiß nicht warum, bitte glauben Sie mir.«

»Der Deal hat Sie ja ganz schön in die Bredouille gebracht«, sagt die Katz.

»Deswegen bin ich ja abgehauen.«

»Abgehauen … worden. Vom Benni«, schlägt der Arno vor. »Er hat Sie dazu gedrängt, sich mit ihm im *Bellevue* zu verstecken. Zuerst wollten Sie gar nicht.«

Die Rosa schaut überrascht. »Woher …«

»Meine Mutter hat mitbekommen, wie er Sie aus dem *Bergkristall* geholt hat.«

Sie nickt langsam.

Der Arno denkt an die Mama im Bademantel zurück, und bald kommt's ihm so vor, als wäre ihr Auftritt schon drei Wochen her. Wieso müssen seine Tage in Tirol immer so schrecklich … ausgiebig sein? Kann er's nicht einfach einmal gemütlich haben, so wie's ursprünglich geplant war?

Schwimmen war geplant, erinnert er sich und verzieht den Mund. Vom Schwimmbecken ist er jetzt ungefähr so weit entfernt wie der Teufel vom Weihwasser, nicht nur faktisch, sondern auch in seinen Gedanken. Er ahnt, dass ihm das Schwimmtraining nicht bloß für heute gestohlen bleiben kann.

»Wieso sind Sie dann noch einmal in den Ort zurück?«, fragt er, als ihm der Tiefschnee wieder einfällt, beziehungsweise die Rosa mit den Schneeschuhen.

Sie scheint sofort zu wissen, wovon er spricht, und senkt ihren Blick. »Ich wollt ein paar Sachen holen zum Abhauen, meinen Pass und so. Dann hab ich die Polizei auf dem Dorfplatz gesehen … und Sie. Ich wusste nicht, dass Sie es sind, mit der Sportjacke und der Kapuze … Ich hatte Angst.«

»Haben Sie da schon vom Mord an Ihrer Schwester gewusst?«

Sie senkt den Kopf und schüttelt ihn langsam. »Erst später«, schluchzt sie.

Der Arno wartet ein paar Momente, bevor er fortfährt: »Wieso haben Sie nicht den Benni gebeten, die Sachen zu holen?«

»Er hat gesagt, es sei zu riskant. Außerdem hätte er mich nie allein im *Bellevue* zurückgelassen.«

»Also sind Sie heimlich los.«

»Ja.«

»Und wieso haben Sie mich im *Bellevue* angegriffen?«

»Das … das war ein Versehen. Der Benni war eh schon wütend, weil ich verschwunden war. Dann haben wir die Geräusche gehört, und ich hab zu spät gemerkt, dass Sie es sind.«

»Also haben Sie mich anschließend in ein Zimmer raufgebracht und mir den Kaufvertrag hingelegt.«

»Ja … Der Angriff tut mir furchtbar leid.«

»Warum haben Sie mir dann das Handy abgenommen?«

»Welches Handy?«

Der Arno antwortet nicht. Dann ist's wohl so, wie er sich's schon gedacht hat: Das Ding liegt irgendwo in den Trümmern der maroden Treppenkonstruktion und hat längst keinen Akku mehr.

Der Benni kommt mit seiner Mama ums Eck, bereit zum Aufbruch. »Können wir dann?«, fragt der junge Mann, der zwei große Taschen trägt.

Die Rosa springt auf.

»Moment«, hält sie die Katz zurück, »Sie zwei haben doch schon die ganze Zeit gewusst, dass der Forstinger hinter allem steckt, oder?«

»Nein …«, sagt der Benni.

»Vermutet haben Sie's jedenfalls.«

»Haben wir nicht!«, wird er bös und ballt die Fäuste, beruhigt sich aber wieder, als die Rosa ihre Hand auf seine Linke legt.

Da geht dem Arno das nächste Licht auf, und zwar ein veilchenfarbenes. »Ihr Vater wollte Sie auf Anweisung vom Forstinger aus dem *Bellevue* holen, an dem Abend, als er die Ella Isabel …«

Die Rosa senkt ihren Kopf – und weint.

Der Arno hat den Tod ihrer Zwillingsschwester nicht schon wieder so unsensibel ins Spiel bringen wollen. Aber was nützt's. Er erinnert sich daran, wie freundschaftlich der Forstinger mit dem Baumgartner umgegangen ist, nachdem die Leiche der Ersatzprinzessin aufgetaucht ist. Auf ihn hat es gewirkt, als wollte der Polizist den Künstler in Schutz nehmen. »Ihr Vater hat dem Forstinger vertraut, oder?«

Der Benni, der inzwischen die Rosa in den Arm genommen hat, nickt. »Blind war er. Der Forstinger wollte unbedingt auf uns *aufpassen*. Also sollte der Papa uns zu ihm bringen.«

»Aber Sie haben es nicht zugelassen.«

»Nein.«

»Deshalb habense sich mit Ihrem Vater jeklopft«, sagt – klar, wer.

»Ja … Er kann so unglaublich stur sein. Wenigstens hat er nicht verraten, wo wir stecken. Ich hab ihm gesagt, falls er das tut, dann …«

Dem Arno liegt *Was dann?* auf der Zunge, und der Katz bestimmt auch, aber dieses Mal bleiben sie beide stumm. Hat ja nicht so weit kommen müssen, zum Glück.

»Wir müssen jetzt fahren«, sagt die Helga und schaut demonstrativ auf ihre Armbanduhr.

»Moment«, sagt dieses Mal der Arno, weil's ja auch egal ist, ob sie fünf Minuten früher oder später in Innsbruck sind, wo sie bestimmt erst einmal stundenlang auf eine ärztliche Auskunft warten werden. »Benni, wie kamen Sie überhaupt drauf, dass die Rosa in Gefahr schwebt?«

Der Benni schaut die Rosa an, und in solchen Situationen weiß der gelernte Polizist sofort: Verabredungsgefahr, die auch wortlos erfolgen kann. »Hallo?«, geht er deshalb ziemlich ruppig dazwischen.

»Nun sagen Sie schon!«, legt die Katz noch drauf. »Oder soll ich Sie morgen in Innsbruck vorladen?«

Der Benni antwortet: »Das kann ich Ihnen unmöglich sagen.«

Alle drei verlassen den Raum. Die Katz und der Arno folgen ihnen nach unten, zur Garage, wo auch das Auto der Baumgartners steht.

»Was sollte ich mit dem Kaufvertrag, Rosa?«, fragt der Arno, als sie schon beim Einsteigen sind, quasi: letzte Chance.

Die Rosa schaut ihn über die Dachkante des Fahrzeugs hinweg an, als hätte er gerade ein Sakrileg begangen, und deutet kurz zur Katz, gefolgt von energischem Kopfschütteln, welches zum Glück keiner sonst mitbekommt. Dann knallen die Türen zu, und die Helga, der Benni und die Rosa rauschen ab.

So geheim?, denkt der Arno und reibt sich das Kinn, auf dem wieder das übliche Reibeisen steht. Zeit für eine Rasur. Und eine Dusche. Und …

Seine LKA-Kollegin schaut ihn schief an. »Und jetzt, Bussi?«

»Jetzt … geh ich einmal nach der Mama schauen«, lügt er. »Und Sie?«

»Nachbearbeitung. Obduktionsbericht beschleunigen und so weiter. Anschließend schau ich mir Forstingers Wache mal genauer an. Es sei denn, Sie hätten noch 'nen Bumerang für mich zu fangen«, sagt sie und schaut gleich noch viel schiefer.

»Nein, nein.«

»Na dann is jut. See you later, Arno Bussi.«

»Mhm.«

31

Am Dorfplatz gehen die Aufräumarbeiten voran. In all dem Trubel kann der Arno leicht so tun, als ginge er die Mama im Hotel besuchen, während er in Wahrheit auf halbem Weg umdreht und schnell ins *Café Edlinger* verschwindet.

Wie immer ist dort nichts und niemand. Bis auf die Frau, die zum Inventar zu gehören scheint.

Die Anni.

»Wie geht es ihr?«, fragt sie, noch bevor er etwas sagen kann.

»Der Rosa? … Gut!«

»Und dem Benni?«

Der Arno runzelt die Stirn. »Auch gut … Wieso …?«

Sie bläst erleichtert die Luft aus. »Dann sind Sie wohl hier, weil Sie Antworten wollen.«

Er wundert sich, dass sie gar nicht wissen will, was inzwischen noch so alles passiert ist, und setzt sich ihr gegenüber an die Bar. Erst dort sieht er, wie sehr sie zittert.

»Wollen Sie sich nicht auch hinsetzen, nach dem Sturz von gestern und allem?«

»Ich stehe lieber. Darf ich Ihnen was geben?«

»Nichts, danke. Sagen Sie …«

»Ja?«

Der Arno beschließt, gleich zum Thema zu kommen – nützt ja nix. »Wieso haben Sie der Rosa das Haus überschrieben?«

Sie nickt langsam, als wäre die Frage überfällig gewesen, vielleicht aber auch, weil es keinen Sinn mehr hat, die Fassade aufrechtzuerhalten. Dann greift sie hinter sich und stellt wieder zwei Cognacgläser auf die Theke, in die sie *Rémy Martin* eingießt, genau wie gestern.

Bevor die Katz hier aufgetaucht ist.

Und draußen die tote Eisprinzessin war. Die falsche tote Eisprinzessin, präzise gesagt.

Ist das wirklich gestern gewesen?, wundert sich der Arno ein weiteres Mal darüber, wie langsam die Zeit hier vergeht. Und obwohl er gerade viel eher im Dienst ist als gestern, wo er bloß noch abreisen wollte, trinkt er mit der Anni mit.

Der Cognac wärmt seine Kehle.

Er denkt an den Blick von der Rosa, als er sie vorhin auf den Kaufvertrag angesprochen hat. Irgendwo in diesem Deal muss der berühmte Hund begraben sein, und er – *nur* er – soll ihn ausgraben.

Nach einem tiefen Seufzer fängt die Anni endlich zu reden an. »Wissen Sie, Herr Inspektor, es war nicht immer einfach hier.« Ihrer Gestik nach meint sie das Haus. Das Haus, das jetzt der Rosa gehört …

Womit ihm plötzlich ein neues Lichterl aufgeht. Besser gesagt: ein altes, schummriges Lichterl. Alt und schummrig wie die Dachkammer dieses Hauses, in der die Rosa zuletzt gewohnt hat. Er denkt an das alte Sadomasozeug, das dort gut versteckt war. Aber weil er nicht mit der Tür ins Haus fallen will, fängt er mit etwas Harmloserem, Grundsätzlichem an. »Haben Sie das Café und das Haus von Ihren Eltern geerbt?«

Die Anni lacht auf. »Dieser Segen war mir leider nicht vergönnt, Herr Inspektor. Wir waren arm wie die Kirchenmäuse. Das Haus gehörte meinem verstorbenen Mann … dem Hannes.«

»Mein Beileid«, sagt der Arno, was sie nochmals zum Lachen bringt.

»Ach du lieber Gott! Diese Trauer ist nun aber wirklich verjährt. Fünfundvierzig Jahre ist das jetzt her …«

»Aha …?«

»Fünfundvierzig Jahre«, wiederholt sie nur.

»Seither betreiben Sie das Café allein?«

»Jawohl. Ohne einen einzigen geschlossenen Tag. Bis Corona kam, jedenfalls.«

»Es war nicht immer einfach hier, haben Sie vorhin gesagt«, legt er einen Gang zu. »Mit Ihrem Mann? Oder wie meinen Sie das?«

Die Anni schaut kurz unentschlossen, zieht dann aber einen Ärmel ihrer Bluse nach hinten und zeigt dem Arno einen knöchernen Vorsprung unterhalb des Ellenbogens, der rein anatomisch betrachtet eigentlich nicht dort hingehört.

»Der Hannes hat Sie … misshandelt?«, fragt er entsetzt.

»Er war der Teufel«, sagt sie leise. »Fünfundzwanzig Jahre war ich in der Hölle. In meiner privaten Hölle.«

Der Arno denkt an den Dildo. Die Handschellen. Die Peitsche.

»War der Hannes irgendwie … pervers?«

»Er war im Krieg. Er wurde … verwundet.« Sie schaut kurz an sich hinunter. »Verstehen Sie?«

»Oh!«, sagt der Arno und presst instinktiv seine Knie zusammen.

»Aber das allein war es nicht. Der Krieg hat ihn verrückt gemacht. Damals gab's ja noch keine Therapie – jedenfalls keine, die einen nicht abgestempelt hätte. Stattdessen brauchte er jemanden zum Quälen. Ich hab es leider zu spät gemerkt.«

»Wieso haben Sie es denn nicht angezeigt?«

»Wie sollte ich? Zu *wem* sollte ich? Das hier war Hannes' Zuhause, nicht meins. Er hat mich hier … gehalten … wie ein Tier.«

Der Arno muss erst einmal durchschnaufen. Fünfundzwanzig Jahre Hölle, mitten in einer Dorfgemeinde …

Aber dann war er tot, der Hannes, und die Anni seine Erbin.

»Mit seinem Tod war die Hölle … vorbei«, sagt er und lässt dabei mitschwingen, dass dieser Tod nicht ganz freiwillig eingetreten sein könnte.

Die Anni widerspricht ihm nicht.

Eine Minute vergeht, dann zwei, ohne dass sie ein Wort sagen.

»Manchmal kriegt man vom Leben mehr, als man hinnehmen kann, Herr Inspektor«, sagt sie schließlich.

Er nickt. Nicht dass er mitreden könnte, mit seinen Luxusproblemen. Aber nachspüren kann er's doch.

Säßen sie jetzt in einer offiziellen Vernehmung, müsste er versuchen, Annis vage Andeutung in ein aussagekräftiges Geständnis zu verwandeln. Er müsste angebliche Milderungsgründe wie die Misshandlung bezweifeln und die Anni in die Enge treiben. Für etwas, das fünfundvierzig Jahre zurückliegt.

Fünfundvierzig Jahre, denkt er wieder. Fünfundvierzig Jahre Schuld. Was mag das aus einem Menschen machen? Wie mag es sein, niemandem davon erzählen zu können? Tag für Tag mit der Schuld am Tod eines anderen leben zu müssen, egal, was der einem zuvor angetan haben mag?

»Wie ist der Hannes denn … offiziell … gestorben?«, fragt er in einer Art, die keinen Zweifel daran lässt, dass er von einem Mord ausgeht.

Die Anni schaut wieder an ihm vorbei und sagt: »In einer Lawine.«

Er verzieht den Mund. *Ironie des Schicksals* nennt man das wohl, wenn die beiden größten Übeltäter von Maria Schnee Frau Holle zum Opfer gefallen sind – in einem Ort, der unter notorischem Schneemangel leidet.

»Wer weiß davon, dass es *mehr* als eine Lawine war?«

»Nur Sie und ich. Und …«

»Ja?«

Sie starrt den Arno an, als müsste sie noch einmal abwägen, ob sie diese letzte Schwelle wirklich überschreiten kann.

»Der Forstinger Fritz?«, macht er's ihr leichter.

Sie schaut ein bissl überrascht – und nickt.

Logisch der Forstinger. Als Polizist kann er in die alten Fälle reinschauen, sooft er will. Obwohl er selbst vor fünfundvierzig Jahren maximal in den Windeln gelegen haben dürfte, wird ihn später als Polizist irgendwas an der Geschichte stutzig gemacht haben. Er stieß auf Hinweise, schnüffelte weiter und hatte plötzlich ein Druckmittel gegen die Anni in der Hand. Denn Mord verjährt nicht. Auch nach fünfundvierzig Jahren nicht.

»Er hat Sie erpresst.«

Die Anni bleibt still.

»Damit Sie das Haus an den Jack verkaufen.«

»Nein. Ursprünglich wollte er Geld.«

»Geld?«, fragt der Arno, als wäre das jetzt so ungewöhnlich für einen Erpresser.

Die Anni nickt. »Der Fritz hat ein gewisses … Laster.«

Hatte, denkt der Arno, will's der Anni aber noch nicht sagen. »Welches denn?«

»Casino.«

»Spielschulden?«

»Ja.«

Was sich natürlich schwer mit einem Polizistenjob verträgt. »Also haben Sie ihm Schweigegeld bezahlt?«

»Ja. Aber Sie ahnen vielleicht schon, wie es weiterging.«

»Er wollte immer mehr?«

Sie nickt. »Genau wie seine Schulden immer mehr wurden.«

»Also haben Sie der Rosa Ihr Haus überschrieben, solange es noch Ihres war.«

»Ja.«

»Aber der Rosa nichts vom Forstinger erzählt.«

»Nein.«

»Und vom Hannes auch nicht.«

»Nein. Sonst hätte es doch nicht *funktioniert!*«, benutzt sie dasselbe Wort wie die Rosa.

Der Arno kratzt sein spärliches Wissen über Erbschaften zusammen. Soweit er sich erinnert, kann ein Mörder nichts vom Ermordeten erben, weil ihn das Verbrechen erbunwürdig macht. Jedenfalls dann, wenn man ihm den Mord nachweisen kann. Der Forstinger hat das mit dem Hannes herausgefunden, hätte also dafür sorgen können, dass die Anni ihr Haus verliert. Es sei denn, sie gibt es vorher weiter, und zwar am besten an jemanden, der nix von diesem alten Mord weiß …

Wie zum Beispiel an die Rosa.

Gott sei Dank hab ich meinen Mund gehalten, denkt der Arno mit dem Kaufvertrag im Hinterkopf, der wohl wirklich nur für seine Augen bestimmt gewesen ist. Dabei hat er ihn der Katz sogar noch unter die Nase gehalten …

»Ich nehme an, Schweigegeld ist keine Option für Sie«, sagt die Anni, und die Lachfältchen um ihre Augen vertiefen sich zu einem bitteren Lächeln.

Er schüttelt den Kopf und sagt: »Ich habe Neuigkeiten für Sie, Frau Edlinger. Aber davor genehmigen wir uns noch zwei.«

Die Anni schenkt ein, sie stoßen an, und der Arno erzählt ihr vom Richard, vom Jack, von der brennenden Hütte und von Forstingers tragischem Ableben.

»Eine Lawine?«, fragt sie mit einem Funkeln in den Augen.

»Eine Lawine.«

»Sachen gibt's.«

»Mhm.«

Draußen lärmt eine Maschine und bringt das ganze Haus zum Wackeln. Als er sich wieder halbwegs verständlich machen kann, fährt der Arno fort: »Wie lange hat Sie der Forstinger schon mit seinem Wissen über Hannes' Tod erpresst?«

»Ach, das waren Jahre!«

Irgendwas passt da nicht zusammen, denkt er, kommt aber nicht drauf. Stattdessen fällt ihm wieder ein, dass sich die

Anni vorhin nach dem Benni erkundigt hat, gleich an zweiter Stelle nach der Rosa. Was eigentlich auch nicht zu dem passt, was die Cafébesitzerin ihm bisher so über die Rosa und deren sogenannten Beziehungsstatus hat weismachen wollen …

»Sagen Sie, Frau Edlinger, das mit den *vielen Interessenten* hat aber auch nicht gestimmt, oder?«

»Was?«, tut sie verdattert, aber der Arno sieht ihr an, dass sie genau weiß, wovon er spricht.

»*Interessenten gibt es viele, genau wie bei mir damals*. Ihre Worte«, hilft er ihr auf die Sprünge. »In Wahrheit haben Sie die ganze Zeit gewusst, dass der Benni der Freund von der Rosa ist, oder?«

»…«

»Oder?«

»Bitte verzeihen Sie, Herr Inspektor. Ich musste die beiden doch schützen.«

»Hatten Sie schon länger Kontakt zu ihm?«

Sie nickt. »Wir sind ja Nachbarn.«

»Hat er auch für Sie gearbeitet?«

»Nein, nie. Aber er kam schon als Kind zu mir, wenn er Rat brauchte. Seine Eltern haben ein gutes Herz, aber manchmal … Na ja, Sie kennen das vermutlich.«

Und wie er das kennt. Aber egal. Der Arno denkt an Rosas Verschwinden. Daran, wie sie sich dagegen gesträubt hat, mit dem Benni zu kommen.

»Haben *Sie* ihn überzeugt, die Rosa in Sicherheit zu bringen?«, rät er drauflos.

Wieder schaut sie überrascht, quasi: *Dumm sind Sie nicht, Herr Inspektor!*, und sagt dann: »Sie war so stur.«

»Die Rosa wollte nicht untertauchen?«

Die Anni schüttelt den Kopf. »Sie hat nicht verstanden, in welche Gefahr ich sie gebracht habe. Ich konnte ihr ja nicht alles sagen.«

»Dem Benni schon?«

»Nein, auch nicht. Aber er hat trotzdem gemacht, worum ich ihn gebeten habe. Er würde alles für sie tun.«

»Er hat also nichts vom Forstinger und dieser alten … Lawinensache gewusst?«

»Natürlich nicht. Er hat mir einfach vertraut. Als ich ihm gesagt habe, dass er die Rosa in Sicherheit bringen muss und keinem mehr glauben darf, wirklich keinem auf der Welt, hat er das getan.«

»Aber was hätte der Forstinger denn überhaupt von einer toten Rosa gehabt?«

Die Anni seufzt.

»Hm?«, drängt er.

»Der Teufel steckt im Detail, Herr Inspektor.«

»Und zwar?«

Sie schnauft, als wäre es ihr viel zu hart, sich all die Fakten und Daten aus der Erinnerung zu holen. »Der Notar hat uns dazu geraten, die Hausschenkung davon abhängig zu machen, dass ich vor der Rosa sterbe. Wie's normalerweise der Lauf der Dinge ist, mit über neunzig. Wenn's aber umgekehrt passiert, und die Rosa stirbt vor mir, geht das Haus wieder an mich zurück.«

»Wieso?«

»Weil man das halt in solchen Fällen so macht.«

»Wieso?«, wiederholt er. Eine Schenkung und doch wieder keine, das ergibt eigentlich keinen Sinn. Wobei, wenn er an die Familie Kufner denkt und an das zerrüttete Verhältnis zwischen Eltern und Kind …

Die Anni seufzt noch einmal. »Weil wir nicht wollten, dass Rosas gesetzliche Erben im Fall ihres Todes alles bekommen würden und ich selber mit leeren Händen dagestanden hätte«, bestätigt sie seine Vermutung: Die Rosa sollte das Haus kriegen, ihre Familie aber nicht. »Es hat sich alles so sinnvoll angehört, Herr Inspektor«, sagt sie, und ihre Augen glänzen. »Nur leider ist so eine Abmachung auch öffentlich einsehbar, am Grundbuchgericht.«

»Wo der Forstinger war.«

»Vermutlich, ja. Jedenfalls hat er's herausgekriegt.«

Womit das Motiv schon klarer wäre: Bringt der Forstinger die Rosa um, geht das Haus wieder an die Anni, und er kann sie auch wieder erpressen. Bringt er aber versehentlich die Falsche um, hilft ihm nur noch, alle Mitwisser aus dem Weg zu räumen. Bestimmt wäre die Anni am Ende auch noch dran gewesen …

Trotzdem erklärt das eine Sache immer noch nicht …

»Was hätte der Forstinger davon gehabt, dass das Haus an Sie zurückfällt? Ich mein, selbst wenn er Sie anschließend zum Verkauf an den Jack … *überredet?*«

»Wer spielt, braucht immer Geld.«

Geld, Geld, immer Geld, denkt der Arno und überlegt, wofür sich der Forstinger dieses Geld erhofft haben könnte. Er braucht nicht lange nachzudenken. Bei der Vermittlung von Immobilien sind fast immer hohe Provisionen im Spiel – Summen, gegen die das erpresste Geld von der Anni bestimmt mickrig aussieht.

Es würde perfekt ins Bild passen. Schließlich scheint der

Forstinger viel weniger Skrupel gehabt zu haben als der Jack – und das wollte er sich vergolden lassen. Aber die Rosa taucht unter, und ihre Schwester taucht auf, um die Kür zu laufen. Der Forstinger bringt versehentlich die Falsche um, versucht noch, den Mord wie den eines Künstlers aussehen zu lassen – und mordet weiter, immer weiter. Der Richard musste sterben, weil er den glorreichen Plan hatte, den Forstinger mit Fotos von ihm und der falschen Eisprinzessin zu erpressen. Der Jack, weil er womöglich Wind davon bekommen hatte, dass der Forstinger hinter dem Mord an der Ella Isabel steckt. Aber trotzdem haben immer mehr Leute von seinen Umtrieben erfahren und Verdacht geschöpft. Am Ende hätte er die Rosa, den Benni, den Baumgartner Alfons und die Anni auch noch ums Eck bringen müssen, um keine Mitwisser zu haben.

Und die Katz und mich …

Aber zum Glück kamen sie noch rechtzeitig dazwischen.

Genau wie der Fuchs.

Und die Lawine.

»Noch einen?«, fragt die Anni.

»Nein, nein, danke.« Dem Arno ist ein bissl schwindlig, weniger vom Alkohol als vielmehr von den ganzen neuen Fakten und Erkenntnissen. Die Anni eine alte Mörderin, der Forstinger ein neuer Dreifachmörder, der Jack ein gnadenloser Geschäftsmann, wenn auch mit einem gewissen Charme, der Richard ein Erpresser. Könnte nicht schaden, nach der Sache einmal ordentlich Weihwasser im Ort zu versprengen.

Er will den Cognac bezahlen, wie's halt seine Art ist, wogegen sich die Anni entrüstet wehrt. Also bedankt er sich bloß und verabschiedet sich.

»Ja, wollen Sie mich denn nicht mitnehmen?«, fragt sie verdattert.

»Wieso?«

»Ja weil ...«, fängt sie an und schaut zum Himmel hoch, meint aber eher die Dachkammer.

Der Arno hat schon während des Gesprächs einen Entschluss gefasst. Den Entschluss nämlich, auch einmal ein bissl Schicksal spielen zu dürfen, nach allem, was ihm hier in Tirol schon wieder zugemutet worden ist. Außerdem: Jahrzehntelang allein mit einem Mord klarkommen zu müssen, ist Strafe genug. Erst recht, wenn fünfundzwanzig Jahre Hölle der Auslöser waren. Daher ist's ihm schnurzpiepegal, was irgendwelche Moralapostel oder I-Tüpfel-Reiter davon halten mögen, als er zur Anni sagt: »Ich weiß nicht, was Sie meinen« – und das *Café Edlinger* verlässt.

32

Im strahlenden Sonnenschein geht der Arno zum Hotel zurück, an größeren und kleineren Schneehaufen vorbei. Hier lärmt ein Traktor, dort ein Hubstapler, woanders brummt ein Lkw. Der Abbau der Bühne wird von lauten metallischen Schlägen und dem einen oder anderen deftigen Fluch begleitet.

Alles egal. Der Arno wird bald fort sein. Zum ersten Mal sagt ihm sein Bauchgefühl, dass die Tage in Maria Schnee gezählt sind.

Und recht hat er, der Bauch – jedenfalls, was die Mama betrifft.

Weil: Ferrari.

Ferrrrrrari.

Und: Lorenzo.

Lorrrrrenzo.

Mit der Mama. Vorm Hotel, verpackt und verschnürt, fertig zur Abfahrt.

»Arrrno!«, ruft sie ihm entgegen.

»Ah, hallo!«, sagt er und tut überrascht. Als hätte er die beiden Turteltauben übersehen können, die ausschauen, als wären sie auf direktem Weg zum nächsten Winterzauber-Halligalli.

»Stell dir vor, Arno, der Lorrrenzo hat mich überrascht, mit seinem Ferrr–«

»Jaja, Mama, ich seh's«, wirft er sich todesmutig ihren rollenden Rs entgegen und nickt dem Lorenzo zu, der ihn mit seinen Porzellanzähnen anblitzt, dass es kaum noch ärger geht. »Bist du wieder okay, Mama?«, fragt er wegen der Unterkühlung und der Alkoholfahne von vorhin.

»Jaja, alles gut, und jetzt erst recht.« Sie lächelt zum Lorenzo, so verliebt, wie man nur frisch verliebt sein kann.

»Mhm«, brummt der Arno, der kaum glauben kann, dass Mamas neuer Freund es mit dem Ferrari nach Maria Schnee geschafft hat. Andererseits sollen die Edelflitzer aus Maranello in den letzten Jahren ja deutlich alltagstauglicher geworden sein, und Winterreifen auf so einem Ding sind zwar pervers, aber immerhin vorstellbar … Aber was weiß er schon über italienische Sportwägen. Er besitzt ja nicht einmal mehr ein Auto. Bloß eine hellblaue Vespa namens Eva …

»Wir wollen gleich aufbrechen. Ein Langlaufwochenende in Seefeld, ist das nicht toll?«

»Mhm.«

»Jetzt freu dich halt ein bissl.«

Also freut er sich halt ein bissl.

»Willst du gar nicht wissen, was noch so alles war, Mama?«, fragt er, da hat sie ihm schon links und rechts ein Bussi auf die Wangen gedrückt und ihn so fest geherzt, dass ihm kurz die Luft weggeblieben ist.

»Nein, nein, Bub. Das kann ja jetzt alles die Katz machen. Die wär was für dich«, sagt sie und putzt ihm den Lippenstift von den Wangen.

»Was?«

»Verstehst mich schon. Pfiat di, Arno.«

»Äh … pfiat di, Mama.«

»Und tu mehr essen.«

»Mhm.«

Den Rest versteht er nur so halb, obwohl sie es gegen den aufröhrenden Ferrari-Motor anbrüllt. Irgendwas mit Zeug, das bei der Rezeption liegt. Er kapiert's auch so, dass er seine Sachen dort abholen kann, weil sie nach dem Auschecken ja schlecht in der Suite bleiben konnten.

Der Lorenzo hupt noch zweimal. Der Arno schaut dem Ferrari hinterher. Dann ist bloß noch die Parfumwolke von der Mama übrig.

»Na, habense noch *ausgiebig* mit Frau Muttern reden können, ja?«, spricht ihm die Katz in den Rücken.

Der Arno dreht sich um. »Äh … jaja.« Ihr Gesichtsausdruck verrät ihm, dass sie genau weiß, wie hier der Hase läuft. Dass er nämlich inzwischen ganz woanders war, der Hase.

»Will ich's wissen, oder will ich's nicht wissen, Bussi?«

»Nicht wissen«, sagt er, ohne eine Sekunde lang zu überlegen.

»Aber das, was ich wissen muss, sagen Sie mir schon noch. Ohne offizielle Vorladung nach Innsbruck, meine ich.«

»Oh«, tut er überrascht und grinst. Und als er sieht, dass der Stand vom *Schmarrnkaiser* immer noch offen hat, um die Arbeiter zu verköstigen, die bestimmt noch einige Zeit mit dem Abbau der Anlagen beschäftigt sein werden, grinst er gleich noch viel mehr.

»Ziemliches Jemetzel, wa?«, sagt die Katz eine Stunde später mit dem letzten Bissen im Mund, meint's aber nicht auf den Zeus mit Heidelbeeren bezogen, den der Arno mit ihr geteilt hat – was naturgemäß eine ziemliche Schweinerei auf dem Stehtisch hinterlässt –, sondern wegen der Ereignisse und Zusammenhänge, die der Arno ihr inzwischen erläutert hat. Verschwiegen hat er ihr dabei nur die Sache mit der Anni und ihrem Mann – die offizielle Version eines Lawinenunglücks reichte der Katz zum Glück. Auch sie fand diese Ironie des Schicksals bemerkenswert.

»Gemetzel kann man wohl sagen«, antwortet der Arno und wischt sich den Mund. *Köstlich,* denkt er zufrieden.

»Am Ende auch sicher nüscht übrig jeblieben?«

»Nichts … und niemand.«

»Na, dann können wir den Rest ja von Innsbruck aus machen.«

»Sie, Katz. Ich fahr wieder nach Wien.«

»Ach?«

»Mhm.«

»Och.«

»Hilft nix. Aber …«

»Was denn?«

»Hat Spaß gemacht. Also … irgendwie.«

»Denk ick ooch.«

»Katz!«

»Is ja jut«, sagt sie. »Soll ich Sie wohin mitnehmen?«

»Nein, nein … Innsbruck ist ja ganz die falsche Richtung.«

»Ganz die falsche Richtung?«, sagt sie mit einem ziemlich ironischen Unterton, und schaut so drein, als wüsste sie es besser.

»Mhm«, brummt er verlegen. Ehrlich gesagt schmeckt ihm der Gedanke an Wien überhaupt nicht. »Ich muss ja zum Wiesinger, morgen früh. Donnerwetter abholen.«

»Au weh … Na dann, Bussi.«

»Also, Katz.«

Genau wie die Mama vorhin drückt auch sie ihm noch zwei Bussis auf die Wangen, eines links und eines rechts. Aber bei ihr fühlen sich die eindeutig anders an.

Die Katz lächelt und schreitet davon.

Und übrig bleibt der Arno.

Und ein ganzer Haufen Schnee.

Montag

33

So ein Montag ist ja für sich genommen schon schlimm genug. Ganz besonders am Morgen. Aber wenn dann noch so eine heikle Besprechung dazukommt wie beim Arno, wird ein Albtraum draus.

Um fünf vor acht steht er im Vorzimmer vom Oberst Wiesinger, mit einer ganzen Litanei an Rechtfertigungen im Kopf. Aber erst einmal lässt ihn der Herr Oberst warten. Dessen neue Sekretärin scheint dem Beuteschema zu entsprechen, das der Arno ja gar niemals in Worte fassen will, weil: Klischee hoch drei. Eigentlich passt so eine Frau überhaupt nicht zu diesem Waldkauz, der noch am ehesten mit seinem gepolsterten Chefledersessel verheiratet ist. Aber was weiß der Arno schon vom Alter und den Vorlieben …

Apropos Liebe. Mein lieber Schwan, die Liebe. Man hätte ja meinen können, der Arno wär der Franzi abgegangen, sie hätte sich vielleicht sogar ein bissl um ihn gesorgt, ihn zwischendurch zu erreichen versucht, aber nix. Sie haben telefoniert, noch vor Arnos Abreise aus Maria Schnee, aber es hat so geklungen, als hätte er sich mehr Sorgen um sie gemacht als umgekehrt. Er wird das Gefühl nicht los, dass die Franzi in ihm von Beginn an nur den Trainingspartner gesehen hat. Noch dazu einen, der im Wasser kaum vorwärtskommt.

Für heute Abend sind sie zu einer Laufrunde verabredet. Alles wird wieder so sein wie die letzten Monate auch. Sie werden einen Halbmarathon laufen und anschließend einen ganzen Haufen Kohlenhydrate in sich hineinstopfen, um am Ende zu müde zu sein, um noch an irgendetwas anderes denken zu können.

Oder auch nicht.

Je nachdem, wie das Gespräch mit dem Herrn Oberst gleich laufen wird, hat sich der Arno als Alternative schon einen Kinoabend überlegt, ob mit der Franzi oder ohne, jedenfalls mit einem Rieseneimer Popcorn und Bier.

Unbedingt Bier.

Die Sekretärin tut so, als beachtete sie ihn nicht. Dabei merkt er genau, wie sie ihm immer wieder einen Seitenblick zuwirft, mit einem Ausdruck im Gesicht, als wüsste sie schon ganz genau, was dem Arno bevorsteht. Ein ordentlicher Anschiss nämlich. Darüber hat der Herr Oberst am Telefon ja keinen Zweifel gelassen. Von seiner *schützenden Hand* hat er gesprochen, in die der Arno hineingebissen habe. Und dass noch mehr Gras über Arnos Techtelmechtel mit der Frau vom Innenminister Qualtinger wachsen müsse, bevor man daran denken könne, Arnos Karriere wieder auf Schiene zu bringen.

Der Arno schluckt trocken und schaut auf die analoge Uhr an der Wand. Zehn nach acht. Der alte Waldkauz lässt ihn warten. Was er ja machen kann mit jemandem, der ihn ein ums andere Mal in Schwierigkeiten bringt.

Schließlich räuspert er sich doch und fragt: »Dauert's noch lang?«

»Das weiß ich leider nicht«, schnattert die Dame, die ziemlich viel von Frau Knackal aus der Serie *MA 2412* hat. Wer die Frau nicht kennt, muss es auch nicht, ihr Name reicht.

Es ist alles so unfair. Eigentlich wollte der Arno ja bloß Urlaub machen. Eigentlich hat er sich mit seinem beruflichen Schicksal längst abgefunden. Und eigentlich, ja eigentlich war's für alle ein Glücksfall, dass er mit der Mama nach Maria Schnee gekommen ist, gerade rechtzeitig, bevor sich die Ereignisse überschlagen haben. Hätte die Mama nix von Rosas Verschwinden mitbekommen, hätte der Arno nicht nach ihr gesucht, und am Ende hätte die Sache vielleicht noch viel böser geendet.

Hätte, hätte, hätte. Am Ende hat's zum Glück nicht hätte geheißen, sondern hat. Alles hat so gut geendet, wie es enden hat können.

Dank ihm.

Und der Katz.

Okay, und der Mama. Mit der hat er übrigens gestern noch einmal telefoniert, vom Zug aus. Seefeld sei ein Traum und die Loipen frisch gespurt. Wobei der Lorenzo und sie ja eher in der Suite … und so weiter.

Dann hat ihm die Mama noch gesagt, wie froh sie sei, ihrem Buben bei den Ermittlungen geholfen zu haben. Jaja.

Apropos Ermittlungen. Tatsächlich hat sich Arnos Theorie mit dem Forstinger als Alleintäter mittlerweile verdichtet. Die Katz hat ihn noch am späten Sonntagabend über weitere Ermittlungsergebnisse informiert. Der Jack ist tatsächlich ermordet worden – erstickt, Gesicht voraus im Schnee. Kollege Forstinger habe seine Spielschulden lange geheim halten können, doch zuletzt seien sie ihm über den Kopf gewachsen, wie diverse negative Vormerkungen in seiner Bonitätsauskunft sowie ein Hausverbot bei den österreichischen Casinos bestätigen. Des Weiteren habe ein WhatsApp-Chatverlauf zwischen dem Forstinger und dem Jack besagt, dass wohl tatsächlich eine Provision fließen sollte für den Fall, dass der Polizist den Verkauf des Edlingerhauses an den Jack bewerkstelligt hätte. Weitere Ermittlungen liefen auf Hochdruck, hat die Katz gemeint.

Als dem Arno wieder bewusst wird, dass er sich hier eigentlich gar nix vorzuwerfen hat, ganz im Gegenteil, scheppert die Gegensprechanlage der Frau Knackal, und der Arno darf mit immer noch schmerzender Hüfte eintreten.

»Bussi, Bussi!«, kommt's sogleich aus der Richtung des mächtigen Schreibtischs. »Sind wir wieder da, ja?«

»Guten Morgen, Herr Direktor«, sagt der Arno ein bissl zu unterwürfig für das, was er geleistet hat, und schließt die gepolsterte Ledertür.

»Jaja, guten Morgen, guten Morgen. Kommen S', kommen S'!«

Fast könnt er glauben, dem Wiesinger sei die Schallplatte hängen geblieben.

Der Arno setzt sich auf den zugewiesenen Stuhl, von dem aus er den alten Waldkauz nur so halb sieht, der Rest seines Gesichts wird vom Computermonitor verdeckt.

Die Kuckucksuhr an der Wand tickt. Die Luft ist so trocken, dass selbst die Staubflusen Asthma bekommen. Alles genau wie damals, als der Arno von hier aus zum ersten Mal nach Tirol geschickt worden ist, Innenminister Qualtinger sei Dank.

»Lassen Sie mich erklären, Herr Oberst. Wissen Sie, ich wollte eigentlich auf Ur–«

»Jaja«, fällt ihm der Wiesinger ins Wort, »weiß ich alles schon.«

»A…ha?«

Der Waldkauz wendet sich vom Bildschirm ab, dreht den Ledersessel zum Arno hin und legt seine Hände auf die Lehnen, was ihn ein bissl nach Imperator ausschauen lässt. Dann sagt er: »Ich habe gerade den vorläufigen Bericht gelesen.«

»Den Bericht?«

»Den vorläufigen, ja. Außerdem musste ich vor unserem Gespräch noch mit dem Friedolin telefonieren.«

Schreckschreck. *Der Friedolin,* das ist der Qualtinger, jedenfalls dann, wenn man der Wiesinger ist. Dass die zwei sich duzen, weiß der Arno schon. Wenn sie aber Montagfrüh miteinander telefonieren, noch dazu seinetwegen, heißt das ganz sicher nix Gutes. Wird er gleich suspendiert, gefolgt von Disziplinarverfahren und Kündigung?

Der Wiesinger schmatzt, ohne dass er etwas im Mund hätte. Vermutlich machen das Käuze so, bevor sie ihren Hackschnabel in arme Mäusebäuche hineinhauen.

Der Arno schluckt.

»Bussi, Bussi«, beginnt die Exekution, »als Sie zu mir kamen, als Lehrgangsbester, dachte ich ja, Ihre Laufbahn würde ganz anders verlaufen.«

»Ja, ich … äh …«

»Lassen S' mich ausreden.«

Der Arno hebt entschuldigend die Hände. Dabei könnt er jetzt genauso gut »Ich kündige« sagen, aufstehen und gehen. Das wär wenigstens ein Abgang mit Klasse. Außerdem: Was wäre die Alternative? Gnadenhalber Statistiker bleiben dürfen bis ans Ende seiner Tage? Dann kann er genauso gut im *Da Silvio* Pizza backen, als Nachfolger von der Mama, da kommt wenigstens etwas Produktives heraus. Neu anfangen, raus aus der Polizei und rein ins Leben. Ade, Polizist, und hallo, Pizzabäcker. Oder Paketbote. Oder P –

» … Bravo!«, sagt der Wiesinger.

»Was?«, fragt der Arno, der den weiteren Ausführungen des Waldkauzes nicht mehr zugehört hat.

»Bravo. Versteht das ein Tiroler nicht? Oder rechnet er nicht damit, von einem Wiener Lob zu bekommen?«

»Wie?« Fast fühlt er sich jetzt verspottet.

»Bussi, Bussi. Nur dass wir uns nicht falsch verstehen: Offiziell muss ich Ihnen natürlich eine Verwarnung erteilen.«

»Natürlich«, echot der Arno.

Was war da bloß im Mittelteil?

Zum Glück redet der Wiesinger gleich weiter: »Aber wer Korruption im Polizeiapparat aufdeckt, der hat in mir einen Mitstreiter gefunden. Die Ergebnisse der DNA-Analyse sind mehr als eindeutig.«

»DNA-Analyse?«, fragt der Arno.

»Ja, das hat mich auch gewundert. Anscheinend hat die Gerichtsmedizin auf Kollegin Katz' Betreiben hin eine Nachtschicht eingelegt. Hier!«, sagt der Wiesinger und reicht dem Arno ein Blatt Papier, das dieser schnell überfliegt.

Angeführt werden die Namen Friedrich Forstinger, Ella Isabel Kufner, Richard Zauner und Jakob Holzhauer. Dann folgen medizintechnische Formulierungen. Der Arno überspringt sie und liest das Fazit, das besagt, dass an sämtlichen Toten von Maria Schnee DNA-Spuren vom Forstinger festgestellt werden konnten.

Der Wiesinger fährt fort: »Also, Bussi. Nachdem Sie schon Ihre letzten beiden Einsätze mit Bravour erledigt haben …«

Trommelwirbel. Ganz plötzlich, ganz deutlich, wie Tinnitus, nur viel, viel besser.

»Und nachdem auch der Friedolin nix dagegen hat …«

Der Trommelwirbel wird lauter …

»Und weil Sie außerdem ein seltenes Händchen für … *kalte* Fälle zu haben scheinen, Sie verstehen schon …«, scherzt der Herr Oberst.

Klar versteht der Arno – der gefrorene Kopf in Hinterkitzlingen, der Cold Case am Lärchensee und jetzt auch noch das Winterchaos von Maria Schnee …

» … wird heute Ihr erster Tag als operativer Ermittler in unserem Cold-Case-Management sein«, spricht der Wiesinger feierlich.

Der Trommelwirbel in Arnos Kopf verhallt ohne Tusch.

Und die Wanduhr hat das letzte Wort.

»Kuckuck!«

Mitten in der Hitzewelle des Jahrhunderts soll Arno Bussi einen Mord aufklären, der sich schon vor fünf Jahren am idyllischen Tiroler Lärchensee ereignet hat. Er ahnt: Will er dem Mörder auf die Schliche kommen, muss er zuerst das alte Rätsel vom Lärchensee lösen ...

KiWi